LUZIFER
VERLAG

ALISTER HODGE

THE CAVERN

DAS GRAUEN AUS DER TIEFE

Überarbeitete Ausgabe
Originaltitel: THE CAVERN

Umschlag: Michael Schubert | Luzifer-Verlag
Übersetzung: Tina Lohse
Lektorat: Astrid Pfister

Printed in Germany

Dieses Buch wurde nach Dudenempfehlung (Stand 2022) lektoriert.

ISBN: 978-3-95835-464-7

Bibliografische Information der Deutschen Nationalbibliothek:
Die Deutsche Nationalbibliothek verzeichnet diese Publikation in der Deutschen Nationalbibliografie; detaillierte bibliografische Daten sind im Internet über http://dnb.d-nb.de abrufbar.

Für Lee

1

Das Seil rutschte mit einem lauten Surren durch Jims Karabiner, als er sich an der Felswand abseilte und sich ein letztes Mal abstieß, bevor er am Boden neben seiner Frau zum Stehen kam. Die uralten Kalksteinwände, die ihn umgaben, fühlten sich kalt und trocken unter seinen Fingern an. Er richtete seinen Blick auf die Öffnung des Trichters, die sich dreißig Meter über ihnen befand. Der nahezu perfekte Kreis aus blauem Himmel war vor knapp drei Wochen von einem Farmer im australischen Outback entdeckt worden und stellte den einzigen bekannten Zugang zu diesem Höhlensystem dar. Die zwanzig Meter breite Doline war entstanden, als die Decke einer Kalksteinhöhle eingestürzt war und den Weg in eine bis dahin verborgene Welt freigegeben hatte, unberührt vom menschlichen Auge.

Jim klinkte seinen Klettergurt aus und suchte im Dunkeln nach seiner Frau. Er entdeckte Beth am anderen Ende des Hauptgewölbes, als sie mit ihrer Taschenlampe in einen Tunnel leuchtete, der nach Süden hin abzweigte. Er zog den Reißverschluss seines Overalls hoch, um sich gegen die kühle unterirdische Luft zu wappnen, und suchte sich einen Weg über den mit Geröll übersäten Boden.

Beths Augen leuchteten, als sie sich ihm zuwandte. »Ich kann immer noch nicht glauben, dass wir die Allerersten sind, die diese Höhle erforschen!«

»Ein verdammt teures Privileg«, murmelte Jim, der die zweitausend Dollar, die er Mr. Anastas für den Zutritt zu dessen Land gezahlt hatte, immer noch nicht verschmerzt hatte.

»Lass gut sein, Schatz, ich hätte auch das Dreifache gezahlt.«

Jims Kiefer verkrampfte sich für einen Moment, bis er sich zwang, auszuatmen und sich zu entspannen. Es gab nun kein Zurück mehr. Er hatte den Zustand von Anastas' Schafen bemerkt und er wusste, dass sein Geld bereits fort war, vermutlich investiert in Futter für sein von der Dürre geplagtes Vieh.

»Okay, kein Wort mehr von Geld.« Er setzte seinen Rucksack ab und stellte ihn vor seine Füße, womit er eine kleine Staubwolke aufwirbelte. »Aber bevor wir weitergehen, machen wir noch einen letzten Sicherheitscheck. Solange wir nur zu zweit sind, können wir uns keinen Unfall erlauben.«

Beth reagierte mit einem ungeduldigen Schnauben darauf und wartete, während er ihre Ausrüstung systematisch durchging. Beide trugen alte State-Emergency-Service-Overalls. Jims Rucksack enthielt außerdem den

Großteil ihrer Sachen, einschließlich der Kletterseile und einer Ersatzlampe.

Er zog ein Stück wasserfestes Karopapier aus seinem Ärmel und markierte darauf ihre Einstiegsposition nebst einer Richtungsangabe seines Kompasses, dann zog er den Riemen seines Helms fest und nahm sich einen Moment Zeit, um sich die Felsformationen einzuprägen. »Welchen Weg möchtest du nehmen?«

Seine Frau leuchtete mit ihrer Taschenlampe in die zwei abzweigenden Tunnel hinein, bevor sie sich für den rechten entschied. »Diesen hier, denke ich.«

Beth ging voran und schlängelte sich zwischen den großen Felsbrocken hindurch, die von der Decke gebrochen waren. Der Durchgang hatte ein stetes Gefälle, die unebene Decke nur wenige Zentimeter über ihren Köpfen war bald nur noch hüfthoch, gefolgt von einigen sehr engen Stellen.

An Abzweigungen im Tunnel stapelte Jim Steinmännchen auf, nichts weiter als drei Steine übereinander, um den Rückweg zu markieren. Er blieb kurz stehen, um einen Schluck Wasser zu trinken, während Beth auf einem Felsen Platz nahm. Ohne das Echo ihrer Schritte, das von den Felswänden zurückgeworfen wurde, erschien ihr Atem unnatürlich laut; die Stille lag schwer und fast greifbar in der Luft. Zum ersten Mal auf einer Höhlenexpedition verspürte Jim einen Anflug von Klaustrophobie. Falls er Mist baute und sich verirrte, würde diese Höhle zu ihrer Grabkammer werden.

Als er gerade seine Wasserflasche wegpackte, nahm er ein neues Geräusch wahr. Er berührte Beth am Arm. »Hörst du das?«

Ein fernes Klopfen drang in regelmäßigen Abständen zu ihnen hinauf.

Beth strengte ihre Ohren an, doch ihr Gesichtsausdruck blieb unbesorgt. »Tropfendes Wasser vielleicht?«

»Hm, das glaube ich nicht.« Er legte seinen Kopf auf die Seite, um besser lauschen zu können. »Klingt eher nach Schritten. Eigenartig.«

Beth riss mit gespieltem Erstaunen ihre Augen auf. »Vielleicht ist es eine dieser Kreaturen, von denen der Barbesitzer gesprochen hat. Wie hießen die noch mal?«

Jim schmunzelte, als er an den gestrigen Abend zurückdachte. »Ich glaube, er nannte es *Minenmutter.*« Der alte Kerl hatte schon tüchtig einen sitzen gehabt, als er auf die schaurigen Gemälde des stadteigenen mythischen Monsters hingewiesen und sie davor gewarnt hatte, die Höhle zu erkunden. Einzelheiten waren auf den Bildern kaum zu erkennen gewesen. Es waren die grausamen grünen Augen gewesen, die in den Schatten leuchteten, die Jim die Haare zu Berge stehen gelassen hatte.

»Hat es den Minenarbeitern nicht geholfen, Opale zu finden oder etwas in der Art?«

»Nö, er meinte, am ehesten schlitzt es einem die Kehle auf.«

»Mir gefällt meine Variante der Geschichte besser«, sagte Beth. Sie machte einen Schritt in den Tunnel hinein, bevor sie über ihre Schulter blickte. »Warum finden wir nicht heraus, woher dieses Geräusch kommt? Falls es tropfendes Wasser ist, führt es uns vielleicht zu einem Wasserlauf.«

Jim zuckte mit den Schultern. »Von mir aus.«

Er warf einen Blick über seine Schulter und leuchtete den Tunnel mit seiner Lampe ab. Aus irgendeinem irrationalen Grund wurde er das Gefühl nicht los, beobachtet zu werden. Doch da nichts Ungewöhnliches zu sehen war, unterdrückte er sein wachsendes Unwohlsein und ging weiter, der Lichtstrahl seiner Helmlampe als grelles Weiß an der Felswand. Die von Steinen am Boden geworfenen Schatten, tanzten vor ihm, als sie mit ihren Lampen voranschritten.

Ein paar Meter weiter teilte sich der Tunnel. Das Paar blieb kurz stehen, um nach dem Geräusch zu lauschen, bis es dessen Ursprung deutlicher ausmachen konnte. Beth ging eilig weiter und das Klopfgeräusch beschleunigte sich für einen Moment, als applaudiere es ihrer Entscheidung. Das Paar setzte den Weg durch das immer komplexer werdende Labyrinth fort, Biegung für Biegung, Abzweigung für Abzweigung.

Beth blieb irgendwann stehen und legte einen Finger an die Felswand. »Hier ist es feucht. Wir müssen nah am Wasser sein.«

Das Klickern kleiner Steine ertönte hinter ihnen. Neugierig ließ Jim Beth für einen Moment allein und ging zurück, um herauszufinden, was das Geräusch verursacht hatte. An der letzten Weggabelung blieb er plötzlich stehen. Das kleine Steinmännchen, das er zur Markierung des Weges aufgestapelt hatte, war fort. Er leuchtete mit seiner Lampe in beide Richtungen auf der Suche nach Fußabdrücken oder anderen Hinweisen darauf, welchen Weg sie gekommen waren, aber ohne Erfolg, der Staub am Boden war unberührt. *Scheiße.* Beide Optionen kamen ihm absolut gleich vor, und solange seine Frau sich nicht erinnerte, woher sie gekommen waren, würde wohl der Zufall entscheiden müssen.

Jim holte seine Frau eilig ein. »Babe, wir haben ein Problem«, erklärte er mit einem Hauch von Nervosität in der Stimme, trotz seiner Bemühungen, unbesorgt zu klingen. Das Letzte, was sie nun gebrauchen konnten, war Panik und noch mehr Orientierungslosigkeit.

»Das letzte Steinmännchen, das ich gebaut habe, ist weg, der Tunnel ist wie leer gefegt.«

Verdutzt hob Beth eine Augenbraue. »Das ist unmöglich. Wir sind schließlich die Einzigen hier unten, wie kann das sein?«

»Ich hab keinen Schimmer, aber das ändert nichts daran, dass es sich in Luft aufgelöst hat.«

»Na ja, du hast doch wie immer unseren Weg und die Koordinaten auf Papier festgehalten, oder nicht? Wir halten uns einfach daran, um zurückzufinden. Alles gut.«

»Ja, das wird schon«, sagte Jim, weil er nicht den Mut hatte, zuzugeben, dass er seine Aufzeichnungen vernachlässigt hatte, seit sie dem Geräusch hinterherjagten.

Sie hörten jetzt ganz in der Nähe Wasserklänge und Beth wandte sich dem Geräusch zu. »Das klingt nach einem richtigen Gewässer. Könnte der See sein, auf den wir gehofft haben. Lass uns noch eine Ecke checken, und wenn da nichts ist, gehen wir erst mal zurück. Was sagst du dazu?«

Jim fühlte sich nicht in der Lage zu widersprechen und folgte seiner Frau schweigend. Sie war vernünftig, rastete nicht aus und eine weitere Biegung würde wohl kaum den Unterschied zwischen Leben und Tod bedeuten.

Als er um die Ecke trat und seine Frau anrempelte, klappte seine Kinnlade herunter und sein Herz schlug vor Aufregung ganz wild. Über ihnen wölbte sich die Decke, wie eine Kathedralenkuppel über dem unterirdischen Raum. Gewaltige Stalaktiten hingen in Trauben herab, weiße, kristalline Ablagerungen schimmerten wie Kronleuchter im Schein der Lampen. An manchen Stellen trafen sich die Stalagmiten, die aus dem Boden wuchsen, mit den herabhängenden Stalaktiten und formten imposante Säulen. Sie hatten etwas Großartiges entdeckt.

Etwa zwanzig Meter weiter begann das Wasser. Jim schritt voran, alle Gedanken an ihre prekäre Situation waren verpufft. Er tauchte einen Finger in das Nass und kostete davon … es war nicht salzig. Der See war klar, die Oberfläche glatt wie Glas und erlaubte ihm einen Blick auf den Grund, der sanft abfiel.

Erstaunt sah sich Beth mit offenem Mund in dem riesigen Raum um. »Das ist es, Babe. Wir haben etwas absolut Wunderbares entdeckt.«

»Als Entdecker haben wir das Namensrecht. Wie willst du es nennen?«

Beth fuhr mit dem Strahl ihrer Taschenlampe die Weite des Raums ab und ihr Blick blieb an den mächtigen Stalaktiten hängen, die an manchen Stellen die Wasseroberfläche küssten.

»Mit der Gewölbedecke da oben wirkt es fast wie eine Kirche – und die Säulen rundherum, als würden sie die Eingänge zu kleineren, privaten Kapellen oder Nischen bewachen«, sagte sie. »Nennen wir es doch *den Tempel.*« Erwartungsvoll drehte sie sich zu ihm um, um seine Reaktion zu betrachten. »Was hältst du davon?«

Jim probierte den Namen aus und fand, dass er zu der Stelle passte. Er war auch der Meinung, dass der Höhle etwas Mystisches anhaftete. »Gefällt mir. Solange wir dem Tempelgott kein Opfer darbringen müssen«, sagte er mit einem kurzen Lachen.

Beth sah ihn einen Moment lang streng an, als wolle sie prüfen, ob er sich über ihren Vorschlag lustig machte.

»Nein, Schatz, ich mag den Namen wirklich, ich schwöre es«, sagte Jim und hob beschwichtigend seine Hände. »Aber wir sollten uns langsam mal ranhalten und ein paar Fotos machen, bevor wir wieder zurückgehen. Die Jungs vom Club werden bestimmt grün vor Neid sein!«

Beths Miene hellte sich daraufhin auf und sie half ihm dabei, ein kleines Stativ und die SR-Kamera aus seinem Rucksack zu kramen. Sie stellten drei Lampen auf, um die Decke und den Mittelteil zu beleuchten, bevor Jim schließlich ein paar Aufnahmen machte.

—

Während Jim mit der visuellen Dokumentation ihres Fundes beschäftigt war, schlenderte Beth näher ans Wasser heran. Es schien nicht tiefer als oberschenkelhoch zu sein, bis der Grund nach zwanzig Metern plötzlich abfiel. Der Boden bestand aus feinem Sedimentstaub und vereinzelten Steinen, ähnlich dem Boden in den trockenen Höhlenabschnitten. Mit ein bisschen Glück ging *der Tempel* unter Wasser weiter und bot ihnen ein submarines Höhlensystem, das es anschließend zu erkunden galt.

Sie seufzte bei dem Gedanken daran, andere zur Unterstützung herbringen zu müssen. Allein das Herankarren der Taucherausrüstung bedurfte einiger Helfer, von der ganzen Koordination einmal abgesehen – und das lief zwangsläufig auf eine größere Gruppe hinaus. Höhlentauchen war grundsätzlich gefährlich. Sie wusste, dass ihre Einstellung zwar etwas lockerer war, verglichen mit einigen Leuten der australischen Caving-Gemeinschaft, aber falls man vorhatte, am Ende eines Tauchgangs noch am Leben zu sein, musste man die Sicherheit unter Wasser stets ernst nehmen.

Eine Bewegung am Rande ihres Blickfelds erregte nun ihre Aufmerksamkeit. Zwanzig Meter vom Ufer entfernt, breiteten sich in konzentrischen Kreisen kleine Wellen aus. Da war etwas im Wasser! Beth hob ihre Taschenlampe, um einen genaueren Blick auf die Schatten werfen zu können, gerade rechtzeitig, um zu sehen, wie eine rosafarbene Kindernase unter der Wasseroberfläche verschwand. Ihr Herz setzte für einen Moment aus. *Die Geräusche, denen sie gefolgt waren, konnten doch keine Schritte gewesen sein, oder?*

Sie traute ihren Augen nicht und wartete, bis die Wellen verschwunden waren. Adrenalin wurde freigegeben und ihr Herzschlag raste. Da war es schon wieder! Dort, wo der See tiefer wurde, sah sie das Kind erneut, nur ein Gesicht, der Rest des Körpers verdeckt von Silt und Stein am Grund. Ihre Brust zog sich vor Angst zusammen und ihre Atmung war nun schnell und flach.

Warum zur Hölle war ein Kind allein hier unten?

Sie erstarrte, während sie mit ihrer Unentschlossenheit kämpfte. Beths Bauchgefühl schrie sie an, davonzurennen, jede Faser ihres Körpers forderte sie zum Rückzug auf. Sie schluckte schwer und konzentrierte sich wieder auf das Gesicht des Kindes, um ihre eigene Angst ignorieren und handeln zu können. Das Ganze ergab überhaupt keinen Sinn, aber sie musste doch etwas unternehmen.

»Jim! Da ist ein Kind im Wasser.« Sie begann, ihren schweren Overall abzustreifen, um sich tauchbereit zu machen.

»Ein *was* bitte?« Jims Gesicht war nahezu weiß, als er die Kamera ablegte und zu ihr lief.

»Ein Kind – da drüben«, sagte sie und zeigte auf das Wasser. »Es ist gerade erst untergegangen, wir können es noch retten, wenn wir uns beeilen.«

»Aber wir haben keine Taucherausrüstung dabei. Was, wenn es dort eine Strömung gibt? Wenn du runtergezogen wirst, bist du tot. Tu das bitte nicht«, flehte Jim sie an.

»Sei nicht so ein Feigling«, antwortete sie abwertend. »Hol eines von den Kletterseilen, das binde ich mir um. Falls was schiefgeht, ziehst du mich einfach wieder raus. Schnell!«

Die Worte trafen Jim wie eine Ohrfeige und er hastete los, um eine Seilpuppe aus seinem Rucksack zu holen. Jim band ihr den Strick um die Taille und fort war sie.

Beth watete hastig hinein und zog eine Spur wallender Sandstaubwolken durch das kristallklare Wasser, das sich daraufhin in eine undurchsichtige Brühe verwandelte. Ab Hüfttiefe begann sie zu schwimmen und sich mit kräftigen Beinschlägen voranzutreiben. Als sie an der richtigen Stelle zu sein glaubte, holte sie tief Luft und tauchte unter.

In zwei Metern Tiefe konnte sie den Jungen sehen. Das Kind sah nicht älter aus als sechs Jahre. Er hatte kurz geschorenes Haar und seine Gesichtshaut schimmerte blass und bläulich. Mit ganzer Kraft quälte sie sich tiefer, um das Kind an die Oberfläche bringen zu können, bevor es bleibende Hirnschäden erlitt. Sie kannte die Statistiken. Bereits nach fünf Minuten ohne Luftzufuhr begannen die Gehirnzellen abzusterben und Beth war wild entschlossen, es nicht so weit kommen zu lassen.

Als sie nur noch eine Armlänge entfernt war, öffneten sich plötzlich seine Augen. Doch irgendetwas stimmte an dem Bild nicht und sie hielt mitten in der Schwimmbewegung inne. Die Pupillen des Kindes flatterten, als sich sein Blick auf sie richtete, und verlängerten sich dann zu reptilienartigen Schlitzen. Die Iris und das Weiße des Augapfels wurden leuchtend grün. Die Lippen wurden gefletscht und entblößten einen Satz nadelspitzer Zähne. Beth hing starr vor Entsetzen im Wasser. Das Gesicht des Biests verformte sich noch weiter, Mund und Kiefer wurden länger, die Haut verdunkelte sich immer mehr zu einem satten Schwarz, als es die Tarnung komplett aufgab, die sie ins Wasser gelockt hatte.

Luftblasen schossen aus ihrem Mund, als sie anfing zu schreien. Beth fühlte ein kräftiges Zerren des Seils um ihre Mitte, das sie in Richtung Oberfläche zog. Der Bann war gebrochen, ihre Brust brannte mit dem Verlangen nach Sauerstoff und sie strampelte angestrengt mit den Beinen, um dem Monster unter sich zu entkommen.

Jim ließ das Seil laufen, während er zusah, wie seine Frau fieberhaft davonschwamm und schließlich unter der Wasseroberfläche verschwand. Er zwang sich, ruhig zu atmen und seine eigene Angst zu unterdrücken. Das alles machte doch überhaupt keinen Sinn. Wenn ein Kind vermisst würde, wäre doch bestimmt die ganze Stadt in Aufruhr, um es finden …

Ein weiterer Gedanke kam ihm in den Sinn … Luft. Er verfluchte seine eigene Dummheit. So weit unter der Erde und bei so schlechter Belüftung war es nicht unwahrscheinlich, dass der Sauerstoffgehalt in der Luft verringert war und zu verminderten Denkleistungen führte. Halluzinationen waren dann nicht mehr fern. In diesem Fall musste er seine Frau so schnell wie möglich aus dem Wasser holen.

Jim stemmte einen Fuß in den Sand und fing an, das Seil einzuholen, um seine Frau zurück an Land zu befördern.

Beth schwamm dem Licht entgegen, ihre rechte Hand stieß durch die Oberfläche. Nach einem panischen Blick legte sie einen schnellen Kraulschlag hin, für den ihre mit Adrenalin überfluteten Muskeln jedes bisschen Kraft aktivierten. Ihre Knie schlugen gegen Steine, als das Wasser flacher wurde, und sie stolperte über den festen Grund. Beth machte gerade einen Schritt nach vorn, als etwas ihr Bein festhielt und sie zurückzerrte. Mit vor Schreck weit aufgerissenem Mund starrte Beth hinab und musste feststellen, dass die Kreatur sie eingeholt hatte. Schwarze, knochige Finger umklammerten ihren Knöchel wie ein Schraubstock. Die Klauen durchdrangen ihre Haut und versanken tief in ihr, während sie vor Schmerz laut schrie.

Das Seil zerrte brutal von hinten an ihr, als Jim versuchte, sie an Land zu ziehen. Die Seilschlaufe rutschte bis unter ihre Arme, während sich ihr Mann und das Biest einen barbarischen Kampf um Beths Körper lieferten. Sie bekam keine Luft mehr, als sich das Seil wie ein Ring aus Feuer um ihren Rumpf presste und mit jedem Ruck eine ihrer Rippen brach. Beth sah hilflos dabei zu, als die obere Hälfte der Kreatur sich aus dem Wasser erhob. Sie hatte ein aalartiges Maul, bestückt mit ringförmigen Reihen nadelspitzer Zähne. Eine lange Zunge schnellte jetzt hervor und schmeckte die Luft. Über dem fürchterlichen Schlund leuchteten vier grüne Augen mit elliptischen Pupillen und blinzelten unabhängig voneinander.

Bedingt durch die heftige Gegenwehr standen sehnige Muskeln an den vorderen Gliedmaßen und dem Rumpf hervor. Ein schlangenartiger Schwanz, der durch das Wasser peitschte, verlieh ihm offenbar noch zusätzliche Kraft. Das Seil erschlaffte, die Kreatur musste es Jim aus den Händen gerissen haben. Mit unbändiger Kraft zog es Beth in eine Umarmung. Zwei Riechschlitze über dem Maul bebten, als es sich zu ihrem Hals hinunterbeugte und schnupperte. Ein leises Wimmern entfuhr Beth und ihre entleerende Blase sorgte für ein warmes Gefühl an ihren Beinen. Der Kopf hob sich, reptilienartige Augen starrten sie eindringlich an. Plötzlich klappten zwei Hautfalten am Hals des Wesens wie bei einer Kobra heraus, es stieß einen schrillen Schrei aus und saugte sich an ihrem Gesicht fest.

Beth konnte nur entsetzt aufschreien, als rasiermesserscharfe Zähne in ihre Wange drangen und das Gewebe mühelos zerteilten. Sie wehrte sich gegen das Biest, war aber aufgrund ihrer festgeklemmten Arme absolut hilflos. Die vergeblichen Schreie ihres Mannes, die ihren eigenen glichen, nahm sie nur noch am Rande wahr. Die Klauen öffneten gewaltsam ihren Mund und der hervorschnellende Kiefer zwängte sich an ihren Zähnen vorbei, umschloss ihre Zunge und riss sie mit einem Ruck heraus. Blut schoss in ihren Mund, während das Biest seine Trophäe herunterschlang; es floss ihre Kehle herab in ihren Magen und rann in ihre Lunge, als sie einatmete. Ihr Magen rebellierte und sie übergab sich, ein blutroter Strom schoss aus ihrem Mund und ergoss sich über ihre Brust und die Haut ihres Mörders.

—

Jim betrachtete das Geschehen entsetzt und fassungslos. Aus seinen vom Tauziehen zerschundenen Händen sickerte Blut. Beths Augen traten hervor, als die Kreatur sich in das Fleisch zwischen ihrem Hals und ihrer Schulter grub. Jim tastete seinen Gürtel ab und suchte dort nach dem Messer, das er beim Höhlenwandern immer bei sich hatte.

Seine Frau erschauderte in der tödlichen Umarmung, ihr Mund flehte lautlos, ihre Augen starrten ins Leere. Jim stürmte ins Wasser, das Messer in der Hand, sämtliche Gedanken an seine eigene Sicherheit ausgelöscht, durch den Drang, seiner Frau zu helfen. Als das Monster seinen geräuschvollen Anmarsch bemerkte, hob es den Kopf und ließ mit einem schmatzenden Geräusch von Beths Hals ab. Ein frischer Blutstrahl spritzte aus der tiefen Wunde und Beths Gesichtszüge erschlafften. Die Kreatur löste ihre Umklammerung und Beth verschwand tot unter der Wasseroberfläche.

—

Frische Beute war zugegen.

Jim hielt inne, als die Kreatur ihn plötzlich ins Visier nahm. Sie glitt auf ihn zu, den Kopf über Wasser, die grünen Augen auf ihn fixiert. Der kräftige Schwanz peitschte hin und her und trieb das Wesen mit enormer Kraft voran. Jim hob mit zitternder Hand sein Messer.

Als das Wesen in Reichweite war, zielte er auf den Hals und stach zu, doch es wich seiner unbeholfenen Attacke mühelos aus und vergrub stattdessen seine Zähne in seinem Handgelenk, was seine Sehnen auf einen Schlag durchtrennte. Jim schrie vor Schmerz und Schreck auf, als seine schlaffen, nutzlosen Finger das Messer fallen ließen. Er versuchte zurückzuweichen und an Land zu fliehen, aber es hatte bereits seinen Schwanz um seine Beine gewickelt wie ein Stahlband. Das Maul löste sich von seinem Handgelenk und aus seiner Schlagader sprudelte Blut hervor.

Die Lampen am Ufer beleuchteten die Kreatur, als sie sich vor Jim aufrichtete und mit gespreizten Hautlappen hypnotisierend hin und her wiegte. Blitzschnell schlug sie zu und nadelartige Zähne pflückten sein Auge mit einer flinken Bewegung aus seiner rechten Augenhöhle. Er schrie, als sein Augapfel vor seinem verbleibenden Auge zerkaut und verschlungen wurde, der Schmerz wie ein glühender Schürhaken in seinem Gehirn. Knöcherne Klauen umklammerten sein Gesicht und mit der neu geschaffenen Öffnung als Ansatzpunkt begann das Wesen sein Mahl. Als Jim verzweifelt zappelte, tauchte eine lange Daumenkralle tiefer in die leere Augenhöhle hinein, stieß durch die dünne Knochenwand und landete in seinem Gehirn.

2

Ellie beugte sich über den Bildschirm des Bootssonars und ihr von Salz geküsstes Haar umspielte ihre Schultern, als sie die Darstellung des Riffs unter sich studierte. »Okay, ich glaube, wir sind an der richtigen Stelle. Anker los!«

Sam wuchtete daraufhin einen schweren, vierarmigen Stahlanker über den Bug. Er klatschte durch die Dünungswellen und verschwand in der Tiefe, eine Spur von Luftblasen hinter sich her ziehend. Augenblicke später spannte sich die Kette, als der Anker Halt fand und das Boot am Bug herumschwenkte. Da dies nun erledigt war, schlüpfte Sam an der kleinen Kajüte vorbei und betrat den hinteren Bereich, der mit zwei schmalen Sitzbänken ausgestattet war. Ihre Ausrüstung stapelte sich in der Mitte.

Mit dem Boot in stabiler Position verließ Ellie das Steuer und nahm hinten Platz, um ihre eigene Ausrüstung vorzubereiten. Sie trug einen langärmligen Taucheranzug, der den Blick auf ihren limettengrünen Bikini preisgab, bis sie den Reißverschluss bis oben hin hochzog. Dunkles, schokoladenbraunes Haar wehte leicht gelockt um ihre Schultern. Für den Tauchgang band sie es mit geübter Hand zusammen und flocht es anschließend zu einem langen Zopf, wobei sie ihm einen fragenden Blick zuwarf.

»Alles in Ordnung? Du kommst mir irgendwie ruhiger vor als sonst.«

»Sorry, hatte keine tolle Schicht heute Morgen«, sagte Sam, überrascht, dass sie ihn so leicht durchschaut hatte.

Ellie widmete ihm nun ihre volle Aufmerksamkeit. »Was ist denn passiert? Ist jemand gestorben?«

Sam nickte. »Ja, ein Kind.«

Als Rettungsassistent des Ambulanzdienstes von New South Wales war sein Team wie immer als Erstes an der Unfallstelle gewesen. Wenn er seine Augen schloss, konnte er immer noch den kleinen, toten Körper in dem riesigen Krankenhausbett sehen. Winzige, dünne Arme, blass und kraftlos. Die Augen trüb und blind, die Hornhaut bereits am Austrocknen.

»Ein Badeunfall. Das arme Kerlchen war erst fünf Jahre alt.«

Ellie hob vor Schreck eine Hand an ihren Mund.

»Sein älterer Bruder hat ihn gefunden, mit dem Gesicht nach unten im Familienpool. Der Junge hat sein Bestes getan, hat ihn rausgezogen und sofort mit den Wiederbelebungsmaßnahmen begonnen, aber es war bereits zu spät.«

»Oh mein Gott, das ist ja furchtbar«, erwiderte Ellie. Sie beugte sich zu ihm und drückte seine Schulter. »Wie geht's dir jetzt damit?«

Sam holte tief Luft und versuchte, auf andere Gedanken zu kommen. »Schluss damit, ich will dich nicht auch noch belasten.« Er zwang sich zu einem Lächeln. »Ich habe schließlich versprochen, mit dir Tauchen zu gehen, also legen wir los.«

»Bist du dir sicher?«

Dieses Mal war sein Lächeln echt. »Ja.«

»Okay.« Sie hob ein Paar Taucherflossen und reichte sie hinüber. »Wenn es ein Tauchziel gibt, das dich endlich restlos überzeugen wird, dann ist es dieses hier. Das Riff unter uns ist eines der besten rund um Sydney. Haufenweise Fische und wenn wir Glück haben, sehen wir vielleicht sogar ein paar Sandtigerhaie.« Ihre Augen strahlten, während ein begeistertes Lächeln ihr Gesicht erhellte.

»Fantastisch.« Er versuchte, etwas Begeisterung in seine Stimme zu legen.

»Sam, wir müssen das heute nicht machen. Angesichts der morgigen Höhlentour sollten wir wahrscheinlich sowieso lieber unsere Ausrüstung ein letztes Mal gründlich checken.«

Er schaute abrupt auf und merkte, wie sie ihn mit Sorgenfältchen in den Augenwinkeln musterte.

»Hey, ich habe nicht gesagt, dass ich das nicht machen will.«

Halb schmunzelnd sagte sie: »Es steht dir aber ins Gesicht geschrieben. Ich weiß, dass du einen schweren Tag hattest, aber jedes Mal, wenn du mit mir Tauchen gehst, ist es ziemlich offensichtlich, dass du es hasst unter Wasser zu sein.«

Sam verzog das Gesicht. »Das hast du gemerkt?«

Ellie biss sich auf die Unterlippe, als sie nickte.

»Okay, ich gebe es ja zu, ich bekomme immer Platzangst wie nur sonst was, wenn ich da unten bin«, seufzte er. »Ich weiß aber, dass es vollkommen unbegründet ist, also werde ich mich dieser dummen Angst so lange stellen, bis ich sie überwunden habe.«

»Warum die ganze Mühe, wenn's dir sowieso keinen Spaß macht? Du musst mir nichts beweisen, erst recht nicht, nachdem ich dich klettern gesehen habe.« Ellie überprüfte noch einmal ihre Gasflasche und das Tragegeschirr, während sie sprach. »Um Himmels willen, letztes Wochenende hast du in neunzig Metern Höhe in der freien Luft herumgebaumelt, und das nur an zwei Fingern. Seil oder nicht, das würde ich mich nie im Leben trauen.«

Durch das Felsenklettern hatten sie sich vor vier Monaten überhaupt erst kennengelernt. Ellie war seiner Gruppe für eine Vorstiegs-Tour in den Blue Mountains beigetreten. Sam hatte sich von ihrem ansteckenden Lächeln sofort angezogen gefühlt und sie hatten sich auf Anhieb gut verstanden. Seitdem verbrachten sie den Großteil ihrer freien Zeit miteinander. Er hatte schon bald festgestellt, dass Ellies ausgeprägter Sinn für Abenteuer sich nicht nur auf Felsenklettern beschränkte. Sie hatte außerdem ein Faible dafür, beim Höhlenwandern durch die Eingeweide der Erde zu kriechen. Ellie und ihr Bruder waren sogar zwei der besten Höhlentaucher des ganzen Bundesstaates.

»Es ist nicht nur die Platzangst. Ich weiß, du liebst das Tauchen über alles, deshalb möchte ich in der Lage sein, diese Seite an dir zu verstehen und ein paar dieser Erlebnisse mit dir teilen zu können.«

Ellie grinste. »Komm her, du Teddybär.« Sie beugte sich vor und küsste ihn. »Versuch' einfach, dich zu entspannen und das Ganze zu genießen. Vergiss das Wasser und achte lieber auf die Schönheit um dich herum. Es ist immerhin eine komplette Welt, die die meisten Menschen niemals zu Gesicht bekommen.«

»Okay, ich versuch's.«

Das Paar traf nun ihre letzten Vorbereitungen für den Tauchgang. Sie legten diverse Ausrüstungsteile an, bis sie schließlich mit Taucherflossen an den Füßen und Gasflaschen auf den Rücken am Rand des Boots saßen. Mit dem Atemregler locker zwischen die Zähne geklemmt, holte Sam noch mal tief Luft. Ellie gab ihm ein OK-Zeichen und nachdem er es erwidert hatte, ließ sie sich rückwärts ins Wasser fallen. Nach kurzem Zögern folgte Sam ihr.

Durch den Schock des kalten Wassers stockte ihm für einen Moment der Atem und er trat an der Oberfläche Wasser, bis er sich akklimatisiert hatte. Ellie dümpelte derweil geduldig neben ihm. Eine sanfte Dünung drückte Sam mit dem Rücken gegen das Boot.

»Alles okay?«

Sam nickte. Ellie schenkte ihm ein letztes Grinsen, bevor sie den Atemregler in den Mund nahm, abtauchte und unter der Wasseroberfläche verschwand. Sam atmete noch mal tief durch und folgte ihr.

Er blieb dicht hinter ihr, als sie auf den Grund zuhielt. Die Sicht war nicht die Beste, sie war auf etwa zehn Meter reduziert. Alles, was Sam sehen konnte, war leeres, dunkles Blau in alle Richtungen. Er konzentrierte sich wieder auf Ellie, die jetzt etwas Vorsprung gewonnen hatte und direkt auf das Riff zusteuerte, das nun langsam unter ihnen im Dunst zum Vorschein kam.

Sam achtete darauf, gleichmäßig mit den Flossen zu schlagen und ruhig zu atmen, um Luft zu sparen. Die Strömung war stärker, als er erwartet hatte, und zwang ihn dazu, immer fester zu treten, um auf Linie bleiben zu können.

Plötzlich schmetterte etwas gegen seinen Rücken, er verspürte einen festen Schlag gegen seine Flasche, was ihn mit der Kraft eines Rammbocks vorwärts katapultierte. Sein Atemregler rutschte aus seinem Mund.

Was zur Hölle war das denn gewesen?

Sein von Adrenalin durchströmtes Herz raste. *War er gerade von einem Hai geschubst worden?* Er stellte seine Schwimmbewegungen sofort ein und schwebte im Wasser, wobei er versuchte, in alle Richtungen gleichzeitig zu schauen. Bei dem Aufprall war etwas Wasser in seine Tauchermaske gelangt und füllte nun das untere Drittel.

Er konnte deshalb weder Ellie, noch das Riff sehen und die Strömung hatte ihn vermutlich schon ein ganzes Stück weit weggetragen.

Er sah hinter sich, wieder zur Seite … nichts.

Dann entdeckte er plötzlich eine schnelle Bewegung … etwas Großes, Schwarzes.

Scheiße.

Sam wollte hinterherschwimmen, verlor den Schatten aber in der blauen Dunkelheit aus den Augen. Seine Brust brannte vor lauter Verlangen, zu atmen. Er angelte nach dem Schlauch des Atemreglers und zog ihn zu sich. Als er darauf biss und hektisch einatmete, inhalierte er allerdings versehentlich etwas Wasser und musste heftig husten.

Das Bild seines toten Patienten erschien jetzt vor seinem inneren Auge. Die weiße Haut, die schlaffen Muskeln, die trüben, leblosen Augen. Ertrunken. Beklemmung machte sich in ihm breit, als sich sein Atem unweigerlich beschleunigte. Er musste an die Oberfläche. *Sofort!*

Er trat so hart, wie er nur konnte, angetrieben von purer Furcht. Augenblicke später durchstieß sein Kopf die Oberfläche. Er spuckte den Regler aus und atmete hektisch ein und aus, bis der nächste Hustenanfall eintrat. Er sah sich hastig um, bis er endlich, vierzig Meter zu seiner Rechten, ihr Boot entdeckte. Unbeirrbar schwamm er darauf zu und bemühte sich dabei um geschmeidige Bewegungen, trotz seines Drangs, das Wasser so schnell wie möglich zu verlassen. Bei jedem

Schlag wartete er darauf, dass sich rasiermesserscharfe Zähne in sein Bein gruben und ihn wieder in die Tiefe zogen.

Doch nichts geschah.

Als er das Bootsheck erreichte, streifte er die Flossen ab, warf sie über den Rand und kletterte hastig die Leiter hinauf. Er setzte seine Gasflaschen ab und ließ sich auf eine der Bänke sinken, wo er nach Luft schnappte und darauf wartete, dass seine Herzfrequenz wieder sank. Aus dem Augenwinkel konnte er jetzt eine Bewegung an der Wasseroberfläche seitlich des Bootes ausmachen.

Ein Strudel im Wasser.

Er stand auf und suchte die Oberfläche ab, denn die Sorge um Ellies Sicherheit stand nun an vorderster Stelle für ihn. Während er das Wasser absuchte, steckte ein Seehund den Kopf aus dem Nass und glänzende, schwarze Augen betrachteten ihn mit einem, wie Sam fand, schelmischen Ausdruck.

»Du freches, kleines Stück«, murmelte Sam, als ihm klar wurde, dass es vermutlich der Seehund gewesen war, der ihn spielerisch geschubst hatte.

Das laute Geräusch eines Atemreglers kündigte kurz darauf Ellies Erscheinen an der Wasseroberfläche an. Sie ließ das Atemgerät fallen, schob ihre Tauchermaske bis zu ihrer Stirn hoch und schaute Sam verwirrt an.

»Alles in Ordnung?«

Sam fühlte, wie Hitze in seine Wangen stieg, weil ihm nun klar war, dass er ganz umsonst in Panik geraten war.

»Ja, ich hab's geschafft, Wasser einzuatmen. Fühlte sich an, als müsste ich mir die Eingeweide raushusten.«

Ellie erklomm das Bootsheck und begann, ihre Ausrüstung abzulegen. »Heute ist offensichtlich nicht der richtige Tag für einen Tauchgang. Wie wär's, wenn wir zurückfahren und gemütlich ein paar Bierchen trinken, bevor die anderen kommen?«

—

Mit einem Ellbogen auf die Bar gestützt, warf Sam den Kopf zurück und leerte den letzten Rest seines Glases. Er spülte das Bier in seinem Mund umher, bevor er hinunterschluckte, und stellte das leere Glas dann auf einen Bierdeckel. Ellie hatte gerade eine Textnachricht bekommen, dass die Leute, die sie treffen wollten, nun angekommen waren, und war losgegangen, um sie zu suchen.

»Willst du noch eines?«, fragte der Barmann.

Sam zählte die Gläser zusammen, die er bereits vernichtet hatte, seit sie den Pub betreten hatten. Die Drinks verschwanden heute noch schneller als üblich.

»Ja klar, warum nicht.«

Sam reichte seine Kreditkarte rüber, als zwei Pacific-Ale-Flaschen vor ihm auftauchten.

Eine leichte Hand landete auf seiner Schulter. »Wir haben einen Tisch drüben in der Ecke. Komm mit, ich stelle dir die Gang vor«, sagte Ellie lächelnd.

Sie wartete, bis er von seinem Barhocker gerutscht war, ging voraus und schlängelte sich durch die

Menschenmenge bis zu einer Sitzecke am anderen Ende des Pubs. Zwei Kerle und eine Frau saßen um den Tisch herum. Einer der Männer hatte einen ähnlichen Teint und fast die gleiche Gesichtsform wie Ellie und Sam vermutete deshalb, dass dies ihr Bruder war.

»Das ist mein Freund Sam«, sagte Ellie.

Sam war überrascht, weil sie diesen Titel zum allerersten Mal verwendete und ihn dann auch noch so betonte. Er sah sie mit fragend erhobener Augenbraue und einem halben Lächeln von der Seite an. Ellie grinste zurück und zuckte mit den Schultern. Dann wandte sie sich wieder den Leuten am Tisch zu. »Sam ist Rettungsassistent und da wir es hier mit einer komplett unerforschten Höhle zu tun haben, hielt ich medizinische Unterstützung für eine gute Idee.« Sie stellte ihm nun alle Anwesenden vor, angefangen bei dem rothaarigen Mann, der so viele Sommersprossen hatte, dass sie beinahe zu einer einzigen Masse verschmolzen. »Das ist Aaron, er hat mir so ziemlich alles beigebracht, was ich weiß.«

Aaron nickte. »Jup, sie schuldet mir echt was.«

Ellie verdrehte die Augen. »Auf die Gefahr hin, sein sowieso schon überdimensioniertes Ego zum Platzen zu bringen, muss ich sagen, dass er wirklich eine gewaltige Menge an Erfahrung mitbringt. Es gibt in Australien kaum jemanden, der so viele Höhlen erforscht hat oder ihm im Höhlentauchen das Wasser reichen kann. Als Nächstes wäre da mein Bruder, Max.«

Sam beugte sich vor, um die angebotene Hand zu schütteln, und musste sich beherrschen, nicht das Gesicht zu verziehen, als seine Hand dabei fast zerquetscht wurde. Max hielt seinem Blick ausdruckslos stand, bevor er sich wieder auf seinem Stuhl niederließ.

»Max scheint zu denken, dass er meine Beziehungen absegnen darf, aber da er mein *kleiner* Bruder ist, wird er seine Meinung schön für sich behalten«, sagte Ellie und warf ihm einen strengen Blick zu.

Sam betrachtete Max, während der seine Schwester ansah. So klein kam er ihm gar nicht vor. Er war gebaut wie ein Rugby-Stürmer, hatte ein enorm breites Kreuz und Sam wäre nicht überrascht gewesen, wenn Max mehr als eins-achtzig groß war.

»Max unterrichtet die sechste Klasse an der hiesigen Schule, aber er weiß genug, um sich unter der Erde nützlich zu machen. Zu guter Letzt hätten wir noch Frida. Wir arbeiten zusammen an der Uni und sie ist eine angesehene Biologin mit Schwerpunkt Höhlen-Ökosysteme.«

»Nicht halb so angesehen wie Ellie unter den Geologen«, erwiderte Frida mit einem schüchternen Lächeln. Sie gab ihm einen warmen, festen Händedruck. »Schön, dass du mit dabei bist, Sam.«

»Man weiß schließlich nie, was für eine Scheiße auf einen in einem neuen Höhlensystem zukommt, da ist es durchaus beruhigend, einen ausgebildeten Sani zur Hand zur haben«, meinte Aaron. Kurz danach zog er eine Landkarte aus seinem Rucksack, schob ein paar Gläser beiseite und breitete die Karte auf dem Tisch aus.

»Nun, da die Vorstellungsrunde vorbei ist, können wir doch direkt loslegen, oder nicht?«

Ellie und Sam zogen Stühle heran und nahmen ebenfalls Platz. Die Karte zeigte die Umgebung eines Ortes namens Pintalba im Westen von New South Wales. Mit einem roten Marker machte Aaron ein kleines Kreuz, etwa fünfzehn Kilometer südwestlich des Stadtzentrums.

»An dieser Stelle befindet sich unsere Höhle, unter einer privaten Schaffarm, die einem Kerl namens Shane Anastas gehört. Das System ist komplett unberührt, unerforscht von …«

»Ich dachte, ein Pärchen wäre letzten Monat reingegangen?«, warf Frida ein.

Ellie, Max und Aaron warfen ihr ernste Blicke zu.

»Wir wissen nicht genau, was mit diesen Leuten passiert ist. Offiziell gelten sie als vermisst«, sagte Aaron. »Anastas hat zwar bestätigt, dass sie ihn für den Zugang zu seinem Land und der Höhle bezahlt haben, aber es gab an der Stelle nicht die geringste Spur von ihrem Equipment. Im Bericht der örtlichen Polizei hieß es, dass es auch keine Hinweise darauf gab, dass sie jemals da waren.«

»Sie sind extra nach Pintalba gefahren, um die Höhle zu erforschen, und haben sich dann plötzlich in Luft aufgelöst? Das kommt mir aber sehr suspekt vor«, meinte Frida.

»Willst du nun mitkommen oder nicht?«, murmelte Aaron, dem gerade eindeutig die Geduld ausging. »Wir haben hier die einmalige Gelegenheit, als Erste dieses neue System zu erkunden. Falls wir da unten Beweise finden, die es widerlegen, habe ich nichts dagegen, aus unserem Trip eine Bergungsaktion zu machen. Doch weiß Gott, so lange hält es da unten niemand lebend aus.« Er seufzte. »Können wir jetzt wieder zurück zum Thema kommen?«

Frida presste ihre Lippen aufeinander, nickte aber und lehnte sich in ihrem Stuhl zurück.

Aaron rieb sich kurz die Augen und tippte dann mit seinem Zeigefinger auf das rote Kreuz. »Unser Farmer hat die Doline beim Schafehüten entdeckt. Der arme Kerl ist wohl beinahe mit dem Motorrad reingefahren und konnte gerade noch anhalten, als er gesehen hat, wie eines seiner Schafe von jetzt auf gleich vom Erdboden verschluckt wurde.«

»Da haben wir ja noch mal Glück gehabt, was?«, sagte Ellie grinsend.

»Kannst du laut sagen. Als er sah, wie tief das Loch ist und dass womöglich ein Tunnel davon abgeht, hat er die Drohne seines Sohnes runtergeschickt und die hat gezeigt, dass tatsächlich die Decke eines kompletten Höhlensystems eingestürzt ist.«

Er sah wieder auf. »Ellie, du bist die Geologie-Expertin unter uns, was glaubst du, womit wir es hier zu tun haben?«

»Dieser Teil des Landes lag vor hundertvierzig Millionen Jahren unter einem Binnenmeer, wobei sich Sedimente und Schichten von zahllosen mikroskopischen Pflanzen und Tieren dort angesammelt haben. Daraus ergibt sich eine Mischung aus Sandstein- und Kalksteingebieten, wir könnten dort unten also beides finden. Pintalba war außerdem mal für seine Opale bekannt, richtig, Aaron?«

»Ja, aber nach allem, was ich online zu diesem Thema finden konnte, ist diese Industrie vor über vierzig Jahren aus irgendeinem Grund den Bach runtergegangen. Jetzt ist es nichts weiter als ein vergreisendes Städtchen umgeben von unwirtschaftlichen Farmen. Die Haupteinnahmequelle sind offenbar Touristen, die mit ihren Wohnwagen durchfahren. Ziemlich traurig eigentlich.«

»Na, jedenfalls wird es laut Ellie höchstwahrscheinlich trocken dort unten sein, aber es besteht dennoch die Möglichkeit, auf mit Wasser gefüllte Passagen zu treffen. Aus diesem Grund werden wir auch unsere Tauchausrüstungen mitnehmen.« Aaron sah zu Sam hinüber. »Da du neu auf diesem Gebiet bist und deshalb wahrscheinlich keine eigenen Gerätschaften hast, habe ich was für dich mitgebracht.«

Sam spürte einen Hauch von Beklemmung bei dem Gedanken an das unterirdische Tauchen. Das war nicht Teil der Abmachung gewesen.

»Äh, okay, aber ich glaube, ich bleibe an diesen Stellen lieber als medizinische Rückendeckung. Falls wir solche Stellen finden, meine ich.«

Aaron zuckte mit den Schultern. »Du kannst aber doch tauchen, oder?«

Sam nickte.

»Gut, das ist die Hauptsache. Niemand wird dich zu irgendwas zwingen, aber falls es mal ernst werden sollte, bist du besser vorbereitet.« Aaron wandte sich wieder an Ellie. »Hattest du Glück mit den Vermessungsgeräten von der Uni?«

»Ja.« Ellie holte ihr Smartphone hervor, um ihnen ein Bild zu zeigen. Darauf sah man ein Lasergerät, einen Akku und einen Laptop. »Ich stelle vor: *Zebedee*, das mobile Kartierungssystem. Dieses Baby wird uns so viel Zeit sparen.«

Max betrachtete das Foto und sah mit leicht verwirrter Miene hoch. »Wo ist der Rest davon? Ich dachte, diese Dinger wären gigantisch.«

»Das waren sie einmal. Dieser hier ist klein genug zum Herumtragen und wird die gesamte Höhle vermessen, während wir unterwegs sind.«

Aaron gab ein leises Pfeifen von sich. »Mann-o-mann, das Ding hat bestimmt eine schöne Stange Geld gekostet.«

»Noch einiges mehr«, sagte Ellie mit einem verkniffenen Gesicht. »Das hat mich so ziemlich jeden Gefallen gekostet, der noch irgendwo ausstand. Falls wir das Gerät verlieren oder kaputtmachen, werde ich wohl nie wieder zur Uni gehen können. Aber das ist es trotzdem wert. Wenn wir durch sind, wird uns der *Zebedee* ein dreidimensionales Bild und die genauen Maße der Höhlen liefern können.«

Sam wandte sich nun an Frida. »Ich habe Erste-Hilfe-Material für alle üblichen Verletzungen, aber ich habe gar nicht an die Behandlung von Vergiftungen gedacht. Du bist doch Biologin, stimmt's? Gibt's da unten irgendwas, weswegen ich mir Sorgen machen müsste?«

Fridas Augen erstrahlten, sobald es um ihr Spezialgebiet ging. »Ökosysteme in Höhlen variieren natürlich enorm, aber für gewöhnlich begegnet man dort einigen Spinnen, Schlangen und diversen Insektenpopulationen. Da dies ein vollkommen unberührtes Biotop ist, wer weiß, vielleicht entdecken wir sogar eine ganz neue Spezies dort unten.«

»Wirklich?«, fragte Sam skeptisch. »Ich dachte, dass so ziemlich jedes Tier bereits entdeckt worden ist.«

»Erst vor ein paar Jahren wurden über dreißig neue Spezies in einem kroatischen Höhlensystem entdeckt. Zugegebenermaßen waren es nur Insekten, aber trotzdem – das ist ziemlich cool.«

»Die waren nicht zufällig von der bissigen Variante, oder?«, fragte Sam beunruhigt.

»Das weiß ich ehrlich gesagt gar nicht.«

»Okay. Ich habe Druckverbände, Antihistaminika und Adrenalin, das sollte reichen. Mit ein bisschen Glück werden wir das alles aber gar nicht brauchen.«

Sam lehnte sich in seinem Stuhl zurück und nippte an seinem Bier. Alles ging nun ziemlich schnell vonstatten.

Ellie hatte ihm erst letzte Woche von dem Trip erzählt und er hatte Glück gehabt, ein paar Tage freinehmen zu können. Damit sich andere Forscher mit mehr Geld nicht beim Farmer vordrängelten, hatten Ellie und Aaron ihr Bestes gegeben, um die Aktion einigermaßen geheimzuhalten.

Wie Sam langsam feststellen musste, konnte Caving offenbar zu einem richtigen Wettbewerb ausarten. Er war immer noch neugierig, wie sie überhaupt davon erfahren hatten.

»Hey, Aaron, wie hast du eigentlich Wind von der ganzen Sache bekommen?«

Aaron verzog das Gesicht. »Das war wahrscheinlich nicht mein stolzester Moment. Es ging durch die üblichen bürokratischen Kanäle. Normalerweise gibt es eine Warteschlange von Cavern, die sich den Papierkrieg geben, um die ganzen Genehmigungen zu erhalten, aber ich habe die Vorschriften weiträumig umgangen und dem Farmer sofort ein Angebot gemacht, das er einfach nicht ausschlagen konnte.«

»Dem Himmel sei Dank, dass Aaron mit 'nem Silberlöffel im Mund zur Welt gekommen ist und immer etwas Geld rumliegen hat«, spottete Max.

»Hey, von euch hat sich doch wohl bisher noch keiner beschwert. So oder so, morgen geht's los, und ich zumindest kann's kaum noch erwarten.« Aaron sah auf seine Uhr. »Scheiße. Wir sollten jetzt besser mal die Kurve kratzen, wenn wir um fünf loswollen.«

Sam nahm noch einen Schluck Bier und beschloss, den Rest stehen zu lassen. Wenn er so früh aufstehen musste, wollte er keinen Kater haben. Nach einer kurzen Diskussion, wo sie sich am Morgen treffen wollten, löste sich die Gruppe auf, um noch ein wenig Schlaf zu finden.

3

Sam wachte desorientiert und mit steifem Nacken auf. Mit trüben Augen blickte er zu seiner Rechten und fand Ellies Hand auf seiner Schulter.

»Zeit, aufzustehen, du Schlafmütze, wir sind bald da«, sagte sie.

Sam hatte die erste Schicht hinter dem Steuer übernommen, als sie Sydney in den frühen Morgenstunden mit drei Wagen verlassen hatten; Ellie und Sam in seinem Subaru-Kombi, Aaron und Frida in einem Toyota-Viertürer, Max hatte beschlossen, allein zu fahren, mit dem Großteil ihrer Ausrüstung auf der Ladefläche seines Pick-ups. Sam war die ersten vier Stunden gefahren, bis seine Augen zuzufallen drohten. Danach hatten sich Ellie und er ungefähr stündlich abgewechselt. Es sei denn, er hatte länger geschlafen als beabsichtigt.

»Wie lange war ich weg?«, fragte er durch ein Gähnen hindurch.

»Zwei Stunden. Du hast so fertig ausgesehen und mir ging's prima, also habe ich dich schlafen lassen.«

Sam rappelte sich aus seiner verknickten Schlafposition auf, ein Fuß auf dem Armaturenbrett und den Kopf gegen die Tür gelehnt. Seine Nackenmuskulatur protestierte gegen jegliche Bewegung und er verzog schmerzerfüllt das Gesicht, als er sich langsam ausstreckte. Er hatte einen widerlichen Geschmack im Mund und seine Zunge war so trocken, als hätte er die ganze Zeit mit offenem Mund geschlafen. Ellie bremste, fuhr an den Straßenrand und hielt an.

Sam rieb sich noch einmal die Augen und nahm dann einen Schluck Wasser aus der Flasche im Getränkehalter. Als er aus dem Auto sah, hob er fragend eine Augenbraue.

»Wo sind wir? Sollte es in Pintalba nicht wenigstens ein paar Leute geben?«

Sie parkten am Rande einer einspurigen Schotterstraße, umringt von staubtrockenem Land. Sam nahm an, dass die Weiden irgendwann einmal grün gewesen waren, aber zwei Jahrzehnte periodischer Dürre hatten ihnen nicht gutgetan. Nun gab es hier nichts weiter als roten Staub zwischen Büscheln von verdorrtem, gelben Gras, die von hungrigen Schafen fast bis auf die Wurzeln abgeknabbert worden waren. Kleine Gruppen von alten Eukalyptusbäumen sprenkelten den Horizont, zusammengedrängt wie niedergeschlagene Wächter, dazu gezwungen, dem langsamen Tod des Landes beizuwohnen.

»Wir sind bereits vor 'ner Viertelstunde durch Pintalba gefahren. Da wir noch etwas Tageslicht übrig hatten, hat Aaron getextet und gefragt, ob wir nicht schon 'nen kurzen Abstecher zur Höhle machen wollen.« Ellie löste ihren Sicherheitsgurt und öffnete die Tür. »Komm schon, die anderen sind bereits an der Doline.«

Sam stieg aus und musste erst einmal mit dem Fuß aufstampfen, um das lästige Kribbeln aus seinem eingeschlafenen Bein zu vertreiben, bevor er ihr folgen konnte. Sie bewegten sich auf eine Reihe von Zaunpfählen zu, die in einem unförmigen Kreis etwa fünfzig Meter von der Straße entfernt aufgestellt waren. Ein pinkfarbenes Absperrband diente als notdürftige Barriere. Das Band flatterte sanft im Wind, als Sam zu den anderen stieß. Seine Stiefel und das untere Drittel seiner Jeans waren selbst nach dem kurzen Weg schon komplett mit rotem Staub überzogen. Aaron und Max diskutierten bereits, wie sie einen Fixpunkt zum Abseilen anbringen konnten.

Weniger als einen Meter hinter der Absperrung ging es abrupt hinunter in die Tiefe. Sam beugte sich bei dem Versuch, den Boden zu erspähen, vorsichtig vorwärts. Da die Sonne schon tief stand, lag der Schacht fast vollständig im Schatten.

»Wie tief ist das?«, fragte Sam neugierig.

»Der Farmer schätzt ungefähr dreißig Meter. Auf jeden Fall tief genug, um nicht reinfallen zu wollen«, erklärte Aaron.

Sam trat unbewusst einen Schritt zurück. Verglichen mit der Umgebung ging von dem Loch eine Kälte aus, als stünde man vor einem offenen Kühlschrank. Ein Schauer lief ihm den Rücken hinab und stellte ihm unweigerlich die Nackenhaare auf.

»Kommt da kühle Luft aus dem Schacht?«, fragte Sam verblüfft.

»Ja, da unten wird es ein bisschen kühler sein als hier oben«, bestätigte Ellie. »Die Untergrundtemperaturen schwanken von Ort zu Ort und können irgendwo zwischen zwölf Grad wie in Hobarth und achtzehn Grad wie in Teilen von Queensland liegen. Hier sind wir wahrscheinlich im oberen Bereich, aber wir werden trotzdem Thermowäsche brauchen.«

Frida fröstelte, entfernte sich ein paar Schritte und rieb sich mit den Händen über ihre Arme. »Na ja, falls das Pärchen noch da unten sein sollte, dann kann die Verwesung noch nicht sehr weit fortgeschritten sein.«

»Das ist aber ein sehr großes *Falls*, schon vergessen?«, sagte Aaron.

»Hat jemand von euch sie denn gekannt?«, fragte Sam.

»Nicht gut«, meinte Ellie zögerlich. »Sie hatten einen gewissen Ruf als Draufgänger. Einmal hab ich sie bei einem Trip in die Blue Mountains begleitet, aber Beth, war selbst mir etwas zu viel. Ständig hat sie davon gequatscht, Grenzen austesten zu wollen, und dann haben wir uns wegen mangelnder Sicherheitsvorkehrungen gestritten. Danach war das Ganze für mich gelaufen und seitdem bin ich ihnen aus dem Weg gegangen.« Ellie zuckte mit den Schultern. »Ich sage es mal so: Falls sie wirklich da unten verloren gegangen sind, würde es mich nicht überraschen. Wenn man oft genug Risiken eingeht …«

»Könnte ein Deckeneinsturz gewesen sein, so was kann man nicht einplanen«, warf Max ein.

»Himmel! Könnt ihr nicht mal aufhören? Ihr klingt schon wie kleine Kinder, die sich Gruselgeschichten erzählen«, murrte Aaron. »Falls sie tatsächlich da unten wären, wäre ihre Ausrüstung doch da, und laut Polizeibericht gab es keine Hinweise darauf, dass sie sich hier abgeseilt haben. Die Höhle ist leer, okay?«

Ellie drehte sich um und blinzelte in den Sonnenuntergang, der ihr Gesicht in verschiedene Pinktöne tauchte. »Es ist schon spät. Warum fahren wir nicht erst mal in den Ort und regeln dort unsere Unterbringung? Ich will im Dunkeln nämlich nicht über diese Feldwege irren.«

4

Brooke lehnte an der Ladenfront und während sie auf ihre Pizza zum Mitnehmen wartete, schaute sie gemütlich dabei zu, wie die Touristen ihre Ausrüstung ausluden und ins Hotel trugen. Die Laternen entlang der Straße erwachten zum Leben, als der Tag zuende, ging, und warfen fahle Lichtkegel auf die Gehwege. Die einzige andere Lichtquelle ging von den Fenstern des Hotels, dem Pizzaladen hinter ihr und einem Café ein paar Häuser weiter aus. Alle anderen Geschäfte waren entweder für den Abend geschlossen worden oder endgültig zugenagelt.

Sie beobachtete, wie einer der Touristen aus dem Hotel kam und eine Decke im Laderaum seines Kombis ausbreitete, um mehrere Tauchflaschen und einen Stapel von etwas, das nach Kletterseilen aussah, vor neugierigen Blicken zu schützen. Mildes Interesse war in ihr geweckt, als sie sich fragte, was man mit einem solchen Equipment in einer so trockenen und flachen Gegend wie der ihres Heimatorts anstellen wollte.

»Deine Pizza ist fertig, Liebes.« Sharon, die Ladenbesitzerin stand jetzt in der Tür zu ihrer Linken.

Sowohl die Touristen als auch ihr Klettergerät waren sofort vergessen, als Brooke den Pizzakarton entgegennahm und gegen einen Zwanzig-Dollar-Schein tauschte.

Sharon steckte das Geld in ihre Schürzentasche und Lachfältchen umringten ihre Augen. »Du und Tim macht heute Abend wohl einen auf gemütlich, was?« Die ältere Frau ergriff Brookes linke Hand und betrachtete den leeren Ringfinger. »Er könnte sich langsam aber mal aufraffen und die große Frage stellen. Hier hätte schon vor Monaten ein Diamant sein sollen.«

Brooke verdrehte die Augen und lächelte amüsiert. »Oh mein Gott, nicht du auch noch.« Sie musste unbedingt aus dieser Stadt heraus, wo jeder über jeden Bescheid wusste. »Meine Mom geht mir damit schon genug auf die Nerven. Das kannst du dir also sparen.«

Sharon kicherte, als sie sich umdrehte und in den Laden zurückkehrte. »Ihr passt eben gut zusammen. Manche Leute brauchen eben einfach einen kleinen Schubs.«

Brooke legte die Schachtel auf den Beifahrersitz ihres alten Holden Commodore und fuhr die paar Blocks bis nach Hause. Tims Pick-up stand bereits in der Einfahrt. Das Licht im Wohnzimmer war an und warf einen behaglichen Schimmer auf das gelbe Gras in ihrem Vorgarten. Sie parkte neben dem anderen Fahrzeug und mit dem Pizzakarton in der Hand lief sie seitlich am Haus entlang bis zur Hintertür, die sie nie abschlossen. Die Rückseite des Hauses war komplett in Schatten getaucht.

Ihr Blick fiel auf ein leeres Trampolin, auf dem sonst ihr Kelpie Gus herumlungerte, und sie ging davon aus, dass der Hund bereits im Haus war.

Mit einer Hand auf dem Türknauf blieb sie kurz stehen, als sich ihre Nackenhaare plötzlich aufstellten. Brooke drehte sich um und starrte in die Dunkelheit hinein.

»Gus? Bist du das?«

Ihr Haus lag auf einem großen Grundstück, das zur Gründerzeit der Stadt sowohl zum Schürfen von Opalen als auch zu Wohnzwecken gedient hatte. Ein paar trockene Eukalyptusbäume standen hier und da entlang des Zauns, mit knorrigen Ästen, die gruselige Schatten auf den nackten Boden warfen. Da hier niemand Wasser für so etwas Unwichtiges wie einen Rasen verschwendete, war ihr Garten in den letzten zwei Jahren, die sie hier gelebt hatte, von nichts weiter als rotem Staub bedeckt gewesen.

Brooke stieg wieder von der Veranda herab und machte ein paar Schritte in die Dunkelheit hinein. »Gus? Komm her, Kleiner.«

Ein Wimmern kam aus Richtung des Zauns, der Klang eines Hundes mit Schmerzen. Sie hatte in der Woche zuvor eine Mulgaschlange in der Nähe gesehen und betete, dass Gus ihr nicht begegnet war. Sie ließ den Pizzakarton auf die Betonstufe fallen und lief tiefer in den Garten hinein. Gus' Wimmern schien aus der linken hinteren Ecke des Grundstücks zu kommen, wo sich ein verschlossener, alter Minenschacht befand. Hinter dem Zaun gab es eine große Aufschüttung, die im Mondlicht knochenweiß schimmerte.

»Du hast dich hoffentlich nicht beißen lassen, ich kann mir keinen Tierarzt leisten, Kumpel«, flüsterte sie leise.

Staubwolken bildeten sich um ihre Füße, während sie voranschritt. Aus der pechschwarzen Dunkelheit entlang des Zauns wurden graue Schatten, als ihre Augen sich langsam an die Dunkelheit gewöhnten. »Gus? Wo bist du?«

Der Eingang der Opal-Mine war ein in den Boden gehauenes, grobes Quadrat, das mit einem Deckel aus Kiefernholzbrettern abgedeckt war. Zwei der Bretter fehlten nun und das übrige vermoderte Holz erinnerte an ein halb geöffnetes Auge, das sie anstarrte, als sie sich näherte. Trotz der milden Abendluft überfiel Brooke ein Schaudern. Sie warf einen Blick über ihre Schulter und dachte daran, Tim zu holen, als sie den Hund erneut wimmern hörte. Dieses Mal war sie sich sicher, dass das Geräusch von der Mine kam.

Die Besorgnis um ihren Hund trieb sie voran; sie joggte die letzten Meter und kniete sich dann auf den Boden. Der Schacht unter dem Loch war pechschwarz, Dunkelheit füllte den Raum wie eine greifbare Masse. Sie beugte sich herab, um besser sehen zu können. »Gus?«

Vier grüne Augen blinzelten ihr entgegen, wie die elliptischen Pupillen einer Giftnatter, die im Dunkeln leuchteten. Brooke schrie vor Schreck auf und ihr Innerstes zog sich zusammen. Eine schwarze Pranke schoss aus dem Loch heraus und knochige Finger mit nadelspitzen Klauen packten ihre Kehle, bevor sie außer Reichweite gelangen konnte. Sie ächzte, ihr Verstand war starr vor Schreck, als die Krallen ihre Haut durchstießen und sich in ihrem Kieferknochen verkeilten. Stählerne Muskeln zogen sich zusammen, als es sie herunterzog. Brooke wehrte sich verzweifelt und versuchte, am Boden Halt zu finden. Ihre Augen traten hervor, als Blut über ihre Lippen quoll. Eine der Krallen hatte sich bis in ihren Mund gebohrt und ihre Zunge aufgespießt. Ihr gurgelndes Röcheln bespritzte das Biest mit Blut, als es sie in die Mine hinab zerrte. Brookes zuckende Gliedmaßen wurden an den zersplitterten Holzbrettern aufgerissen, als sie vom Erdboden verschluckt wurde.

5

Die Sprungfedern quietschten, als Sam seinen Rucksack im Dunkeln auf die Matratze hievte. Er tastete sich am Bett entlang und fand schließlich eine Nachttischlampe, deren Licht den Raum in ein eitriges Gelb tauchte, als er sie einschaltete. Außer dem Bett gab es in den Raum nicht viel zu sehen; ein einzelner Stuhl, ein frei stehender Schrank und ein einfaches Waschbecken waren die einzig bemerkenswerten Einrichtungsgegenstände.

Das Zimmer, das er sich mit Ellie teilte, war klein, roch muffig und war bereits über hundert Jahre alt. Die Auswahl an Übernachtungsmöglichkeiten war nicht sehr groß gewesen. Das *Pintalba Arms Hotel* war ein typischer Outback-Pub, zwei Etagen hoch, beide mit umlaufender Veranda, die von jedem Zimmer aus zugänglich war.

»Mutig, deine Tasche auf das Bett zu legen«, meinte Ellie von der Tür aus. »Falls da Bettwanzen drin sein sollten, nimmst du sie auf diese Weise nämlich mit nach Hause.«

Sam zuckte unbekümmert mit den Schultern. »Da müsste ich schon enormes Pech haben und abgesehen davon sieht der Boden auch nicht viel besser aus.« Der Teppich schien offenbar genauso alt wie der Raum selbst zu sein, nach dem ausgetretenen Pfad um das Bett herum zu urteilen.

Ellie kam herein und stellte ihre Reisetasche auf dem Stuhl ab. Sie öffnete probeweise die Tür zur Veranda, deren rostige Scharniere sich laut meldeten. Eine einsame Straßenlaterne kämpfte vergeblich gegen die Dunkelheit auf den Gehwegen auf beiden Seiten der Straße an. Ellie klemmte ein Kissen zwischen die geöffnete Tür und dem Rahmen, um die warme Brise hereinzulassen.

»Hoffentlich stinkt es so weniger hier drin, wenn wir vom Essen zurückkommen.«

»Hast du keine Angst, dass jemand was klaut? Jeder, der auf der Veranda vorbeiläuft, könnte einfach so hier reinspazieren.«

»Was soll er denn klauen? Ein paar alte T-Shirts? Keine Sorge, alles von Wert ist in den Autos eingeschlossen, das geht schon. Wollen wir jetzt was essen gehen? Ich bin nämlich am Verhungern.«

—

An der Wand im Treppenhaus hing eine Reihe kleiner Gemälde, keines größer als ein A4-Blatt. Sie trugen alle den gleichen Titel. *DIE MINENMUTTER* stand in ordentlichen Großbuchstaben am Rand jedes Bildes. Sam blieb kurz stehen, um ein paar davon näher zu betrachten, während er auf Ellie wartete. Mittelpunkt jedes Bildes war eine schwarze Gestalt, halb verborgen zwischen den Schatten eines dunklen Hintergrundes, und grüne Augen sorgten für den einzigen Farbklecks. In manchen Darstellungen wirkte die Figur eher menschenhaft und stand aufrecht, in anderen befand sie sich auf allen vieren wie eine Raubkatze. Ein Schaudern lief Sam den Rücken herunter. Jedes der Bilder hatte etwas Bedrohliches an sich, als ob die Figur nur darauf wartete, dass er sich umdrehte, damit es ihn angreifen konnte.

»Was siehst du dir denn da an?«

Sam zuckte vor Schreck zusammen, als Ellie sich über seine Schulter beugte, und lachte dann über seine eigene Reaktion. »Weiß nicht genau. Nur ein paar gruselige Bilder.«

Ihre Nase kräuselte sich leicht. »Da hat ja jemand 'nen ganz schön eigenartigen Geschmack.«

Sam warf einen letzten Blick auf die lauernden Gestalten und setzte seinen Weg die Treppe hinab fort, dicht gefolgt von Ellie. Eine lockere Holzdiele knarzte, als er auf die unterste Stufe trat. Bei diesem Geräusch sah der Barkeeper auf und nickte ihm zu.

»Im Zimmer alles in Ordnung?«, fragte er, als das Paar herüberkam und auf zwei Hockern an der Bar Platz nahm. »Ist schon ein Weilchen her, seit dieses Zimmer benutzt wurde, aber ich habe heute Morgen extra noch frische Bettwäsche aufgezogen.«

»Alles prima«, sagte Ellie.

Wenn Sam sie nicht besser gekannt hätte, hätte er ihr beinahe geglaubt.

»Dieses Gebäude ist aber ein Klassiker«, sagte sie nun, um das Thema zu wechseln. »Wie alt ist das Hotel denn genau?«

Der Barkeeper faltete das Geschirrhandtuch, mit dem er gerade ein Glas poliert hatte, und lehnte sich mit dem Arm gegen den Tresen. »Das gibt es schon, seit die Stadt gegründet wurde, also fast hundertzwanzig Jahre. Es hat über die Jahre hinweg noch einige andere Hotels hier gegeben, aber dieses alte Schmuckstück hat als Einziges überlebt. Aber so, wie die Dinge laufen, werde ich nächstes Jahr vielleicht ebenfalls dichtmachen müssen.«

»Wieso das?«, fragte Sam aus Höflichkeit.

»Ach, bloß der gleiche Mist, der in jedem Outback-Städtchen wie unserem passiert.« Er seufzte. »Keine Jobs, die Dürre und nichts, was einen Touristen herlocken könnte. Aber ihr seid bestimmt nicht hier, um mich jammern zu hören. Ich habe vorhin ganz vergessen, mich vorzustellen.« Er schob seinen Arm über die Theke, um beiden die Hand zu reichen. »Ich bin Jack Horwith.«

Er nahm zwei Biergläser vom Abtropfgitter. »Ihr müsst am Verdursten sein. Was darf's denn sein, VB oder VB?«

Sam blickte zum Zapfhahn hinüber und sah, dass *Victoria Bitter* das einzige verfügbare Bier war. Er musste kurz lachen und nickte, bevor der Barkeeper ihm ein Glas zapfte und es vor ihm auf den Tresen stellte.

Sam nahm einen Schluck und nachdem er sich den Schaum von der Nase gewischt hatte, drehte er sich auf seinem Hocker herum, um den Rest des Erdgeschosses in Augenschein nehmen zu können. Die Bar nahm fast die gesamte Länge des Raumes ein, die Spiegel an der dahinterliegenden Wand reflektierten diverse Flaschen hochprozentigen Alkohols. Ein uralter Billardtisch befand sich in der hinteren Ecke, während der Rest des Raums von kleinen Tischen beherrscht wurde, manche von normaler Höhe zum Essen, andere hatten die richtige Höhe für Barhocker. An der hinteren Wand hing eine Reihe von Schwarz-Weiß-Fotografien, die Soldaten zeigten.

Mit dem Bier in der Hand wanderte Sam hinüber, um sie genauer betrachten zu können.

»Sind die vom Vietnam-Krieg?«, fragte er, während er auf einen verwundeten Mann blickte, der in einen kleinen Helikopter geladen wurde.

»Ja. Ich habe drei Touren gemacht, '69 bis '71. Hab ein paar gute Freunde da unten verloren. Ich dachte, dass Beste, was ich für sie tun könnte, ist, sie in Erinnerung zu behalten. Es gibt keinen Veteranenverein in der Stadt, also hängen sie hier.«

Sam hob seinen Arm und fuhr mit dem Finger behutsam über den Holzschaft eines alten Selbstladegewehrs, das über den Fotos an der Wand hing. Er blickte über seine Schulter.

»Ist das echt?«

Der Barkeeper nickte kaum merklich.

»Aber keine Sorge, ich hab den Schlagbolzen rausgenommen. Das Ding ist vollkommen ungefährlich.«

Jack nahm einen Korb voller Gläser aus der Geschirrspülmaschine hinter der Bar und begann, sie methodisch mit einem Baumwolltuch zu polieren. Ohne von dem Glas in seiner Hand aufzuschauen, fuhr er fort: »Da waren 'ne ganze Menge Seile und so ein Zeug in eurem Auto, nicht gerade das übliche Gepäck von Touristen – was bringt euch in die Stadt?«

»Wir sind hier, um das Höhlensystem auf Mr. Anastas' Grundstück zu kartografieren«, erklärte Ellie.

Mit einer Sorgenfalte zwischen den Augenbrauen stellte der Barmann das Glas ab und faltete das Tuch zusammen. »Das solltet ihr euch vielleicht noch mal überlegen«, meinte er mit sanfter Stimme.

Ellie blickte zu Sam hinüber und er sah ihr an, dass sie genervt war. Wenn es eines gab, was sie nicht ausstehen konnte, dann, wenn jemand glaubte, ihr Vorschriften machen zu können.

»Und warum sollten wir das tun?«, fragte Ellie in leicht gereiztem Tonfall. »Wir haben die Erlaubnis, Mr. Anastas' Land zu betreten, und ich glaube nicht, dass das jemanden in der Stadt irgendetwas angeht.«

Jack stützte sich wieder auf den Tresen und blickte Ellie in die Augen. »Die Formalitäten interessieren mich kein bisschen. Es geht mir vielmehr um eure Sicherheit. Es gibt Dinge in dieser Gegend, die sollte man besser in Ruhe lassen.«

»Und was, zum Beispiel?«

»Du würdest es mir eh nicht glauben, wenn ich's dir sage. Gott weiß, dem letzten Pärchen ging's genauso«, murrte er. »Ich hab früher in einer der Opal-Minen gearbeitet, bevor man die dichtgemacht hat, und da unten sind wirklich schreckliche Dinge geschehen.«

»Ich weiß Ihre Sorge durchaus zu schätzen, aber wir sind Profis und haben nicht vor, unnötige Risiken einzugehen. Unser Team bringt Tausende von Stunden Erfahrung mit und außerdem ist Sam Rettungssanitäter. Es gibt wirklich keinen Grund, sich Sorgen zu machen.« Ellies Ton machte klar, dass die Unterhaltung damit vorüber war.

Jack presste die Lippen zusammen und wandte sich dann an Sam: »Du bist also Sani?«

»Ja, Rettungsassistent beim NSW Ambulanzdienst.«

»Bei uns besteht gerade erheblich Mangel. Der feste Sani hat plötzlich aus heiterem Himmel gekündigt und kümmert sich jetzt in Übersee um ein krankes Familienmitglied. Keine Ahnung, wann er wieder zurückkommt.«

»Und wer schmeißt den Laden jetzt?«, fragte Sam, obwohl ihm der Gesprächsverlauf immer mehr missfiel.

»Ein Mädel namens Mia. Ist ganz nett, aber frisch aus der Ausbildung und da ist es ganz schön mies, wenn sie jetzt komplett allein dasteht. Vielleicht könntest du ihr ja ein bisschen helfen, solange du in der Stadt bist.«

»Da hat sie es bestimmt nicht leicht, aber ich habe gerade Urlaub. Normalerweise würde ich ja helfen, aber ich habe bereits bei der Höhlenexpedition zugesagt«, erklärte Sam und zuckte verlegen mit den Schultern.

Hinter ihm polterte jetzt jemand die Treppe herab und Sam sah den Rest ihrer Gruppe eintreffen. Aaron war ganz rot im Gesicht und sah aus, als wolle er jemandem den Kopf abreißen. Ellie rutschte von ihrem Barhocker und ging auf die Gruppe zu.

»Was ist denn los?«

»Ich hab gerade 'nen beschissenen Anruf von dem Farmer bekommen«, erwiderte Aaron. »Der Gemeinderat hat sich heute bei ihm gemeldet und ihm untersagt, uns Zugang zu der dummen Höhle zu gewähren.«

6

Ein leichtes Klopfen an der Tür riss Sam aus dem Schlaf. Verwirrt blinzelte er einige Male, bis ihm wieder einfiel, wo er war. Ellie schlief immer noch tief und fest neben ihm, wegen der Hitze des Hotelzimmers nur mit einem dünnen Laken bedeckt. Es gab keine Klimaanlage und sie waren erst in den frühen Morgenstunden vor Erschöpfung in einen unruhigen Schlaf gefallen.

Er streckte seinen Arm aus und angelte sein Handy vom Nachttisch, um auf die Uhr sehen zu können. Acht Uhr. Da die Expedition vorerst auf Eis gelegt worden war, hatte sich keiner von beiden die Mühe gemacht, den Wecker zu stellen.

Erneut erklang ein leichtes, aber beharrliches Klopfen.

»Hallo, Mr. Lewis?«, sagte eine weibliche Stimme durch die Tür.

»Eine Sekunde«, murrte Sam, als er seine Beine über die Bettkante schwang und sich aufsetzte.

Wer zum Teufel klopfte zu dieser Tageszeit an seine Tür? Er schlüpfte in die Jeans vom Vortag und zog sich auf dem Weg zur Tür ein T-Shirt über.

Bevor er sie öffnete, warf er noch einen kurzen Blick aufs Bett und sah, dass Ellie das Laken über sich gezogen hatte und trotz der Störung weiterhin friedlich schlummerte.

Er öffnete die Tür einen Spalt breit und sah sich einer Frau in der marineblauen Uniform des NSW Ambulanzdienstes gegenüber. Beim Anblick seiner zerzausten Haare und der zerknitterten Klamotten verzog sie verlegen das Gesicht.

»Mr. Lewis?«

Sam nickte.

»Mein Name ist Mia. Tut mir leid, dass ich Sie so früh störe, aber könnten wir uns vielleicht unten kurz unterhalten?«

Sam stöhnte innerlich. Er hatte ganz vergessen, wie schnell sich Neuigkeiten in kleinen Städten verbreiteten. »Klar, geben Sie mir nur 'ne Minute, um Schuhe anzuziehen. Treffen wir uns doch in fünf Minuten unten in der Bar.«

Als Mia ging, schloss Sam die Tür und lehnte sich mit der Stirn dagegen, während er stumm den Barkeeper mit dem großen Mundwerk verfluchte.

»Lass mich raten, das war die Rettungsassistentin, von der Jack gesprochen hat?«

Sam richtete sich mit einem leisen Stöhnen an der Tür auf und sah zu Ellie hinüber, die ihn vom Bett aus anstarrte. Er nickte mit gerunzelter Stirn und begann, seine Stiefel zu suchen.

»Lass dich da bloß nicht reinziehen, Schatz. Du hast Urlaub, man kann von dir nicht erwarten, dass du hier einspringst, nur weil du zufällig in der Gegend bist.«

Sam war inzwischen besohlt und hatte die Klinke in der Hand. »Wenn sie fragen sollte, werd' ich einfach Nein sagen. Bin gleich wieder da.« Doch Sam war schon jetzt bewusst, dass diese Konversation nicht so ablaufen würde wie beabsichtigt.

—

Sam fand Mia an einem der eckigen Tische in der Bar im Erdgeschoss sitzend vor. Sie hielt ihm einen Pappkaffeebecher entgegen, als sie ihn sah.

»Ein Friedensangebot wegen der Uhrzeit«, sagte sie mit einem schüchternen Lächeln. »Ich habe einfach mal geraten und einen Cappuccino besorgt.«

»Macht nichts, ich wollte eh gerade aufstehen.« Sam ergriff den Becher und nahm ihr gegenüber Platz. »Ich hab gehört, man hat Sie hier draußen einfach allein sitzen lassen. Wann kommt denn die Verstärkung?«

»Keine Ahnung. Jedes Mal, wenn ich nachfrage, heißt es, es kommt bald jemand, aber inzwischen sind es schon fast zwei Wochen ohne jegliche Unterstützung. Das ist langsam nicht mehr lustig.«

Mia sah auf ihren eigenen Kaffeebecher herab und nestelte an dem Deckel. »Ich weiß, dass Sie eigentlich Urlaub haben und wegen einer Höhlenwanderung hier sind, aber Jack hat erzählt, die wäre erst mal verschoben und dass der Stadtrat ihnen gerade das Leben schwer macht.«

Sam nickte. »Ja, wahrscheinlich nur irgendein Bürokrat, der sich wichtig machen will. Aaron will die Sache heute klären. Er wird ein paar Formulare unterschreiben oder ein paar Leute schmieren und dann sind wir hoffentlich wieder im Geschäft. Warum fragen Sie?«

»Na ja, es ist nur so, dass ich in letzter Zeit einige Telefonstreiche hatte, und ganz allein zu irgendwelchen Farmen außerhalb der Stadt fahren musste. Letzte Woche war ich auf 'ner Farm, die offensichtlich schon lange verlassen war, aber ich hätte schwören können, dass mich jemand beobachtet. Das fand ich ganz schön unheimlich.«

»Hat die Polizei Ihnen nicht helfen können?«

»Ich habe es natürlich gemeldet, aber der diensthabende Polizist hat gemeint, er würde nicht dafür bezahlt werden, kleinen Mädchen bei der Arbeit die Hand zu halten. Wie's aussieht, stehe ich wohl mutterseelenallein da.«

»Haben Sie Familie? Einen Bruder vielleicht, der mitfahren könnte?«

»Schön wär's. Ich bin wegen der Arbeitsstelle hierhergezogen. Meine Familie und mein Partner leben in Newcastle und ich stecke für die nächsten sechs Monate in diesem Kaff fest.«

Sam wurde langsam weich. Er wusste, wie gefährlich es war, allein im Einsatz zu sein. Erst letztes Jahr war eine

Krankenschwester in einer abgelegenen Gegend in Südaustralien ermordet worden. Mias Besorgnis war deshalb nicht unberechtigt und Sam konnte davor nicht einfach die Augen verschließen.

Er holte tief Luft und gab schließlich klein bei. »Wie kann ich helfen?«

»Sind Sie sicher? Es ist mir so peinlich, überhaupt zu fragen, vor allem, weil Sie gerade Urlaub haben …«

»Ich werde es erst mit dem Hauptquartier abklären müssen, aber wenn die das Okay geben, komme ich gern zu ein paar Einsätzen mit.«

»Sie wissen gar nicht, wie sehr ich das zu schätzen weiß«, sagte Mia mit hörbarer Erleichterung in der Stimme. »Kurze Fahrten in der Nähe schaffe ich allein, aber wenn ich wieder in die Pampa muss, wäre es toll, wenn Sie dabei wären. Auch wenn es nur für ein paar Tage ist. Sobald sich rumspricht, dass ich nicht mehr allein bin, ist der Witzbold am Telefon vielleicht abgeschreckt.« Sie streckte ihren Arm über den Tisch und drückte voller Dankbarkeit sein Handgelenk. »Ich schulde Ihnen was. Lassen Sie mich wissen, falls ich bei der Höhlenexpedition behilflich sein kann.«

—

Sam drückte den roten Button auf seinem Handy-Bildschirm und warf das Gerät aufs Bett.

»Nach deinem Gesicht zu schließen, hat dein Boss dir grünes Licht gegeben?«, fragte Ellie. Sie war nicht gerade begeistert gewesen, zu hören, dass er zugesagt hatte, Mia zu helfen.

»Ich konnte ja schlecht Nein sagen, Schatz. Es klingt so, als hätte sie einen Stalker. Es ist schon für einen Mann gefährlich, diesen Anrufen allein nachzugehen, geschweige denn für eine junge Frau.«

»Solange es unsere Arbeit nicht beeinträchtigt …«, sagte sie leicht schmollend. Sie stand von der Bettkante auf und gab ihm einen Kuss. »Du bist manchmal viel zu nett für diese Welt, weißt du das? Aber andererseits wäre ich vermutlich empört gewesen, wenn du sie einfach mit dieser Sache allein gelassen hättest.«

»Ich kann wohl gar nichts richtig machen, was?«, sagte Sam leicht amüsiert. »Na ja, ich werd's überleben. Irgendwas neues von Aaron und dem Gemeinderat?«

Der Themenwechsel wischte sofort jegliche Spur von Humor aus Ellies Gesicht. »Nichts. Er versucht immer noch, ein Treffen mit irgendjemanden zu arrangieren.«

Sams Smartphone vibrierte plötzlich.

Er hob es auf und sah auf das Display. »Das kann doch nicht ihr Ernst sein«, murmelte Sam und nahm den Anruf entgegen.

Er lauschte für einen Moment. »Kein Problem, ich komme gleich runter. Bis dann.«

Er beendete das Gespräch und steckte das Telefon in seine Tasche.

Ellie knabberte an ihrem Mundwinkel. »Und schon bist du im Dienst, stimmt's?«

Sam nickte mit verzogenem Gesicht, als er seine Jacke vom Stuhl nahm und zur Tür ging. »Dauert hoffentlich nicht lange. Ich ruf dich später an.«

7

Noch während Sam den Sicherheitsgurt auf dem Beifahrersitz des Krankenwagens anlegte, trat Mia bereits aufs Gas.

»Das hat ja nicht lange gedauert«, meinte Sam mit einem bedauernden Lächeln.

Mia blieb ungerührt. »Notfälle nehmen nun mal keine Rücksicht.«

Sie bog an der nächsten Kreuzung links ab und fuhr auf derselben Straße aus der Stadt, die Sams Gruppe am Tag zuvor auf dem Weg zur Höhle genommen hatte.

»Die Zentrale hat einen Anruf von einer Dame mit Brustschmerzen bekommen, ein Grundstück südlich von hier. Ich bin noch nie dort gewesen, aber ich weiß, dass dort draußen auch ein paar verlassene Farmhäuser stehen.«

»Also der gleiche Mist wie letzte Woche?«, fragte Sam.

»Ja, aber mit ein bisschen Glück ist es dieses Mal echt. Ich würde lieber an dem Stapel Groschenromane arbeiten, der auf der Wache auf mich wartet, anstatt hier draußen meine Zeit zu verschwenden.«

Sam machte es sich auf dem alten Ledersitz gemütlich und streckte seine Beine aus.

Weiden mit kümmerlichem, gelben Gras sausten an ihnen vorbei, umsäumt von rostigen Stacheldrahtzäunen. Magere Schafe mit schmutzigem Fell standen hier und da unter vereinzelten Bäumen.

»Kommt mir das nur so vor oder ist die Stadt noch deprimierender als ein Suizidversuch?«

Mia warf ihm einen kurzen Blick zu und ein Schmunzeln erschien auf ihrem Gesicht. »Das stimmt. Wenn sie ein Mensch wäre, wäre sie schon längst eingewiesen worden. Man muss sich schon Mühe geben, sich nicht runterziehen zu lassen.«

»Wie lange bleibst du denn noch hier?«

»Noch sechs Monate, bis ich nach Jobs näher an meiner Heimat suchen kann. Sechs lange Monate.«

»Wie sind die Einheimischen hier denn so?«

»So ganz unter uns, die meisten sind ein bisschen … wie soll ich das formulieren?« Sie legte für einen Moment ihren Kopf auf die Seite, um nachzudenken. »Sie sind eigenartig, anders kann man es nicht formulieren. Ich meine, in den meisten Kleinstädten sind die älteren Menschen etwas eigenbrötlerisch und bieder, aber die Leute hier sind abergläubisch bis zum Geht-nicht-mehr.«

»Wie meinst du das?«

»Die eine Hälfte glaubt an Geister und die andere an eine Kreatur, die sie *Minenmutter* nennen, und die angeblich in den verlassenen Minen lebt. Es gibt sogar einen Kerl, der eine Geistertour durch die Stadt veranstaltet. Falls ihr mal einen freien Abend habt, solltet ihr das unbedingt ausprobieren. Er ist der beste Geschichtenerzähler, den ich seit Langem gehört habe. Kriegt die Hälfte der Touristen dazu, sich in die Hose zu machen«, sagte sie kichernd. »Was habt ihr eigentlich mit den Höhlen zu schaffen?«

Sam fasste kurz zusammen, wie der Farmer die Doline entdeckt hatte und dass sie die ersten Leute sein wollten, die das neue System erforschten und kartografierten.

»Hey, falls ihr die Geistertour wirklich macht, dann sprecht den Kerl doch mal auf die Höhlen an. Ich habe mich eines Abends mal im Pub mit ihm unterhalten und er hat mir daraufhin 'ne Geschichte über einen Meteoriteneinschlag Anfang des zwanzigsten Jahrhunderts erzählt. Ein Gesteinsbrocken von der Größe einer Waschmaschine ist angeblich durch den Boden bis in das Höhlensystem gedonnert und dann hat ein Felsrutsch den Eingang versiegelt, bevor sich jemand richtig dort umsehen konnte. Vielleicht ist es das gleiche Höhlensystem.«

Sam zuckte mit den Schultern. »Gut möglich.« Auf der linken Seite der Straße kam jetzt ein altes, holzverkleidetes Haus in Sicht. »Ist das die Adresse?«

Mia nickte, bevor sie herunterschaltete und auf den Schotterweg abbog, der zum Haus führte. Sie musste auf Schrittgeschwindigkeit abbremsen, als der Krankenwagen über eine Mondlandschaft aus Schlaglöchern fuhr.

Ein Halbkreis aus uralten Zypressen umgab das Haus wie stille Wächter; knorrige Äste hatten eine dichte Decke aus braunen Nadeln auf dem Wellblechdach hinterlassen. Alte Farbe kräuselte sich an der Holzverkleidung und lag wie Schuppen auf dem Boden. Die Fenster an der Frontseite waren eingeworfen worden, und Glasscherben ragten bedrohlich aus ihren Rahmen hervor und gaben den Blick ins Innere frei.

»Irgendwie glaube ich nicht, dass hier jemand wohnt«, meinte Sam.

Mia fluchte leise vor sich hin. »Ich hab's gewusst, verdammt noch mal.«

Sie bremste abrupt und der Wagen rutschte über den Schotter, als er vor der Veranda zum Stehen kam.

Aus dem Augenwinkel glaubte Sam plötzlich, etwas zu sehen. Automatisch fuhr sein Kopf herum und sein Blick fiel auf das leere Fenster auf der linken Hausseite. Er hätte schwören können, dass gerade jemand am Fenster gewesen war, aber wahrscheinlich war es nur der Schatten eines Astes gewesen, der ihm Streiche spielte.

»Wir sollten trotz allem eine Runde ums Haus drehen, um sicherzugehen, dass wir nichts übersehen haben, bevor wir abhauen«, schlug Sam vor, schwang seine Tür auf und stieg aus dem Wagen. Nun, da er den Einflussbereich der Klimaanlage verlassen hatte, traf ihn die Hitze wie ein Schlag ins Gesicht und innerhalb von Sekunden trat ihm der Schweiß auf die Stirn. Auf der Suche nach irgendeinem Anzeichen menschlichen Lebens drehte er sich langsam um.

»Hallo?«, rief er. »Ist irgendjemand hier?«

Nichts. Abgesehen von der leichten Brise, die durch die Piniennadeln raschelte, herrschte Totenstille. Keine Vögel oder Insekten waren zu hören. Das war doch nicht normal. Sams Nackenhaare sträubten sich und er fühlte sich plötzlich vollkommen ungeschützt. Die schwarzen, leeren Fenster des Hauses schienen ihn anzustarren.

Mia trat mit spürbarem Widerwillen und mit ihrer Einsatztasche auf der Schulter an seine Seite, blieb aber ein Stück hinter ihm. Sam betrat jetzt die Veranda, deren Holzdielen unter dem ungewohnten Gewicht ächzten. Die Vordertür gab auf Sams sanften Druck hin den Weg frei. Als seine Augen sich an die Dunkelheit gewöhnt hatten, zeichneten sich langsam Umrisse in den Schatten ab. Ein staubiger Flur erstreckte sich durch das Gebäude und führte auf beiden Seiten zu verschiedenen Räumen.

»Kannst du etwas sehen?«, fragte Mia von draußen.

»Bisher noch nicht.« Sam zwang sich dazu, einzutreten und wenigstens ein paar der Räume zu überprüfen. Das Haus war offenbar schon vor langer Zeit ausgeräumt worden, sodass nur noch fleckige Wände und blanke Holzdielen zurückgeblieben waren.

Als er um eine Ecke in einen Raum hineinspähte, der mal ein Wohnzimmer gewesen sein musste, gab plötzlich eine Diele unter seinem rechten Fuß nach und zersplitterte wie Balsaholz. Sam schaffte es gerade noch, sich mit der Hand an der Wand abzufangen, bevor sein Fuß in dem Loch verschwinden konnte, und trat vorsichtig wieder zurück. Er kniete sich hin und drückte auf das zerbrochene Holzstück, das sich sofort löste und in den Hohlraum unter dem Haus fiel. Als Sam die langen Holzsplitter betrachtete, die nun bösartig aus dem verbliebenen Brett herausragten, wurde ihm klar, dass er unfassbares Glück gehabt hatte, sich nicht schwer verletzt zu haben. Er klopfte zur Probe an einen Türrahmen, der unangenehm hohl klang. Wahrscheinlich hatten Termiten das Haus schon längst ausgehöhlt. Vorsichtig verfolgte er seine Schritte zurück zur Eingangstür. Er wollte keine Minute länger mehr in dieser Todesfalle verweilen.

Zurück an der frischen Luft wanderte Sam auf die Rückseite des Gebäudes. Ein zerfetzter Lappen an einer quietschenden Wäschespinne flatterte sanft im Wind. Der Stoff war einmal weiß gewesen, doch nun war die Hälfte davon rostrot gefärbt.

War das getrocknetes Blut?

Sams Blick schweifte an der Wäschespinne vorbei in den hinteren Teil des Gartens. Ein eigenartiges Holzgebilde, fast wie ein Deckel über einem Sandkasten, ragte dort aus dem Boden; ein Quadrat aus Eisenbahnschwellen, die etwas umrandeten. Neugierig trat Sam näher und fand einen tiefen Schlund vor, dessen Boden nicht auszumachen war.

»Das sollte abgedeckt sein. Tierisch fahrlässig, das einfach so offenzulassen. Da kann ja jeder reinfallen.«

Sam blickte zur Seite und stellte fest, dass Mia inzwischen zu ihm gestoßen war. »Ist das ein Brunnen?«

»Nö«, sagte sie. »Das wird der Eingang zu einer kleinen Opal-Mine sein. Davon gibt's so einige in der Gegend, aber die meisten davon sind ordentlich versiegelt worden. Ich schätze mal, die Stadt könnte sich ein bisschen mehr Mühe geben, alle richtig zu versiegeln, um Unfälle zu vermeiden.«

Mia machte sich jetzt auf den Weg zurück zum Krankenwagen. »Wir verschwenden hier nur unsere Zeit«, murrte sie. »Fahren wir zurück in die Stadt.«

—

Eine Frau trat aus dem Schatten am Fenster. Sie war einfach gekleidet, Jeans, Hemd und Chelsea-Stiefel. Ein Jutesack befand sich in ihrer Hand, die andere krampfte sich um ein Messer. Ihre Lippen waren zu einer dünnen Linie zusammengepresst und ihre Augen funkelten vor Wut, als sie den Krankenwagen davonfahren sah. Eine Staubwolke stob unter den Hinterreifen hervor und verfolgte das Fahrzeug, bis es wieder auf den Asphalt traf und Richtung Pintalba fuhr. Sie steckte das Messer weg, zog ein Handy aus ihrer Tasche, wählte eine Nummer und hielt es sich an ihr Ohr.

»Kaz hier. Die Schlampe hatte heute plötzlich noch jemanden bei sich, ich musste den Versuch also abbrechen.« Ihre Stimme entlarvte sie als langjährige Raucherin. Die Frau lauschte für einen Moment und ließ sich offenbar von einer männlichen Stimme zusammenstauchen.

»Hüte deine Zunge. Wenn du es letzte Woche schon durchgezogen hättest, als sie allein war, wären wir jetzt nicht in dieser Lage.« Sichtbar verärgert blickte sie auf den Sack in ihrer Hand herunter. »Natürlich habe ich Ersatz mitgebracht. Ich bin ja kein Idiot, Trevor.«

Kaz legte auf und schob das Telefon in ihre Tasche zurück. Auf dem Weg durch das Haus mied sie das Loch im Fußboden, das der Rettungsassistent verursacht hatte. Sobald sie draußen war, marschierte sie zielsicher auf die Öffnung des Minenschachts zu. An der Umrandung angekommen, griff sie in den Jutesack und holte eine Stirnlampe heraus, schaltete sie ein und setzte sie auf. Mit dem Sack in der Hand schwang sie ihre Füße über den Rand und begann den Abstieg entlang einer schmalen Metallleiter, die auf einer Seite im Fels befestigt war.

Nach zwanzig Metern landeten ihre Füße auf festem Boden. Die kühle Luft so tief unter der Erde verursachte ihr augenblicklich eine Gänsehaut. Ihre Hände zitterten leicht, als sie vom Hauptschacht in einen abzweigenden Stollen abbog, in dem sie sich ducken musste, um hineinzupassen. Ihre Lampe erzeugte jetzt einen grellen, weißen Strahl, der wie ein Schwert durch die pechschwarze Dunkelheit schnitt und den Weg zu ihrem Ziel freikämpfte.

An einer Stelle, wo der grob behauene Fels der Tunnelwand plötzlich einer anderen Oberfläche wich, blieb sie stehen. Es war ein glasglatt geschliffenes Rechteck aus Stein, das vom Fußboden bis zur Decke reichte. Auf Hüfthöhe gab es eine Vertiefung wie ein kleines Becken, groß genug, um einen halben Liter zu fassen. Kaz platzierte den Sack auf den Boden, kniete sich hin und beugte sich vor, um den Rand des Beckens zu küssen. Sie presste ihre Lippen gegen den Stein, bevor sie sich auf ihre Fersen zurücklehnte. Ihre Pupillen waren geweitet, ihr Atem adrenalinbedingt schnell, als sie in den Sack griff und ein dürres Lamm hervorholte.

Die Beine des kleinen Tieres waren zusammengebunden und die Schnauze zugeklebt. Die schmutzige Wolle konnte die hervorstehenden Rippen nicht verbergen. Das Lamm war schwach und dem Tod bereits nahe; ein weiteres Opfer der anhaltenden Dürre. Kaz zog das Messer aus der Scheide an ihrem Gürtel und hielt dem Schäfchen die Klinge an den Hals, als sie es über den Rand der Steinschale hob.

»*Mutter*, bitte nimm mein Opfer an.«

Kaz machte einen tiefen Schnitt mit dem Messer und das Tier in ihrer Hand zuckte verzweifelt. Sie ließ das Messer fallen und zog mit beiden Händen die Halswunde auseinander, damit die durchtrennten Schlagadern das Blut direkt in das Becken befördern konnten. Innerhalb kürzester Zeit wurde das Lamm still, als sein Lebensblut in das Becken floss und an der glatten

Steinfront herunter über die in den Stein geritzten Buchstaben tropfte.

In der Ferne drang nun ein Klopfen aus der Dunkelheit. Kurz danach war es schon näher. Kaz wandte sich dem Geräusch zu, die Augen weit aufgerissen, während eine Mischung aus Entsetzen und Euphorie um die Kontrolle über ihre Gesichtszüge kämpfte.

Am Ende der Reichweite ihrer Lampe nahmen die Schatten jetzt Gestalt an. Ein wütendes Zischen hallte von den Felswänden um sie herum ab. Sie schimpfte mit sich selbst, wohlwissend, dass es das grelle Licht hasste. Kaz riss die Lampe hastig von ihrem Kopf und legte sie auf den Boden, den Lichtstrahl auf die Wand gerichtet, um die Helligkeit im Tunnel zu mindern. Das Klopfen wurde immer lauter, als sich die Kreatur näherte, und das Geräusch klang nun fast wie menschliche Schritte. Kaz wandte ihren Blick ab, hielt den Kadaver mit zittrigen Händen empor und wartete.

Vier neongrüne Augen mit elliptischen Pupillen betrachteten sie kühl und intensiv. Als es sich dem Blutopfer im Schrein näherte, zeichnete sich der Umriss der Kreatur in dem schummrigen Licht ab. Die mattschwarze Oberfläche der Haut schien das Licht eher zu absorbieren, als zu reflektieren. Unter den Augen befand sich ein kreisförmiger Mund, in dem sich Reihe um Reihe nadelspitzer Zähne befanden. Hautfalten auf beiden Seiten des Kopfes traten am Hals eines beinahe humanoiden Körpers hervor. Zwei Arme ragten aus dem Torso, bewaffnet mit rasiermesserscharfen Krallen. Muskulöse Beine und Füße mit langen Zehen und Schwimmhäuten umklammerten den Boden, während ein schlangenartiger Schwanz im Hintergrund peitschte.

Das Biest beugte sich jetzt mit nach vorn gestülptem Maul über das Becken und schlürfte das Blut. Nach kurzer Zeit knurrte es frustriert auf und wandte seine Aufmerksamkeit Kaz zu. Sie zitterte, als es sich über sie beugte und mit seinem Mund immer näher kam, bis die Zähne nur noch Zentimeter über ihrem Kopf schwebten. Ein Blutstropfen fiel aus seinem Maul, tropfte mitten auf Kaz' Stirn, und hinterließ dort eine rote Spur, als er an ihrem Auge vorbei an ihrem Gesicht herunterrann. Urplötzlich gab es einen Schrei von sich … ein schriller, abscheulicher Ton, der ihre Trommelfelle vibrieren ließ.

»Es tut mir leid! Ich weiß, es ist nicht genug, du willst größere Opfer«, sagte sie mit krächzender Stimme. »Aber ich schwöre, deine Hauptmahlzeit ist nicht mehr fern. Nimmst du dieses Opfer als Zeichen meiner Loyalität an?«

Bei diesen Worten nahm das Biest etwas Abstand und produzierte eine Reihe von Klickgeräuschen mit seinen Klauen, was Kaz als Zeichen der Zustimmung verstand. Sie holte tief Luft und debattierte dann kurz mit sich selbst, ob sie wirklich fragen sollte. Es war keine gute Idee, das wusste sie, aber sie konnte einfach nicht anders.

»Kann … kann ich bitte noch einmal meinen Bruder sehen, bevor ich gehe?« Kaz kniff die Augen zusammen und rechnete damit, dass das Monster ihr für ihre Unverfrorenheit seine Zähne in ihren ungeschützten Hals stieß.

Doch nichts geschah. Ein paar Sekunden später öffnete sie ihre Augen wieder. Anstelle der entsetzlichen Monstrosität sah sie nun einen kleinen Jungen mit kurz geschorenem blonden Haar in einem eng anliegenden T-Shirt und Shorts. Kaz' Herz sprang vor Glück in die Höhe.

»Archie, du fehlst mir so sehr. Trev und ich vermissen dich unglaublich, Kleiner.«

Das Kind hob einen Arm und zeigte auf den Kadaver in ihren Händen. Kaz konnte nicht verleugnen, dass die Illusion nicht ganz perfekt war, denn eine lange Klaue verblieb dort, wo eigentlich der Finger ihres Bruders hätte sein sollen. Sie schluckte schwer und hielt ihm das Lamm entgegen.

Das Kind nahm den Kadaver mit beiden Händen und hob ihn an seinen Mund. Er lächelte, aber anstelle von menschlichen Zähnen offenbarte er einen Kreis aus nadelscharfen Hauern, als es einen Brocken Fleisch aus dem Bein des Tieres riss.

Während die Kreatur sich ihrem Mahl widmete, hob Kaz die Lampe auf und schlich davon.

8

»Ellie, du rettest mir das Leben«, sagte Max, als er ihr das angebotene Brötchen mit Ei und Schinken abnahm. »Ich hab einen solchen Hunger, ich könnte ein totes Pferd fressen.«

»Du hättest das Frühstück nicht verschlafen dürfen. Das hier habe ich aus dem Café nebenan.«

Während seine Schwester in sein Hotelzimmer schlüpfte und am Bettrand Platz nahm, attackierte Max sein Brötchen. Beim ersten Bissen spritzte Eigelb daraus hervor und hinterließ eine gelbe Spur auf seinem T-Shirt. Gefrustet legte er den Snack auf dem Nachttisch ab und begann, an dem Eigelb zu reiben, was den Fleck aber nur umso größer machte.

»Wo ist Sam? Ich dachte, ihr zwei würdet euch in der Zwischenzeit schöne Flitterwochen machen«, meinte Max.

»Werd' endlich erwachsen«, erwiderte Ellie und verdrehte die Augen. »Man könnte meinen, du wärst erst vierzehn Jahre alt. Er hat sich breitschlagen lassen, bei einem Notfalleinsatz zur Unterstützung mitzufahren.

Sieht ganz so aus, als hätte die hiesige Rettungsassistentin einen Stalker.«

»Mit den ganzen verlassenen Farmen hier in der Gegend sollte man nicht unbedingt *Wolf Creek* schauen, bevor man rausfährt. Fehlt nur noch ein kleiner Psychopath, damit aus Fiktion Realität wird.«

Ellie erschauderte bei dem Gedanken daran. »Das ist nicht gerade hilfreich, Brüderlein. Ganz und gar nicht.«

Sie stand auf und ging zu dem Fenster hinüber, das in Richtung Straße zeigte. Obwohl es später Vormittag war, war kaum etwas los.

»Ich hab dran gedacht, vielleicht zur Höhle rauszufahren. Willst du mitkommen?«

»Müssen wir nicht auf die Erlaubnis warten?«, fragte Max mit einer erhobenen Augenbraue.

»Wer sollte das denn mitkriegen? Aaron hält den Gemeinderat schließlich beschäftigt und andere Gebäude gibt es in der Nähe nicht. Niemand wird's erfahren.«

Max bohrte seinen Zeh in den Teppich und kaute langsam auf einem weiteren Bissen herum.

»Komm schon, Mann. Ich schwöre, ich kann dich denken hören. Ich will eine Antwort. Kommst du mit oder nicht?«

Max schluckte und räusperte sich. »Wenn ich nicht mitkomme, fährst du dann trotzdem hin?«

Ellie lächelte, nun hatte sie ihn endgültig an der Angel. »Vielleicht. Zu zweit wäre es natürlich viel sicherer.«

Er seufzte und gab sich geschlagen. »Na gut. Was hast du denn überhaupt vor?«

»Nur eine kurze Erkundung der Doline. Wenn wir Klettergurte und Seile mitnehmen, könnten wir uns vielleicht auch kurz abseilen und uns schnell am Boden umsehen. Nichts Aufregendes. Ich will nur nicht den ganzen Tag mit Nichtstun verschwenden.«

Max warf einen Blick auf die Uhr, als er das letzte Stück seines Brötchens verschlang. »Dann machen wir uns mal besser auf den Weg.«

—

Ellie beugte sich über den Rand der Doline und starrte hinab. Obwohl sich die Mittagszeit näherte, lag der Boden des Schachts immer noch im Schatten. Max erschien an ihrer Seite und warf selbst einen Blick hinunter, bevor er ihr einen der beiden Klettergurte überreichte, die er in der Hand hatte. Ellie trat vom Abgrund zurück, legte den Gurt an und zog die verschiedenen Riemen fest, bis sie sich gut gesichert fühlte.

»Bist du überzeugt davon, dass dein Wagen als Fixpunkt geeignet ist?«, fragte sie.

Er murrte nur. »Hätte die Seile bestimmt nicht dort angebracht, wenn es nicht so wäre, Ellie.«

Nachdem er seinen eigenen Gurt angelegt hatte, nahm er eine Seilpuppe, deren Ende an der Anhängerkupplung seines Pick-ups festgebunden war, und warf sie über den Rand der Grube. Das Seil segelte hinunter und signalisierte mit einer Staubwolke seine Landung. Ellie machte sich schon zum Abseilen bereit, als ihr Bruder sie zurückhielt. »Nur, weil du die Ältere bist, heißt das noch lange nicht, dass du zuerst dran bist.«

Ellie presste gereizt die Lippen zusammen. Die meiste Zeit über war ihr Bruder zufrieden damit, ihr den Vorrang zu lassen, aber gelegentlich musste er sich offenbar behaupten.

Er zuckte mit den Schultern und lachte, als er ihren Gesichtsausdruck sah. »Komm schon, Schwesterlein, du hast mich hierhergeschleppt, ohne dem Rest der Crew Bescheid zu sagen, und erwartest dann von mir, dass ich hier stehe und zugucke, während du den ganzen Spaß hast? Ich will genauso sehr wie du der Erste in dieser Höhle sein.«

Ellie seufzte. Sie kannte ihren Bruder. Wenn er sich einmal zu etwas entschlossen hatte, war er störrisch wie ein Esel. »Na gut. Wie wär's mit *Schere, Stein, Papier*?«

Max lächelte und hob seine geschlossene Hand. »Zwei von drei?«

—

Ellie versuchte das selbstgefällige Grinsen in Schach zu halten, als sie sich anseilte und rückwärts an den Abgrund trat, bereit, hinuntergelassen zu werden. Ihr Bruder war so vorhersehbar, denn er nahm immer *Stein*. Sobald er das Spiel vorschlagen hatte, war es nur eine Frage der Zeit gewesen, bis sie auf dem Weg nach unten war. Als ehrenhafter Mann hielt er sich nämlich an die Abmachung und kommentierte seine Niederlage mit einer bedachten Auswahl an Flüchen.

Ellie wartete, bis ihr Bruder ihr das Signal gab und mit den Füßen dicht am Abgrund, lehnte sie sich zurück, bis ihr Gewicht von dem Seil getragen wurde. Sie beugte ihre Knie und stieß sich ab, während sie das Seil durch das Bremsgerät rutschen ließ, und legte fünf Meter auf einmal zurück. Ein paar Sprünge später war sie bereits am Boden angekommen und eine Wolke aus feinem Staub legte sich um ihre Füße.

»Alles okay?«, rief ihr Bruder von oben.

Ellie legte den Kopf in den Nacken und sah zu der Stelle hinauf, wo die obere Hälfte ihres Bruders über die Felswand hinweg spähte, ein besorgter Ausdruck auf seinem Gesicht. Das Licht der Öffnung wirkte nun übermäßig grell im Vergleich zu den dunklen Ecken am Boden und sie schirmte ihre Augen ab, während sie ihren Daumen hob. »Ja, alles okay.«

Ellie klinkte sich aus und schaltete ihre Helmlampe ein. Staubpartikel schwebten durch den Lichtstrahl, als sie den Fels mit einer Hand berührte und die Kalkstein-Zusammensetzung zur Kenntnis nahm. Ihr Mundwinkel bog sich zu einem zaghaften Lächeln, weil die Wahrscheinlichkeit, eine Gelegenheit zum Höhlentauchen zu finden, gerade in die Höhe geschnellt war. Kalksteinhöhlen wurden nämlich stets von Wasser geformt … von Abschwemmungen oder unterirdischen

Quellen, und mit ein bisschen Glück fanden sie womöglich noch Wasser in den tieferen Regionen.

Ein schwacher Modergeruch lag in der Luft. Sie rümpfte die Nase und suchte ihre unmittelbare Umgebung nach einer möglichen Quelle ab, bis ihr auffiel, dass sie bei ihrer Landung einen Schafkadaver nur um einen Meter verfehlt hatte. Das Tier musste unbedingt vergraben werden. Bis zur Wade in verwestem Gewebe zu stecken, konnten sie zum Start der Expedition nun wirklich nicht gebrauchen.

Während ihr Bruder von oben zusah, suchte sie sich einen Weg über den mit herabgestürzten Felsen übersäten Boden bis zu einem Tunnel, der nach links führte. Die Decke der Passage war niedrig und zwang sie schnell in eine gebückte Haltung. Im Strahl der Lampe sah sie, dass die Decke sich weiter neigte bis zu einer engen Stelle in zwanzig Metern Entfernung. Ellie wandte sich der anderen Passage zu, die von der Doline abging. In dieser musste sie sich lediglich ducken und sie war auch wesentlich leichter zu durchqueren. Sie ging ein paar Schritte hinein und blieb dann stehen, um zu lauschen. Etwas hatte ihre Aufmerksamkeit erregt, eine Art klickendes oder klopfendes Geräusch.

Ellie hielt inne und lauschte angestrengt. Höhlen waren eigenartige Orte, die Geräusche auf eine seltsame Art und Weise übertrugen, da Schallwellen von einer Vielzahl von Oberflächen abprallten. Da war es wieder, eine Reihe von Klickgeräuschen. *War das Sonar?* Es erinnerte sie an Fledermäuse, aber es war definitiv zu laut für so kleine Kreaturen. Ellies Magen zog sich unwillkürlich zusammen und eine Gänsehaut breitete sich auf ihren Armen aus. Sie drehte sich um und leuchtete mit ihrer Lampe zurück in den kleineren Tunnel und den Hauptschacht.

»Hallo? Ist hier irgendjemand?«, fragte sie und ihre Stimme erschien ihr unnatürlich laut.

Stille.

Ellie fühlte sich unfassbar dumm. Das Größte, was in einem Höhlensystem zu finden war, war eine Ratte oder vielleicht Schlangen, und selbst wenn das Pärchen sich hier unten verirrt hatte, wären sie längst an Unterkühlung gestorben oder verhungert. Sie tadelte sich selbst dafür, dass sie solchen Gedanken überhaupt freien Lauf ließ.

Sie wandte sich wieder dem größeren Tunnel zu und fühlte ihr Herz stolpern, als ihr Lichtstrahl eine Bewegung einfing. Ellie war sich sicher, gesehen zu haben, wie etwas hinter einer fernen Kurve verschwand. Sie blinzelte, schüttelte den Kopf und weigerte sich, ihren Augen zu trauen. Sie hätte schwören können, dass sie gerade das Gesicht eines kleinen blonden Jungen gesehen hatte.

»Hallo?«, rief sie dieses Mal lauter. »Ist da jemand?«

Falls wirklich ein Kind hier unten war, musste sie es finden, und zwar schnell. Es kam schon mal vor, dass Kinder in offene Schächte fielen, und der Farmer hatte die Doline nur sehr mangelhaft abgesichert. Der arme Kerl war vermutlich verletzt und verängstigt.

Eine Reihe von Klopfgeräuschen kam aus derselben Richtung, in die der Junge verschwunden war.

Ellie rannte zum Hauptschacht zurück, um ihrem Bruder Bescheid zu geben, dass sie dem Kind tiefer in die Höhle folgen wollte. Allerdings nicht zu tief, denn ohne entsprechende Ausrüstung oder Unterstützung, würde sie dem Jungen keinen Gefallen tun, wenn sie sich selbst verirrte.

Als sie den Schacht hinaufblickte, war sie überrascht, gleich zwei Umrisse im Licht der Mittagssonne zu erblicken.

»Miss, Sie müssen sofort aus dieser Höhle raus. *Sofort!*«

Ellies Herz sank. Sie kannte diese Stimme. Es war der Farmer, Mr. Anastas.

»Ich habe Aaron schon gesagt, dass ihr nicht runter dürft, bis der Gemeinderat das Okay gegeben hat. Wenn die das rauskriegen, ist es für uns alle vorbei.«

»Sorry, wir haben nichts Bedeutendes angestellt, wir haben uns nur ein bisschen umgesehen«, sagte ihr Bruder in einem beschwichtigenden Tonfall. »Ich hab sie in ein paar Minuten wieder draußen.«

»Das geht nicht«, rief Ellie.

Auch wenn die Unterhaltung der Männer an der Oberfläche recht weit entfernt war, hatte sie trotzdem genug gehört.

Beide Männer starrten verdutzt zu ihr hinunter.

»Komm schon, El, du hast ihn gehört. Wenn der Stadtrat das spitzkriegt, machen die sich in die Hosen und die ganze Sache ist für uns gestorben.«

»Du verstehst das nicht. Ich glaub', ich hab gerade ein Kind hier unten gesehen. Blondes Haar, etwa fünf Jahre alt«, erklärte Ellie mit lauter werdender Stimme. Sie verschwendeten hier doch nur wertvolle Zeit. »Wir müssen ihn finden, bevor es zu spät ist.«

»Ach, Unsinn«, sagte Anastas und sein Gesicht verzog sich ungläubig. »Da unten ist kein verdammtes Kind, nur Steine und mein verfluchtes Schaf. Das ist 'ne kleine Stadt hier, wenn ein Kind vermisst werden würde, hätte sich das längst rumgesprochen.«

Eine Reihe von Klickgeräuschen erklang plötzlich hinter ihr. Lauter dieses Mal und näher als zuvor.

»Was, wenn es gerade erst passiert ist?«, fragte sie und begann an sich zu zweifeln.

»Das ist unwahrscheinlich. Ich weiß nämlich, dass es kein Kind, das so aussieht, in der Gegend gibt. Es gibt hier nur eine Handvoll Kinder unter acht, aber keine Jungs oder welche mit blonden Haaren.«

Ellie warf noch einmal einen Blick über ihre Schulter in den Tunnel hinein. Ihre Lampe zeigte nichts als nackten Fels und Schatten, die mit jeder Bewegung des Lichtstrahls tanzten.

»Okay, ich komme wieder rauf.« Sie seufzte und stapfte zu ihrem Seil zurück. Die Schatten mussten ihr einen Streich gespielt haben. Wenn in der Gegend keine blonden Jungs lebten, dann musste der Farmer recht haben.

»Achtung da unten«, rief ihr Bruder jetzt.

Ellie ging aus dem Weg, als er eine zusammengerollte Strickleiter über den Rand warf, eine Kletterhilfe aus Stahlseilen, die mit Aluminiumsprossen verbunden waren. Sie klinkte sich wieder an dem Seil ein, damit Max sie sichern konnte, während sie hinaufkletterte, und begann den Aufstieg zurück zur Oberfläche.

9

Sam saß gerade mit Frida und Aaron zusammen bei einem späten Mittagessen aus Steak und Pommes frites, als Ellie und ihr Bruder ins Hotel zurückkehrten. Er schluckte seinen letzten Bissen herunter und winkte sie herüber.

»Was ist denn mit euch zweien los?«

Die Frage trieb Ellie sofort die Schamesröte ins Gesicht und sie blickte zu ihrem Bruder, als bitte sie ihn um Erlaubnis, zu antworten.

»Sie werden's so oder so rausfinden, du kannst es ihnen also auch genauso gut direkt sagen.«

Sams Augenbrauen schossen in die Höhe. »Das klingt interessant. Raus damit.«

Ellie informierte sie daraufhin über die vergangenen Stunden und wirkte recht verlegen, als sie erwähnte, dass Anastas sie erwischt hatte.

»Dann können wir nur hoffen, dass er die Klappe hält«, murrte Aaron. »Diese Art von Vorfall kann es uns mit dem Gemeinderat endgültig verderben, egal, wie viel Geld ich ihnen in den Rachen werfe.«

Ellie streckte ihm die Zunge heraus. »Jetzt reg' dich mal nicht so auf. Als ob Anastas irgendwas machen würde, was sein Einkommen durch die anderen Höhlenkletterer gefährden würde. Das wird sich alles schon in Wohlgefallen auflösen.«

Aaron atmete tief durch, setzte die Diskussion aber nicht fort.

»Wie ist es heute übrigens mit dem Gemeinderat gelaufen? Hast du rausgekriegt, aus welchem fadenscheinigen Grund sie uns nicht runterlassen wollen?«, fragte Ellie, offensichtlich darauf bedacht, von ihrem Verstoß abzulenken.

»Mit ein bisschen Glück bekommen wir in ein bis zwei Tagen Zugang. Ich hab mit 'nem Typen gesprochen, der meinte, die Verzögerung sei nur wegen einer Frau namens Karen. Er kannte sich mit dem nötigen Papierkram nicht so aus, also hoffe ich mal, dass ich Karen morgen bei unserem Treffen bezirzen kann.«

»Heute hatte sie keine Zeit?«, fragte Frida.

»Nein, sie war gar nicht im Büro, irgendwelche Familienangelegenheiten oder so was. Ich habe morgen um zehn einen Termin mit ihr.«

»Damit wären dann nur noch eineinhalb Tage totzuschlagen«, meinte Ellie und klaute ein Pommes frites von Sams Teller. »Als wir unseren Kram an der Doline eingepackt haben, hat Anastas vorgeschlagen, dass wir ein paar der hiesigen Minenschächte begutachten, falls uns langweilig wird.«

Sam erzählte daraufhin von dem Schacht, den er bei seinem Notruf entdeckt hatte. »Das Grundstück ist verlassen, damit würden wir also keine ungewollte Aufmerksamkeit auf uns ziehen.«

Ellie beugte sich über den Tisch und gab ihm einen Kuss auf die Lippen. »Ich weiß schon, warum ich dich mitgenommen habe, Schatz. Solange die Schachtsicherung okay aussieht, klingt das doch nach 'nem Plan.«

»Was willst du eigentlich heute Abend unternehmen?« Sam hielt kurz inne und nahm einen Schluck Bier. »Mia hat mir von 'nem Typen erzählt, der hier im Ort Geistertouren veranstaltet, klang ziemlich unterhaltsam.«

Der Vorschlag brachte Ellies Augen sofort zum Leuchten. »Ooh, ich liebe Geistergeschichten. Ich bin dabei.«

»Sonst noch jemand?« Sam schaute in die Runde, fand aber keine weiteren Interessenten. »Dann sind's wohl nur wir beide. Ich ruf' ihn an und sage ihm Bescheid.«

—

Nun, da die *Minenmutter* vorerst zufriedengestellt war, lief Kaz am Straßenrand zurück in die Stadt. Den Jutesack hatte sie zurückgelassen und das Messer befand sich unauffällig unter ihrem Hemd. Als sie ein Auto kommen hörte, trat sie ein paar Schritte zur Seite, aber anstatt vorbeizufahren, bremste der Wagen ab und kam neben ihr zum Stehen. Sie drehte sich um und betrachtete den staubigen Lack des Polizeiwagens.

»Dein Auto sieht scheiße aus, Trev. Das hat 'ne Reinigung noch nötiger als du.«

Der Polizist ignorierte die Stichelei und streckte sich in der Fahrerkabine, um die Beifahrertür öffnen zu können. »Steig ein, wir müssen reden.«

Kaz dachte kurz darüber nach, ihn zum Teufel zu schicken, doch stattdessen biss sie sich auf die Zunge und stieg in den Wagen. Sie wusste, dass eine Begegnung mit der *Minenmutter* sie immer ein bisschen aufgewühlt zurückließ.

»Was hör' ich da, dass du den Zugang zur Höhle verweigerst? Wenn sie nicht bald wieder gefüttert wird, dann geht sie selbst auf Nahrungssuche, und wenn die Wahl besteht zwischen einem Fremden und einem unserer Nachbarn, dann weiß ich aber genau, wenn ich nehme.«

Kaz ballte ihre Fäuste und grub ihre Nägel in die Handflächen, um ihre Wut in Schach zu halten. »Glaubst du wirklich, ich weiß das nicht? Mein Hals war gerade 'ne Handbreit von ihren Zähnen entfernt. Sie hat Hunger, das konnte ich fühlen. Aber wenn wir einfach mir nichts, dir nichts noch eine Gruppe Kletterer verschwinden lassen, ziehen wir damit garantiert mehr Aufmerksamkeit auf uns, als uns lieb ist.«

»Niemand hat meinen Bericht wegen des vermissten Pärchens angezweifelt, und das wird auch niemand, weil es nichts zu finden gibt. Ich hab alles verbrannt und ihr Auto liegt auf dem Grund eines Damms.«

»Was bedeutet, dass wir dieses Mal anders vorgehen müssen«, sagte Kaz und verdrehte frustriert ihre Augen. »Für einen Polizisten bist du manchmal ganz schön bescheuert, Trev. Ich werde schon dafür sorgen, dass sie Zugang bekommen, aber es muss so aussehen, als hätte ich mein Möglichstes getan, um ihre Sicherheit zu garantieren, bevor sie die Höhle betreten und dabei ein tragisches Ende finden.«

»Mach dir keine Sorgen. Dieses Mal wird unsere Familie nicht den Preis für ihre Rückkehr in den Winterschlaf zahlen.«

—

Sam und Ellie blieben im hinteren Teil der Gruppe, als die Geister-Tour die anglikanische Kirche von Pintalba verließ. Sie wurden begleitet von einer Schar von selbst ernannten *Grauen Nomaden*, vier befreundeten Rentnern, die an diesem Nachmittag mit ihren Wohnwagen angekommen waren. Bisher amüsierte sich Sam prächtig. Ihr Tourleiter trug mit seinem schwarzen Anzug, der auch zu Zeiten der Stadtgründung nicht fehl am Platz gewesen wäre, zur Atmosphäre bei. Der Mann mit den tiefliegenden Augen verborgen im Schatten seiner ausladenden Stirn trug den Namen Dermot McClean und machte eine fortwährend ernste Miene. Er hatte tatsächlich eine verstörende Wirkung auf die ganze Gruppe und Sam hatte bemerkt, wie Ellie anfangs etwas zurückgewichen war, bevor sie McCleans Hand zur Begrüßung angenommen hatte. Daraufhin war das Grüppchen an diversen Häusern vorbeigezogen und hatte schaurigen Geschichten von Spuk und Wahnsinn gelauscht, bis sie zu guter Letzt in der Kirche gelandet waren.

Sam sah ein letztes Mal über seine Schulter, beunruhigt von dem Gefühl, dass die gekreuzigte Statue über dem Altar ihn die ganze Zeit über anstarrte. Für eine so kleine Stadt war die Kirche erstaunlich groß. Massive Ziegelmauern, die ein mit Schatten gefülltes Gewölbe trugen; die Fenster in Abwesenheit des Tageslichts auf kaum erkennbare, ernst aussehende religiöse Figuren reduziert. McClean hatte sie nur im Licht einer einzelnen Kerze durch die Kirche geführt und von einem Pfarrer erzählt, der des Nachts das Grundstück heimsuchte und ungebeten an Beerdigungen teilnahm. Sam unterdrückte ein Schaudern. Vielleicht war es ja gar nicht die Skulptur gewesen, die sie beobachtet hatte.

Von den Stufen der Kirche aus führte McClean sie nun entlang einer verlassenen Straße zu einem unbeleuchteten Stadtpark. Das Rechteck aus verdorrtem Gras umringt von kargen Bäumen beherbergte die Gedenkstätte der gefallenen Soldaten. Ein Teenager-Pärchen saß Arm in Arm auf einer Parkbank und ignorierte die Gruppe, die vorbeischlich. McClean brachte sie in die äußerste Ecke des Parks, wo die Statue einer Figur gebückt unter einer alten Eiche kauerte. Die abendliche Brise war abgeflaut und ließ nur die unheimliche Stille der Nacht zurück. Gelegentliche Wolkenfetzen waren die einzigen Makel an einem von der Milchstraße erhellten Himmel. McClean zündete wieder seine Kerze an, damit die Gruppe die kleine Statue näher betrachten konnte.

Es war eine dünne, menschenähnliche Kreatur, mit Armen und Beinen, die zu lang für den Körper zu sein schienen, und die Finger waren besetzt mit auffallenden Nägeln, eher schon Klauen. Ihre Kleidung war eng anliegend, und an manchen Stellen war es kaum zu unterscheiden, wo die Kleidung aufhörte und die Haut begann. Aber es waren die Augen, die Sam fesselten. Vertikal und mandelförmig. Auch wenn sie aus Stein gehauen waren, schienen sie doch heimtückisch zu funkeln. Ellie ergriff unwillkürlich seine Hand und schmiegte sich eng an ihn.

»Ich möchte Ihnen den *Knocker von Pintalba* vorstellen«, sagte McClean mit seiner tiefen, geröllartigen Stimme. »Von diesem üblen Mistkerl wird behauptet, dass er in den hiesigen Minen sein Unheil treibt. Geschichten von Wesen in verlassenen Minen sind nichts Neues, aber unsere hat höchstwahrscheinlich ihren Ursprung in den Mythen der kornischen Minenarbeiter, die auf der Suche nach Opalen hierherzogen. Dieses Kerlchen hier war jedenfalls sehr viel blutrünstiger als alle anderen, die mir in meinen Recherchen untergekommen sind. In der Folklore heißt es, dass die Berggeister die Minenarbeiter vor Gefahren warnten, indem sie an die Wände klopften. Eine solche Warnung zu ignorieren, bedeutete meist den Tod, durch

Tunneleinstürze, schwere Verletzungen und manche … sind einfach spurlos verschwunden. Trotz der Einwände des Pfarrers …«, sagte McClean und wies mit dem Kopf in die Richtung der Kirche, »… begannen manche in der Gemeinde, die Kreatur wie eine Gottheit zu verehren, und gaben ihr den Namen *Minenmutter*. Man errichtete sogar Schreine an den Eingängen der Opal-Minen, wo die Arbeiter kleine Gaben hinterließen. Anfangs war es ein Bissen ihrer Mahlzeit, Aufschnitt oder ein Stück Brot, aber mit der Zeit wurde es Gang und gäbe, einen Fingerhut voll Blut zu hinterlassen. In Minen, die dieser Tradition nicht folgten, geschahen deutlich mehr tödliche Unfälle und Einstürze.«

Ellie zeigte auf die Hand der Kreatur, die eine kleine Schale hielt. »Ist das dann, wofür ich es halte?«

Ein schalkhaftes Grinsen erhellte für einen kurzen Moment die starre Miene, bevor der Tourleiter es beseitigen konnte. »Sie haben ein gutes Auge, Miss. Ja, das ist die Art von Schale, über der die Arbeiter sich zur Ader ließen. Sieht wie ein Futternapf aus, nicht wahr? Genau die richtige Größe und Form, um ein Tier daraus zu füttern.«

McClean brachte seine Kerze jetzt nahe an das Gesicht der Statue heran, die Flamme tanzte unter ihrem Kinn, sodass ihre Gesichtszüge von unbändiger Wut erfüllt zu sein schienen. Sam verzog sein Gesicht, als Ellie seine Hand noch fester drückte. Er konnte es ihr nicht verübeln, die gesamte Gruppe war nun in McCleans Bann gezogen worden, jeder Einzelne war mucksmäuschenstill, als er fortfuhr.

»In der 1940ern erreichte der Aberglaube um die *Minenmutter* schließlich seinen Höhepunkt. Unfälle kamen nicht selten vor und wurden zunehmend der Kreatur zugesprochen, die unter Tage in den Schatten lauerte. Es wurde befürchtet, dass die Blutopfer der Minenarbeiter die *Mutter* nicht länger zufriedenstellten. Man munkelte hinter vorgehaltener Hand, dass verloren geglaubte Menschen in den Minenschächten erschienen und die Arbeiter tiefer in die Dunkelheit lockten. Diejenigen, die dem Ruf folgten, kehrten nur selten zurück.«

McClean entfernte die Kerze von der Skulptur und blies sie aus. »Bald darauf wurden die Minen nach und nach geschlossen, meist ohne triftigen Grund, da die meisten immer noch erhebliche Mengen an Opalen hervorbrachten. Nun liegen sie brach und die Stadt liegt im Sterben.«

McClean machte kehrt und begann die Gruppe aus dem Park zurück auf die Straße zu führen. »Und damit endet unsere Tour des heutigen Abends, meine Damen und Herren. Ich hoffe, sie fanden meine Geschichten unterhaltsam.«

Als die älteren Teilnehmer der Tour den Heimweg zum *Pintalba Hotel* antraten, blieb Sam am Rande des Parks zurück. »Hey, Dermot, hätten Sie kurz Zeit für eine Frage?«

Der Tourleiter nickte und knöpfte seine schwarze Jacke zu, um sich gegen den Wind zu schützen, der die Blätter in den Bäumen rascheln ließ.

»Ein paar Kumpels und ich wollen ein neues Höhlensystem erkunden, das unter Mr. Anastas Grundstück entdeckt wurde. Ich habe mich heute mit Mia, der Rettungsassistentin, unterhalten. Sie meinte, Sie wüssten etwas von einem Meteoriten, der ungefähr um 1910 in ein Höhlensystem in der Nähe eingeschlagen sein soll. Stimmt das?«

»Ich habe Geschichten darüber gehört«, bestätigte er. »Aber es gibt so gut wie nichts an Beweisen. Alle, die dabei gewesen waren, sind längst tot.«

»Glauben Sie, es handelt sich dabei um dasselbe Höhlensystem?«

Der Tourleiter zuckte mit den Schultern. »Alles ist möglich. In etlichen Minen gibt es Durchbrüche zu unterirdischen Höhlen, sie sind wahrscheinlich mehr miteinander verbunden, als uns bewusst ist.« McClean warf einen Blick über seine Schulter in die Ecke des Parks, in der die *Minenmutter* im Schatten dastand.

»Witzigerweise gibt es noch eine Theorie zu der Herkunft dieses Wesens. Manche behaupten, der Meteorit hätte beim Einschlag eine außerirdische Lebensform in dem Höhlensystem deponiert«, sagte er mit einem schaurigen Kichern. »Höchst unwahrscheinlich, aber interessanterweise begannen die Arbeiter erst in den Jahren danach, in den Minen zu verschwinden.«

Ellie zog sanft an Sams Hand. Er drehte sich zu ihr um und bemerkte, dass ihr Gesicht eine ungesunde Schattierung angenommen hatte. »Ich glaube, ich habe genug gehört, Sam«, sagte sie leise. »Können wir jetzt gehen?«

Er nickte, verdutzt von ihrem Stimmungswechsel. Bevor sie den Park betreten hatten, hatte sie noch gelacht und sich über die verschiedenen Geistergeschichten lustig gemacht. Sam dankte dem Mann rasch für die Tour und sie schlugen den Weg zum Hotel ein.

—

Stella zog ihre Jacke enger um sich und begann, mit den Knien zu wippen, um sich warmzuhalten. Die letzten Teilnehmer der Geistertour gingen nun davon und ließen sie und ihren Freund endlich allein. Stella blickte über ihre Schulter hinweg zu der dunklen Ecke des Parks, wo Warwick fünf Minuten zuvor hingegangen war, um sich zu erleichtern.

»Mach hin«, rief sie ihm zu. »Ich muss bald nach Hause, meine Mom wundert sich bestimmt schon, wo ich bleibe.«

Stille.

Stella suchte die Schatten zwischen den Bäumen ab und versuchte zu erkennen, wo er sich versteckt hatte. »Ich finde das überhaupt nicht lustig, Warwick.«

Zum ersten Mal war sie beunruhigt. Nachdem ein Kind aus der Schule verschwunden war, hatten ihre Eltern ihr nämlich verboten, nach Sonnenuntergang im

Park herumzuhängen. Sie sollte eigentlich in Warwicks Haus zum Lernen sein, und nicht zum Knutschen im Park.

Sie stand auf und ging zögerlich in die hintere Ecke des Parks, ihre Augen huschten dabei von einem Schatten zum anderen. Eine Reihe von Klopfgeräuschen erklang zu ihrer Rechten und ihr Kopf fuhr herum, als sie mit weit aufgerissenen Augen nach dem Ursprung des Geräuschs suchte. Doch sie sah nichts weiter als karge Eukalyptusbäume, die vom Mond beleuchtet wurden. Die Nacht ließ die Bäume lebendig erscheinen, als sie ihre wachsende Furcht teilnahmslos mitansahen.

Stella erreichte den hüfthohen Maschendrahtzaun, der den Park eingrenzte. Auf der anderen Seite lag der dunkle Schlund eines Abflusskanals, der sich unterirdisch mit dem Abflusssystem der Stadt verband. Der Boden war wegen der Dürre schon seit Jahrzehnten knochentrocken.

Da war eine Bewegung! Ihr Innerstes zog sich schmerzhaft zusammen, als sie zwei Beine verschwinden sah, wo der Kanal unter die Erde führte … zwei leblose Beine, deren Fersen ohne auch nur einen Lebensfunken durch den Staub gezerrt wurden. Ein schwarzer Schuh rutschte von einem der Füße und blieb zurück, während der Rest des Körpers vom Erdboden verschluckt wurde. Mit eisiger Gewissheit ahnte sie, dass es Warwick war. Eine Spur führte bis zu der Stelle, an der sie stand. Stella schluckte schwer, als ihre Augen dem lang gezogenen

Fleck folgten. Als ihr Blick auf den Zaun fiel, sah sie die zähe Flüssigkeit, die von dem Drahtgeflecht unter ihrer Hand tropfte. Stella schaltete die Taschenlampenfunktion ihres Handys ein, das ihr Blut offenbarte. Als sie erschrocken zurückzuckte, rutschte ihr das Telefon aus der Hand, fiel über den Zaun und landete am Boden des Kanals, wo das Display zerschmetterte und das Licht sofort erlosch.

Sie wollte schreien und wegrennen, aber ihr Körper gehorchte ihr nicht mehr. Stella stand wie angewurzelt da, als sich der Schrecken wie Eis über sie legte und sie betäubte. Ein metallisches Knurren hallte von unten herauf. Vier grüne Augen öffneten sich auf einmal in der absoluten Schwärze des Kanalschlunds; ein dämonischer Blick, der sie hungrig fixierte. Das Geräusch riss sie aus ihrer Starre. Sie taumelte ein paar Schritte zurück und prallte beinahe gegen einen Baum, bevor sie ihr Gleichgewicht wiederfand. Keuchend und schluchzend rannte Stella nach Hause.

10

Ellie beugte sich über den Rand des brunnenartigen Minenschachts und leuchtete mit der Taschenlampe hinein. »Scheint noch gut in Schuss zu sein, wenn man bedenkt, dass es dem Wetter vollkommen schutzlos ausgesetzt war.«

Ellies Stimmung der vergangenen Nacht war längst vergessen. Das Licht des Tages half ihr dabei, die Angst zu vertreiben und aus den schaurigen Geschichten amüsante Anekdoten zu machen. Als Sam sie am Morgen darauf angesprochen hatte, hatte sie es mit einem Achselzucken abgetan, und er hatte es auf sich beruhen lassen.

Die Stimmung der restlichen Gruppe hatte sich inzwischen auch gebessert, da die versprochene Erlaubnis zur Erkundung der Höhle nur noch eine Frage der Zeit zu sein schien. Die Unterhaltungen am Frühstückstisch waren lebhaft und lustig gewesen und das Gelächter ansteckend.

Sam stützte sich mit seinen Händen auf der Bahnschwelle ab, die den Schacht umrandete, und folgte mit den Augen dem Lichtstrahl. »Die Leiter ist mir beim letzten Mal gar nicht aufgefallen. Das spart uns 'ne Menge Zeit.«

Ellie schnaubte verächtlich. »Du magst vielleicht bereit sein, dem alten Ding zu trauen, aber ich ganz bestimmt nicht.« Sie richtete ihre Lampe auf ein paar der Bolzen, mit denen die Leiter an der Wand befestigt war. »Diese beiden hier sind schon komplett durchgerostet und halten bestimmt nicht mehr lange.« Sie machte die Lampe aus und richtete sich auf. »Ich meine, wenn sie schon da ist, können wir sie auch benutzen, aber ich möchte auf jeden Fall jemanden zur Absturzsicherung abstellen, nur für den Fall.«

Ellie wandte sich nun an ihren Bruder, der gerade versuchte, durch eines der Fenster in das alte Haus zu spähen. »Hey Max, wollen wir wieder *Schere, Stein, Papier* darum spielen, wer die Sicherung übernimmt?«

—

Max hatte einen ziemlich mürrischen Ausdruck in seinem Gesicht, als er die Ausrüstung zum Ablassen der anderen drei zum Boden des Schachts vorbereitete. Sam unterdrückte ein Schmunzeln. Er hatte das Gefühl, dass Ellie des Öfteren die Oberhand über ihren jüngeren Bruder gewann. »Soll ich das lieber übernehmen, Max? Ich warte gerne bis zur richtigen Höhle, falls du dich da unten ebenfalls umsehen möchtest.«

Max schüttelte den Kopf, auch wenn sich seine Gesichtszüge angesichts des Angebots etwas entspannten.

»Danke, Kumpel, aber eine Wette bleibt eine Wette und ich hab verloren. Alles gut.«

Zehn Minuten später stieß Sam zu Ellie und Frida am Boden des Schachts. Er klinkte sich aus und trat von der Leiter weg. Zwei Tunnel führten in entgegengesetzte Richtungen von ihrem Standort weg. Er schaltete seine Helmlampe ein, als er sich den beiden Frauen im Haupttunnel, der nach links abging, anschloss. Frida kauerte auf dem Boden und untersuchte irgendwelches Moos, während Ellie mit ihrer Taschenlampe die Dunkelheit vertrieb. Beim Klang seiner Schritte sah sie kurz über ihre Schulter und lächelte.

»Sieht ganz gut aus. Keine kürzlichen Einstürze, soweit ich das erkennen kann, und die Decke befindet sich in einem guten Zustand.«

Sam richtete seine Lampe in den Stollen hinein und dort auf eine niedrige Decke, die sich von einer Wand zur anderen wölbte. Der Boden des Tunnels war frei und beinahe sauber.

»Ich hätte einen Haufen Spinnweben und so 'n Zeug erwartet«, meinte er.

Frida steckte etwas von dem Moos, das sie untersucht hatte, in ein durchsichtiges Plastiktütchen und stand wieder auf. »Geht mir auch so. Ist schon eigenartig. Es gibt auch keine Anzeichen von Nagetieren oder Fledermäusen.«

»Wenn das heißt, dass ich nicht durch Guano kriechen muss, bin ich zufrieden.«

Ellie schaltete ihre Helmlampe an und ging voraus.

Frida zuckte mit den Schultern und folgte ihr. »Sie hat recht. Nichts, worüber man sich Sorgen machen müsste. Das heißt, nur, dass es hier unten etwas Größeres gibt, das die Population der Beutetiere kontrolliert. Wahrscheinlich eine dicke, fette Rautenpython, die gerade irgendwo ein Nickerchen hält.«

Um Schlangen machte sich Sam keine Sorgen, denn er war genug davon auf seinen Klettertouren im Busch begegnet. Außerdem wäre bei dem Lärm, den sie verursachten, schon längst jede Schlange getürmt. Er war gerade im Begriff, den anderen zu folgen, als ein leises Klickgeräusch hinter ihm erklang. Sam drehte sich in Richtung des kleineren Tunnels, der in die andere Richtung führte.

Am Ende seines Lichtstrahls starrte ihn das Gesicht eines kleinen Jungen an.

—

Aaron sah wieder auf seine Uhr, presste frustriert seinen Kiefer aufeinander und begann, mit seinen Fingern auf dem Tisch herumzutrommeln. Nachdem er pünktlich zu der vom Gemeinderat festgelegten Zeit erschienen war, hatte die Empfangsdame ihn in ein kleines Büro geführt und einfach dort sitzen lassen. Das war nun schon über eine Stunde her.

Drei Wände des kleinen Raumes bestanden aus durchsichtigen Glaspaneelen, die den Blick auf die anderen

Arbeitsbereiche freigaben. Die eine Mauerwand hatte ein Fenster zur Straße hin, direkt in der Mitte. Die umliegenden Büros waren nicht gerade pulsierende Zentren der Produktivität. In all der Zeit, in der er gewartet hatte, hatte er nicht einmal eine Handvoll Leute gesehen, und keiner von ihnen wirkte auch nur annähernd gestresst, was Aaron noch mehr aufregte.

Er war gerade drauf und dran, zurück zum Eingangsbereich zu gehen und die Empfangsdame wegen der langen Wartezeit anzumaulen, als er die Türklinke klappern hörte. Er warf einen Blick über seine Schulter und sah eine Frau mittleren Alters. Sie hatte glattes, braunes Haar, das zu einem strengen Pferdeschwanz gebunden war, und trug eine einfache blaue Bluse und dazu eine gut sitzende Hose.

Während sie den Tisch umrundete, rang sie sich ein flüchtiges Lächeln ab, aber das Lächeln beschränkte sich nur auf ihre untere Gesichtshälfte.

»Mr. Aaron Partet?«

Aaron nickte, die Lippen aufeinandergepresst, obwohl er sein Bestes gab, äußere Zeichen seiner Gereiztheit zu minimieren. »Ja, ich bin wegen des Zutritts zu der Höhle hier, die auf Mr. Anastas Grundstück entdeckt wurde.«

»Mein Name ist Karen, aber nennen Sie mich ruhig Kaz«, sagte sie. »Ich bedaure die Verzögerung Ihrer Expedition, aber Sie haben bestimmt Verständnis dafür, dass der Stadtrat alle nötigen Maßnahmen ergreifen will, um Ihre Sicherheit zu gewährleisten, bevor solchen Aktivitäten zugestimmt werden kann.«

Aaron zwang sich dazu, seine Miene zu entspannen und Haltung zu bewahren. Egal, wie genervt er auch sein mochte, er brauchte diese Zutrittsgenehmigung unbedingt und wenn das bedeutete, höflich sein und durch noch mehr Reifen springen zu müssen, damit diese Gemeindemitarbeiterin ihre Daseinsberechtigung erhielt, dann würde er das tun.

»Ich verstehe das vollkommen und kann Ihnen versichern, dass Sicherheit auch das Allerwichtigste für meine Klettergruppe ist.«

»Ich habe die Abschläge der von Ihnen eingereichten Unterlagen überprüft und freue mich, Ihnen mitteilen zu können, dass alles damit in Ordnung zu sein scheint. Wenn ich ehrlich sein darf, der heutige Termin war eher ein Test Ihrer Professionalität.« Kaz legte ihre Fingerspitzen aneinander und schien sorgfältig zu überlegen, bevor sie weitersprach. »Wie Sie wahrscheinlich selbst bemerkt haben, durchleidet Pintalba zurzeit eine wirtschaftliche Flaute und diese Höhlen könnten eine mögliche Einnahmequelle für uns darstellen. Ich fände es deshalb sehr gut, wenn sie kartografiert und der größeren Klettergemeinde geöffnet werden könnten, aber …«, sie hielt kurz inne und stand dann von ihrem Platz auf, um aus dem Fenster zu sehen. »Falls sich die Höhlen als zu gefährlich herausstellen, werde ich alles in meiner Macht Stehende unternehmen, sie zu schließen und für absehbare Zeit zu versiegeln. Schließlich ist kein Geld der Welt ein Menschenleben wert.«

»Ich versichere Ihnen, Kaz«, sagte Aaron, »mein Team ist höchst professionell. Für medizinische Versorgung ist gesorgt und wir haben technische Ausrüstung vom allerneusten Stand zur Kartografierung dabei. Wenn sich jemand als Erstes da unten umsehen sollte, dann sind wir es.«

Ein hartes Grinsen umspielte ihr Gesicht. »Ich denke, Sie haben mich überzeugt, Mr. Partet. Wenn Sie jetzt noch den Haftungsverzicht unterschreiben würden, dann wären wir hier fertig.«

Diese Worte lösten ein plötzliches Hochgefühl in Aaron aus. Mit einem flüchtigen Blick auf das Formular, das sie über den Tisch geschoben hatte, kritzelte er seine Unterschrift entlang der gestrichelten Linie. Alles, um hier rauszukommen und endlich mit der Expedition beginnen zu können.

Kaz nahm den Vordruck an sich und steckte ihn zu den anderen Unterlagen. »Viel Glück, Mr. Partet. Ich hoffe, Sie finden dort unten etwas, das bemerkenswert genug ist, um Ihr Leben zu verändern.«

—

Sam blinzelte einige Male und sah erneut hin. Nichts. Leere. Schwärze. *Hatte er gerade wirklich das Gesicht eines Kindes gesehen?* Ein kalter Schauer lief seinen Rücken hinab und er verfluchte sich selbst dafür, diese

Geister-Tour vorgeschlagen zu haben. McClean war offensichtlich ein wirklich talentierter Geschichtenerzähler.

Sam machte kehrt und eilte den Frauen hinterher. Der Tunnel führte mit kaum merkbarem Gefälle tiefer nach unten. Hin und wieder fanden sie alte Werkzeuge, manche noch gut erhalten, andere bis zur Unkenntlichkeit verrostet. Während Frida stehen blieb, um am Rand des Ganges etwas zu untersuchen, zwängten Sam und Ellie sich an ihr vorbei und gingen noch zwanzig Schritte weiter, bis sie schließlich auf ein Hindernis trafen.

Fünf Schritte vor ihnen verschwand plötzlich der Boden und an seine Stelle trat ein schwarzer Abgrund. Zaghaft ging Sam vorwärts, besorgt, dass der Grund unter seinen Füßen auf einmal nachgeben könnte. Ellie kam dazu und lehnte sich vorsichtig vor, um besser sehen zu können.

»Das sollte auf unserer Seite einigermaßen stabil sein. Die andere Seite ist allerdings 'ne ganz andere Frage«, sagte sie.

Nur eine halbe Armlänge Fels trennte den Tunnel von einer darunterliegenden Höhle, die sich weit zu erstrecken schien.

»Glaubst du, das gehört zu unserem Höhlensystem auf der Farm?«, fragte Sam aufgeregt.

Ein leichter Windhauch aus dem Loch bewegte eine Haarsträhne in Ellies Gesicht. »Gut möglich. Wir können nicht mehr als ein paar Kilometer Luftlinie von

Anastas' Grundstück entfernt sein.« Sie hielt einen kurzen Moment inne, kniete sich hin und starrte in das schwarze Loch, bevor sie ihre Helmlampe ausschaltete. »Mach mal kurz deine Lampe aus.«

Leicht verwirrt tat Sam es ihr gleich. Für einen Moment war alles pechschwarz, doch dann bemerkte er, wie ein sanfter Schimmer aus der Dunkelheit erschien. Während seine Augen sich langsam der Dunkelheit anpassten, konnte er ein schwaches, blaues Licht tief im Inneren der Höhle ausmachen.

»Das ist ja cool«, murmelte Ellie. »Das müssen Glühwürmchen sein.«

»Leute?«, rief Frida hinter ihnen. »Das müsst ihr euch mal ansehen.«

Sowohl Ellie als auch Sam bemerkten den beunruhigten Tonfall in ihrer Stimme und drehten sich hastig zu ihr um. Sam schaltete seine Helmlampe wieder ein und starrte auf die Tunnelwand, auf die Frida zeigte. Ein Abschnitt der Wand war glatt geschliffen und darauf befand sich eine Inschrift und ein in den Fels gehauenes Becken.

»Du meine Fresse«, flüsterte Sam. »Das muss einer der Schreine sein, von denen McClean gestern Abend gesprochen hat.«

Er strich mit den Fingern behutsam über die Worte, die über der Vertiefung in den Stein gemeißelt waren.

»*Minenmutter*«, las Ellie leise vor. »*Nimm diese Gabe an und geleite uns durch die Dunkelheit.*«

Sam steckte einen Finger in das Becken und zuckte so heftig zurück, als wäre er gebissen worden. »Scheiße, da ist was drin.«

»Ich glaube nicht, dass es Wasser ist«, sagte Frida leise.

Sam zog seinen Finger ins Licht und sein Magen drehte sich fast um, als er das klebrige, dicke Blut an seinen Fingerspitzen sah. Er starrte wieder in Richtung des Tunnels, in dem er das Gesicht des Jungen gesehen hatte, bevor er den Kopf schüttelte. *Nein, das ist einfach nicht möglich.*

»Ich dachte, der Typ hätte gesagt, dass die Minen alle geschlossen wären, und dass deshalb niemand mehr dem Monster Opfer darbringt«, sagte Ellie.

»Nun, irgendjemand ist vor Kurzem hier gewesen«, sagte Frida. »Das erklärt auch, warum der Schacht in so einem guten Zustand ist.«

Sam trat einen Schritt zurück, um sich an die Wand zu lehnen, und spürte dabei etwas unter seinem Fuß knirschen. Er sah hinab und schmeckte sofort bittere Galle in seiner Kehle, denn zu seinen Füßen lag der Kadaver eines kleinen Tieres. Außer den größeren Knochen war nicht mehr viel davon übrig geblieben.

»Sieht aus, als hättest du *die Gabe* gefunden.« Frida ging in die Hocke und hob den Schädel zur näheren Untersuchung auf. »Ich kann mich irren, aber das sieht mir wie ein kleiner Wiederkäuer aus, wahrscheinlich ein Lamm.« Sie drehte es hin und her und betrachtete es eingehend, dann wies sie auf eine Reihe paralleler Rillen am Hinterkopf. »Meint ihr, die sind von Zähnen oder von einem Messer?«

Sam hatte genug. »Keine Ahnung, so oder so, ist es krank«, murmelte er. »Ich denke, wir sollten mit der Polizei reden. Falls es hier einen Irren gibt, der in der Finsternis kleine Tiere foltert, sollten sie es wissen – so fangen Serienmörder nämlich immer an.«

»Au!«, schrie Frida plötzlich. Sie ließ den Schädel fallen. »Irgendwas hat mich gebissen, verdammt noch mal!«

Ellie leuchtete mit ihrer Taschenlampe auf Fridas Hand, wo sich ein Blutegel an der Spitze ihres Mittelfingers festgebissen hatte. Eine sehnige, schwarze Masse pulsierte dort, als es das Blut aus ihrer Haut saugte. Frida hielt es mit ihrer anderen Hand fest und zog kräftig daran. Einen Moment lang schien es so, als würde es sich lieber zerreißen lassen, als nachzugeben, doch dann, begleitet von einem sanften Plopp-Geräusch, ließ der Mund los. Mit verzerrtem Gesicht stopfte sie die sich windende Kreatur in einen Plastikbeutel, bevor sie an ihrer blutenden Fingerspitze lutschte. Sie reichte Sam einen weiteren Beutel, damit er der Schädel eintüten konnte.

»Ich hab die Schnauze voll von dieser Mine«, sagte Frida frustriert. »Lasst uns abhauen.«

11

Sam hob den Lammschädel in dem durchsichtigen Plastikbeutel vor sein Gesicht und studierte ihn, fasziniert und angeekelt zugleich. Es erinnerte ihn an die Zeit, als er als kleiner Junge an dem verwesenden Kadaver einer Maus herumgestochert hatte, bis plötzlich Maden daraus hervorgequollen waren. Dieses Mal gab es zwar keine Maden, aber das ungleichmäßige Muster, in dem das Fleisch vom Knochen gekratzt worden war, war mindestens ebenso interessant. Das gesamte Gewebe des Skalps, der Ohren und der Gesichtsmuskulatur waren bis auf den Knochen abgenagt. Im Inneren fehlte die Zunge, die Schleimhaut am Gaumen und um die Zähne herum war jedoch noch vorhanden. Leere Augenhöhlen starrten während dieser Untersuchung elend und still zurück.

»Würdest du dieses Ding bitte wieder wegpacken?«, sagte Ellie schaudernd. »Ich finde es wirklich widerlich.«

Sam legte den Beutel daraufhin neben sich auf die Sitzbank. Sie saßen gerade beide im Wartezimmer des Pintalba Polizeireviers und warteten auf ein Gespräch mit dem einzigen Sergeant der Stadt. Ein junger Constable namens Brown, der aussah, als käme er gerade frisch aus der Schule, hatte ihre Daten aufgenommen und sie gebeten, zu warten. Frida war schlauer gewesen und hatte beschlossen, ins Hotel zurückzugehen, um den Egel und das Moos, das sie in der Mine gefunden hatten, unter einem Mikroskop zu untersuchen.

Nun, da die normale Welt sie wieder hatte, schien das ungute Gefühl, das er dort unten gehabt hatte, weit weniger bedrohlich zu sein. »Glaubst du, wir verschwenden hier nur jedermanns Zeit?«

»Komm schon, Sam. Du hast den Altar doch auch gesehen. Wenn hier jemand heidnische Opfer darbringt, wird die Polizei das wissen wollen.«

Constable Brown kam jetzt, mit einem Klemmbrett in der Hand, auf sie zu. »Der Sergeant hat nun Zeit für sie.«

Ellie warf Sam einen *Hab-ich-doch-gesagt*-Blick zu. Der Constable führte sie in ein kleines Büro, wo der Sergeant sie bereits erwartete. Der Raum war einfach möbliert, ein Holzschreibtisch, ein Bücherregal und zwei Aktenschränke.

Der Polizist stand auf und streckte ihnen zur Begrüßung die Hand entgegen. »Ich bin Sergeant Trevor Jones.«

Sam schüttelte seine Hand, bevor er sich setzte und den verpackten Schädel auf den Tisch legte. Metall kreischte über Beton, als Ellie ihren Stuhl zurückzog und neben Sam Platz nahm.

»Mein Constable sagte, es geht um heidnische Rituale?«

Sam presste die Lippen aufeinander. Nach dem kaum unterdrückten spöttischen Grinsen zu urteilen, hielt der Polizist die ganze Angelegenheit für lächerlich. »Wir sind uns nicht sicher, ob es genau das ist«, begann Sam zögerlich. »Aber was wir gefunden haben, ist definitiv äußerst eigenartig und wir können uns die Sache einfach nicht anders erklären.«

»Was erklären? Sie haben doch nichts weiter als einen Tierschädel, vermutlich der Beuterest eines Fuchses.«

»Nein, das ist nicht alles. Da war ein Altar in den Fels gehauen, mit einer Widmung an die *Minenmutter*, und eine Opferschale mit frischem Blut darin.« Sam pausierte kurz und sah zu Ellie hinüber. Sie nickte ihm ermutigend zu.

»Wir haben von einem alten Brauch der Minenarbeiter in dieser Gegend gehört … dass sie Blutopfer hinterlassen haben. Jemand aus unserer Gruppe ist Biologin und sie hält den Schädel für den eines Lamms. Falls jemand hier junge Tiere opfert, würden Sie das nicht wissen wollen?«

Der Sergeant konnte daraufhin ein prustendes Lachen nicht unterdrücken. »Sie waren auf einer dieser lächerlichen Geister-Touren von Dermot McClean, stimmt's?«

Sam und Ellie nickten.

»Hören Sie, Dermot kann wirklich gut Geschichten erzählen. Das liegt ihm im Blut, könnte man sagen. Sein Vater und Großvater waren Pfarrer hier im Ort, und haben ihr Leben damit zugebracht, gegen das Übernatürliche und die Minen-Folklore zu wettern. Anstatt von der Kanzel zu predigen wie sein alter Herr, erschreckt Dermot lieber Touristen. Ich würde nicht allzu viel darauf geben.«

»Aber da war ein Schrein mit frischem Blut in einer Opferschale«, sagte Ellie beharrlich. »Wir sind keine Idioten. Falls Sie wirklich glauben, dass es ein Fuchs war, können Sie mir dann erklären, wie er es geschafft hat, frisches Blut in eine Schale in einem Meter Höhe zu füllen?«

Der Sergeant zuckte mit den Schultern. »Keine Ahnung, aber Sie wären überrascht, wie beweglich Füchse sein können.« Er stand auf und schob seinen Stuhl zurück, womit er signalisierte, dass die Unterhaltung beendet war. »Hören Sie, wenn es Sie glücklich macht, fahre ich rüber und sehe es mir mal an.«

Sam wollte den Plastikbeutel mit dem Schädel aufheben, aber der Polizist hielt seine Hand darüber. »Wie wär's, wenn ich das behalte. Ich will nämlich nicht, dass die ganze Stadt ganz umsonst hysterisch wird. Ich weiß zu schätzen, dass Sie vorbeigekommen sind, aber für die Zukunft schlage ich vor, dass Sie sich von den Minen fernhalten. Mir ist zu Ohren gekommen, dass Sie jetzt endlich die Genehmigung haben, die Höhle auf Anastas' Grundstück zu betreten. Da gibt's bestimmt genug zu erforschen.«

—

Trevor wartete mit bewusst gelangweiltem Gesichtsausdruck, bis das Pärchen sein Büro verlassen hatte. Sobald sie aus der Tür waren, betrachtete er den Schädel in seiner Hand und fuhr mit einem Finger über die Rillen, die in dem Knochen zu sehen waren. Ein Schatten fiel über den Türeingang zu seinem Büro und als er aufblickte, entdeckte er Constable Brown, der betreten in der Tür stand.

»Steh da nicht herum wie ein verdammter Clown. Wenn du 'ne Frage hast, dann raus damit«, murrte Trevor.

Der Constable schob sich zaghaft in den Raum hinein. »Was halten Sie von der ganzen Geschichte? Ist da irgendwas dran?«

Trevor brüllte vor Lachen. »Wohl kaum. Wenn es 'nen Serienkiller oder so 'n bekloppten Kult in meiner Stadt geben würde, dann wüsste ich das ja wohl.« Er warf den Lammschädel in den Mülleimer neben seinem Schreibtisch. »Das hat ein Fuchs angerichtet, nichts weiter.«

»Aber in dieser Woche wurden zwei Personen als vermisst gemeldet. Sollten wir vielleicht eine Mordermittlung einleiten?«

Trevors Lächeln verhärtete sich. Er konnte es nicht leiden, von einem Untergebenen infrage gestellt zu werden, vor allem, wenn dieser nur halb so alt war wie er. »Es gibt hier nichts zu ermitteln. Was die sogenannten Morde angeht, Brooke Smith hat schon seit Jahren davon geredet, Pintalba zu verlassen. Wie ich das sehe, hat sie's nicht übers Herz gebracht, mit diesem Armleuchter von

Freund Schluss zu machen, und ist einfach abgehauen. Der Teenager, Warwick Carmichael, hat's sattgehabt, ständig von seinem Alten vermöbelt zu werden. Der Bursche hat wahrscheinlich den Daumen rausgehalten und sich ein besseres Leben gesucht. Wenn es etwas zu finden gäbe, hätte ich es längst gefunden.«

»Aber Sarge, in der Akademie heißt es, wir sollen unseren Instinkten trauen und …«

»Instinkten? Zum Teufel noch mal, Brown. Du bist erst seit zwei verkackten Monaten Polizist. Du hast noch keine Instinkte. Bis du ein paar Jahrzehnte Dienstzeit auf'm Buckel hast, so wie ich, hältst du die Klappe und tust, was man dir sagt.«

Der Constable stürzte ohne ein weiteres Wort hinaus und sein Sergeant musste die Tür selbst schließen. Frustriert rieb sich Trevor mit der Hand über das Gesicht. *Was war nur aus ihm geworden?* Er schikanierte junge Polizisten und behinderte polizeiliche Ermittlungen.

Er schloss die Tür ab, um sicherzugehen, dass sein Constable nicht noch einmal störte, und holte dann eine gefaltete Landkarte aus dem Aktenschrank, die er auf seinem Schreibtisch ausbreitete. Auf der Karte waren eine Reihe von schwarzen Kreuzen eingetragen, daneben die Namen vermisster Personen aus den Siebzigern, als die Kreatur zum letzten Mal aktiv gewesen war. Trevor hatte die alte Polizeidatenbank durchforstet und eine Liste der damals vermissten Personen und wo sie zuletzt gesehen worden waren, zusammengestellt. Einschließlich seines

Vaters und seines kleinen Bruders waren insgesamt zehn Leute verschwunden, bevor das Biest schließlich einen Winterschlaf einlegte.

Es gab auch drei rote Kreuze auf der Karte, die die kürzlichen Verschleppungen markierten. Zwei auf Anastas' Farm gehörten zu den beiden ersten Höhlenkletterern, ein Kreuz lag genau über der Stadt. Er machte zwei weitere rote Kreuze und fügte Brookes und Warwicks Namen zu der Liste der Vermissten hinzu.

Damit blieben noch fünf Stück übrig, bis das Biest die gleiche Anzahl an Opfern erreicht hatte wie bei seiner letzten aktiven Phase. Fünf Plätze, die vermutlich gefüllt werden würden, sobald die Klettergruppe die Höhle betrat. Ein kalter Schauer wanderte seinen Rücken hinauf, als er an die *Minenmutter* dachte. Er hatte über die Jahre hinweg zusammen mit seiner Schwester alles dafür getan, die Tradition der Blutopfer fortzuführen, um die Kreatur zufriedenzustellen. Doch es sollte alles umsonst gewesen sein, wie die Liste der Vermissten zu beweisen schien.

Ursprünglich hatte er selbst versuchen wollen, das Biest umzulegen, aber Kaz war das Risiko zu groß gewesen. Sie hatte gehofft, die *Minenmutter* würde ihren Winterschlaf beginnen, sobald sie so viele Opfer wie in den Siebzigern gefunden hatte, und er hatte sich von ihr überzeugen lassen. Bei der Frage, ob er nun einen formwandelnden Dämon bekämpfen oder ein paar Fremde in die Falle gehen lassen sollte, hatte er die Angst die

Entscheidung treffen lassen und es hatte ihn seine komplette Selbstachtung gekostet.

»Du hast hoffentlich recht, Kaz«, flüsterte er. »Ich hoffe verdammt noch mal, dass du recht hast.«

12

Sams Rückenmuskulatur protestierte, als er sich auf einen der Barhocker in der Pintalba Hotelbar hievte. Draußen war bereits die Nacht hereingebrochen und auf der Hauptstraße verscheuchten nur vereinzelte Lichtkegel einsamer Straßenlaternen die Dunkelheit.

»Ich glaube, ich brauche jetzt ein Bier. Willst du auch eins?«

Ellies Augen waren schon halb geschlossen, als sie sich mit bleiernen Füßen von der Eingangstür durch die Bar schleppte. Sie schüttelte den Kopf. »Nein, ich will nichts weiter als 'ne Dusche und dann geh ich sofort ins Bett.« Sie schlurfte schnurstracks auf die Treppe zu. »Versuch bitte, mich nicht zu wecken, wenn du nachher hochkommst.«

Da die Genehmigung zum Betreten der Höhle nun endlich erteilt war, hatte die Gruppe den Rest des Nachmittags zur Vorbereitung genutzt. In weniger als vier Stunden hatten sie erledigt, was normalerweise einen ganzen Tag in Anspruch genommen hätte. Nachdem sie bereits so viel Zeit verloren hatten, war jeder von ihnen begierig darauf, endlich zu beginnen, weshalb sie hergekommen waren. Sam hatte dabei geholfen, die Ausrüstung zur Farm zu bringen und eine Art Operationsbasis nahe der Doline zu errichten. Sie hatten den Großteil ihrer Sachen bereits dort gelassen, gut verstaut in einem großen Zelt. Als die Sonne unterging, hatte Aaron schließlich den Feierabend eingeläutet.

Der Plan war es, gleich bei Morgengrauen loszulegen, und das bedeutete, dass Ellie ihren Wecker auf halb fünf stellen musste. Angesichts des frühen Starts wollte Sam so viel Schlaf wie nur möglich bekommen. Doch trotz seiner Erschöpfung war er hellwach. Der Gedanke daran, bei seiner ersten Höhlenexpedition tief unter die Erde zu tauchen, erfüllte ihn mit einer Mischung aus Beklemmung und Vorfreude. Er wusste, dass er in diesem Zustand noch stundenlang wach liegen würde. Er brauchte deshalb einen Schlummertrunk, um sich ein wenig zu beruhigen. Aber Jack war nirgendwo zu sehen.

Sam beugte sich über den Tresen und suchte den Schankbereich ab.

»Ich bin hier drüben«, rief eine tiefe Stimme. Sam drehte sich um und entdeckte den Barkeeper auf einem Stuhl in der hintersten Ecke. Bei dem schummrigen Licht hatte Sam ihn komplett übersehen.

»Schnapp' dir ein Glas«, sagte er und hielt eine Flasche Whiskey in die Höhe. »Du kannst mir Gesellschaft leisten.«

Sam angelte sich ein Glas aus dem Geschirrkorb, schlenderte zu Jack hinüber und nahm ihm gegenüber am Tisch Platz. Der Barbesitzer schenkte ihm zwei Fingerbreit der bernsteinfarbenen Flüssigkeit ein, verschüttete dabei aber etwas auf den Pappbierdeckel.

»Ich trinke nicht gerne allein. Das fördert nur Erinnerungen zutage.«

Sam wurde klar, dass der alte Mann auf die Fotos aus dem Vietnam-Krieg gestarrt hatte, während er trank. Jacks Aussprache wurde langsam immer undeutlicher und er sah ein bisschen mitgenommen aus, mit dem ungekämmtem Haar und einem dünnen Schweißfilm auf der Stirn. Die Flasche *Johnny Walker Black* war bereits halb leer, die verschwundene Hälfte befand sich vermutlich in seinem Magen. Sam nippte an seinem Glas und spülte den Alkohol langsam in seinem Mund hin und her.

»Ich hab gehört, ihr wart heute in einer der Minen«, meinte Jack und schüttelte enttäuscht seinen Kopf. »Wann werdet ihr aufhören, unter Tage herumzualbern, und fahrt endlich nach Hause?«

Sam dachte nach, bevor er antwortete. Er wusste, dass seine Freunde nicht die Absicht hatten, die Stadt zu verlassen, solange die Höhle nicht kartografiert war, aber er wollte den alten Barkeeper auch nicht verärgern. »Wir sind schon bald wieder weg«, sagte er deshalb. »Wir haben nur noch etwa eine Woche übrig, bis wir alle wieder zur Arbeit müssen.«

Jack richtete sich in seinem Stuhl auf und packte mit überraschender Kraft Sams Handgelenk. Er sah ihn mit roten, starren Augen an. »Ich habe euch gesagt, es ist gefährlich da unten, verdammt noch mal.« Er hielt seinen Arm noch eine Sekunde länger fest und ließ sich dann niedergeschlagen in seinen Stuhl zurückfallen. »Aber ihr wollt ja nicht hören. Niemand hört auf mich.«

Jack leerte sein Glas in einem Zug und schenkte sich erneut ein. Ein Mann, der versuchte, seine Sorgen zu ertränken. »Die meisten in der Stadt halten die *Minenmutter* nur für ein Märchen«, begann er zögerlich. »Scheiße, selbst ich komme mir manchmal verrückt vor, weil ich daran glaube.«

»Wir haben heute einen der Schreine gefunden. Ich muss zugeben, es ist ziemlich abgefahren, dass die Minenarbeiter tatsächlich Blutopfer gebracht haben – aber das macht aus den Monstergeschichten noch lange nicht die Wahrheit.«

»Ich würde das genauso sehen, wenn ich es nicht besser wüsste.«

»Dann überzeugen Sie mich«, sagte Sam leichthin und begann sich kurz darauf zu wünschen, er wäre stattdessen ins Bett gegangen. Einen Trunkenbold bei Laune zu halten, war nämlich eigentlich nicht Teil seiner Abendplanung gewesen.

»Meinem Großvater gehörte die letzte aktive Opalmine in der Stadt. In den Fünfzigern hat er sie gemeinsam mit meinem Vater und meinem Onkel betrieben.

Der alte Herr war abergläubisch und hat die alten Traditionen deshalb streng befolgt. Er hat immer ein frisches Kaninchen dagelassen oder sich geritzt, damit *sie* nie Hunger litt.« Jack hielt nun keinen Augenkontakt mehr, während er sprach; seine glasigen Augen starrten geradewegs durch Sam hindurch.

»Aber damit war Schluss, als er irgendwann an Herzversagen starb und mein Vater und sein Bruder die Mine übernahmen. Sie fanden diese alte Geschichte absolut lächerlich und waren der Meinung, dass sich nur die hiesigen Schlangen über die Kaninchen und das Blut freuten. Ab dem Zeitpunkt hat sie das Glück verlassen.

Eines Morgens arbeiteten sie in einem der Minenabschnitte. Mein Dad hörte seinen Bruder plötzlich vor Schmerz und aus blanker Angst schreien. Er hielt es für einen Maschinenunfall, ließ alles stehen und liegen und rannte zu ihm. Als er an der Stelle ankam, war mein Onkel Dave fort. Nichts weiter als eine Pfütze aus Blut um einen Spalt im Fels herum war zu sehen, als wäre sein Körper zerquetscht und dort hineingezogen worden.

Da mein Vater den Unfall nicht erklären konnte, ohne dass man ihn für verrückt hielt, behauptete er kurzerhand, Dave hätte die Stadt für eine Weile verlassen. Er musste aber immer noch in der Mine arbeiten, denn er war auf eine Schicht Opale gestoßen, die er nicht einfach da unten liegenlassen konnte.

Dort unten sah er dann auch irgendwann seinen Bruder wieder. Immer gerade außerhalb des Lichtscheins, im

Halbdunkel, als wolle er ihn tiefer in die Mine locken. Als er seinen ganzen Mut zusammengenommen hatte, um ihm zu folgen, hat er allerdings schnell gemerkt, dass es nicht wirklich sein Bruder war. Die Augen waren leblos, er bewegte sich anders und dann waren da auch noch die spitzen Zähne, die aus dem Mund herausschauten.

Mein Vater hat also die Beine in die Hand genommen, die Mine versiegelt und niemals wieder einen Fuß unter Tage gesetzt.«

»Das ergibt doch gar keinen Sinn«, erwiderte Sam. »Soll das heißen, dass sein Bruder in Wirklichkeit diese Kreatur war?«

Jack presste verärgert die Lippen zusammen und schaute ihn mit trüben Augen an. »Nein, es wird vermutet, dass die *Mutter* die Fähigkeit besitzt, sich zu tarnen und ihre Farbe zu wechseln, wie ein Tintenfisch oder ein Chamäleon. Aber statt sich zu verstecken, kopiert sie einfach die Erscheinung ihrer letzten Beute, um andere auf diese Weise in die Falle zu locken.«

Das Bild des Jungen kam Sam plötzlich wieder in den Sinn, sein Magen zog sich schmerzhaft zusammen, und Gänsehaut bildete sich auf seinen Armen. *Nein, das ist einfach nicht möglich.*

»Ich … ich dachte gestern, ich hätte einen Jungen in der Mine gesehen, aber als ich wieder hinsah, war niemand da. Ellie hat vor Kurzem ebenfalls geschworen, dass sie ein Kind im Hauptschacht der Höhle erblickt hat. Ich hab ihr nicht gesagt, was ich gesehen habe, weil ich dachte, dass nach der Geister-Tour einfach nur meine Fantasie mit mir durchgegangen ist. Es konnte nicht echt gewesen sein – es wird schließlich kein Kind vermisst, auf das diese Beschreibung passt.«

Jack fixierte ihn mit einem intensiven Blick, als versuche er herauszufinden, ob Sam sich über ihn lustig machte. »Scheiße, das Ding ist also bereits hinter euch her«, murmelte er. »Du hast kein wirkliches Kind gesehen, sondern nur die Kopie dieses Monsters davon.« Er seufzte leise. »Wie alt hat der Junge denn ausgesehen?«

Sam schloss für einen Moment die Augen, als er versuchte, sich an das Aussehen zu erinnern. »Er hatte weißblondes Haar und wirkte noch recht jung, vielleicht so ungefähr fünf oder sechs Jahre alt?«

Jack stand hastig auf und ging hinüber zu einem der Fotos an der Wand, einem Schwarz-Weiß-Bild inmitten der Vietnam-Kollektion. »Ist er das?«, fragte er und zeigte auf den Rahmen. Sam erhob sich und stellte sich vor das Foto, das zwei Familien zeigte. Die Männer auf dem Bild trugen beide Militäruniformen. Sam erkannte in einem von ihnen eine jüngere Version von Jack. Der andere hatte seinen Arm um die Schulter einer Frau gelegt und war umringt von drei Kindern. Zwei Jungen und ein Mädchen.

Jack tippte auf das Foto und wies mit der Fingerspitze auf eines der Kinder, einen kleinen Jungen mit blondem Haar. »Dieser hier?«

Als Sam das Gesicht des Jungen betrachtete, stellten sich ihm unwillkürlich die Nackenhaare auf und ein eiskalter Schauer lief seinen Rücken herab, als trampele jemand auf seinem Grab herum. Die Ähnlichkeit zwischen dem Bild und seiner Erinnerung war extrem unheimlich. Er nickte und sagte leise: »Ja, so sah er aus, aber dieses Foto ist doch bestimmt schon vierzig Jahre alt.«

Der Barkeeper kehrte zu seinem Stuhl zurück, Müdigkeit war in jeder seiner Bewegungen erkennbar, als er sich hinsetzte und seinen Whiskey in die Hand nahm. »Ich denke, ihr habt die Nachahmung von Deans Sohn Archie gesehen. Wir haben zusammen in 'Nam gedient und als wir zurückkamen, machte die Stadt gerade äußerst harte Zeiten durch. Eine Handvoll Kinder wurden vermisst. Wir …« Jack hielt inne und kaute für einen Moment auf seiner Unterlippe. »Um's kurz zu machen, Dean und sein Junge sind damals auch verschwunden. Ohne ihn blieb seiner Tochter Karen nichts weiter übrig, als ihren kleinen Bruder allein großzuziehen.«

»Was ist mit der Mutter auf dem Foto?«

»Die konnte nicht akzeptieren, dass ihr Jüngster und ihr Mann plötzlich fort waren.« Jack sah mit schwermütigem Gesichtsausdruck in sein Glas. »Sie hat sich im Garten erhängt, bevor das Jahr vorüber war.«

Der Barkeeper verstummte und Sam wandte sich wieder dem Foto zu. Als er einen weiteren Schluck aus seinem Glas nehmen wollte, stellte er fest, dass es bereits leer war. Sein Kopf fühlte sich leicht schwummrig an, denn der Whiskey entfaltete nach dem langen Tag bereits seine Wirkung. Das Gesicht des Kindes schien zu leuchten, das weißblonde Haar und das freche Grinsen, immer noch gestochen scharf trotz der vergangenen Jahrzehnte.

Sam schüttelte den Kopf und versuchte, den Einfluss des alten Mannes von sich abzuschütteln. Er war doch kein Narr. Er war ein Rettungsassistent, der Entscheidungen auf Basis wissenschaftlicher Fakten traf und nie etwas auf Märchen und Folklore gegeben hatte. Falls er jetzt anfing, diesen Unsinn zu glauben, war er auch nichts anderes als einer dieser Quacksalber, der Leute um ihr Geld betrog, indem er *ihre Aura heilte* oder andere vergleichbare lachhafte Methoden anpries.

Es musste für all das eine logische Erklärung geben. Der junge Archie und sein Vater hatten sich vermutlich im Labyrinth der Tunnel verirrt und waren anschließend erfroren oder verhungert. Sein eigenes Erlebnis war nicht mehr als eine optische Täuschung gewesen, hervorgerufen durch McCleans Geschichten. Der blutige Kadaver in der Mine stammte von einem Fuchs, genau wie der Sergeant vermutet hatte. Aber der Grund für all das war ganz bestimmt kein formwandelndes Biest, das seit Generationen Jagd auf Minenarbeiter machte. Sam ballte seine Fäuste und wurde schließlich sauer, ständig den gleichen Mist aufgetischt zu bekommen. Der alte Kauz hatte offenbar Freude daran, Touristen zum Narren zu halten.

Er drehte sich zu dem Barmann um, bereit, ihm eine ausgiebige Standpauke zu halten, erstarrte aber. Jack war eingenickt. Zusammengesackt hing er in seinem Stuhl und schnarchte sanft vor sich hin. Glas klapperte auf Holz, als die leere Whiskeyflasche aus Jacks ausgestreckter Hand rutschte.

Sam ging zum Hoteleingang und verriegelte die Tür, dann suchte er nach einer Decke, mit der er den alten Mann zudeckte. Er schaltete die Lampe im Erdgeschoss aus und tauchte die Bar damit in Dunkelheit. Das einzige Geräusch war jetzt das Schnarchen des Besitzers.

Sam schlich hinauf zu seinem Zimmer. Diese Episode würde er für sich behalten, bis die Expedition abgeschlossen war. Wenn er an Ellies Reaktion während der Geister-Tour zurückdachte, wollte er sie bestimmt nicht noch mehr verängstigen.

13

Ellie stach mit ihrem Finger auf die Karte. »Dies ist das Gelände mit der Mine, in der wir gestern waren.«

Die Gruppe stand momentan in ihrem Basiszelt auf Anastas' Grundstück vor der auf einem Tisch ausgebreiteten Karte.

Es war noch früh, die letzten Spuren des Sonnenaufgangs verliehen dem Horizont einen orangefarbenen Schimmer. Der klare Himmel versprach einen brütend heißen Tag, aber die Kühle der Nacht war noch nicht ganz gewichen und Sam war froh, einen dicken Pullover zu tragen. Die anderen trugen rote Overalls über ihrer Kleidung, wasserabweisend, aber atmungsaktiv. Sie waren dafür gemacht, Kletterer warm und trocken zu halten, während das doppelte Material an den Ellbogen und Knien gleichzeitig Schutz vor groben Oberflächen bot. Darüber trugen sie ihre Klettergurte und waren bereit für den Abstieg.

Sam trat vom Tisch zurück, um den anderen eine bessere Sicht auf die Karte zu gewähren, während sie die Strategie für den heutigen Tag festlegten.

»Du sagtest, da war ein Bodeneinbruch in einem der Stollen, der in einen offenen Raum führte?«, fragte Aaron.

»Gar nicht weit von hier«, sagte Max. »Ich stimme Ellie zu, die Chancen stehen gut, dass unsere Höhle und die unter der Mine zum gleichen System gehören.«

Aaron nahm einen Stift und ein Lineal zur Hand und zog eine Linie zwischen den beiden Orten auf der Karte. »Laut Karte sind sie nur drei Kilometer Luftlinie voneinander entfernt. Es ist also mehr als wahrscheinlich, dass eine Verbindung zwischen ihnen besteht.«

»Als Max und ich vor Kurzem da unten waren, habe ich zwei verschiedene Tunnel gefunden, die vom Hauptschacht abgingen. Der in südlicher Richtung war ziemlich niedrig und schmal, doch der andere sah viel zugänglicher aus, und er führt außerdem in Richtung Mine«, meinte Ellie. Sie verschränkte die Arme vor der Brust und kaute einen Moment lang nachdenklich auf ihrer Lippe herum. »Ich weiß, wir planen nie ein, dass etwas schiefgehen könnte, aber falls doch, könnte diese Mine als zweiter Ausgang dienen, falls der Weg zur Doline irgendwie blockiert werden sollte. Was denkst du, Aaron?«

Er nickte. »Ja, das klingt vernünftig. Sollte uns Anastas irgendwann plötzlich den Zugang zu seinem Grundstück verweigern, könnten wir die Höhle auf andere Weise betreten. Das könnte uns in Zukunft einiges an Geld sparen.«

Aaron wandte sich nun an Frida. »Was ist mit dem Egel, den du in der Mine gefunden hast? Hast du nicht gesagt, daran wäre was eigenartig?«

Die Biologin zog ein Blatt Papier aus ihrem Rucksack und entfaltete es auf dem Tisch. Ihre Finger zitterten leicht und ihre Stimme war heiser vor Aufregung. »Es war kein Egel – zumindest keiner der üblichen Sorte.« Das Blatt Papier zeigte eine Bleistiftzeichnung des Kopfes der kleinen Kreatur. »Egel besitzen normalerweise drei scharfe Zähnchen, mit denen sie eine Y-förmige Wunde in der Beute hinterlassen. Der, den ich gestern von meinem Finger gezogen habe, weist entscheidende Unterschiede auf.«

Sam schaute über Fridas Schulter auf ihre Skizze und fühlte seinen Magen rebellieren, als er die Abbildung des Mundes betrachtete. Er konnte Egel ohnehin nicht ausstehen, weil er sich beim Campen schon einige davon von diversen Körperteilen hatte zupfen müssen. Dieser jedoch hatte etwas ganz Eigenes an sich.

»Anstelle von drei klingenartigen Zähnen hat unser Wurm einen Ring aus nadelartigen Zähnen. Meine Untersuchung war angesichts der Umstände natürlich recht rudimentär, aber …«, sie pausierte einen Moment und ihre Stimme vibrierte jetzt fast vor Aufregung, »ich glaube, wir könnten tatsächlich eine neue Spezies entdeckt haben. Ich habe das Exemplar deshalb gefriergetrocknet und bei Jack gelassen, damit er es per Kurier an mein Labor in der Uni schicken kann.«

»Er wirkte ein bisschen komisch, was unsere Expedition angeht. Meinst du, er schickt es tatsächlich weg?«

»Ja, das sollte kein Problem sein. Ich hab gesagt, es wäre nur Papierkram, den die Uni dringend braucht. Er hat nicht gewusst, dass es sich dabei um eine organische Probe gehandelt hat.«

Sam nickte, froh, dass der Barkeeper keine weiteren Schauergeschichten erzählt hatte.

Ellie legte eine Hand auf die Schulter ihrer Freundin. »Das ist ja großartig, Frida. Ich drück' dir die Daumen, dass es eine neue Spezies ist – und dass du sie benennen darfst.«

Ellie hob ihren Helm vom Boden auf und testete die Lampe. »Na, dann wollen wir mal in die Gänge kommen.«

14

»Wir haben deine Nachricht bekommen. Was ist es denn, was du nicht am Telefon besprechen wolltest?«

Jack kniete am Boden und war gerade dabei, eine Kiste Cola-Flaschen im Kühlschrank zu verstauen. Er blickte auf und sah Kaz und ihren Bruder Trevor hinter dem Tresen stehen. Sie trug eine weiße Bluse, er war in Uniform, sein Gesichtsausdruck war irgendwie noch strenger als der gestärkte Kragen seines Hemdes. Jack hielt sich am Tresen fest und hievte sich langsam in die Höhe, während seine arthritischen Knie wie ein Paar alter Esel meckerten.

»Ihr wisst genau, worüber ich reden will.«

Ein kurzer Blick durch den Raum offenbarte eine Handvoll Gäste, die gerade mit ihrem Frühstück beschäftigt waren. Auch wenn vermutlich niemand ihrem Gespräch Beachtung schenken würde, wollte er das Risiko lieber nicht eingehen.

»Wir gehen besser nach hinten.«

Er machte auf dem Absatz kehrt und lief zum Ende der Theke, wo eine Tür zu seinem Privatbereich führte.

Jack wartete, bis beide die Schwelle passiert hatten, und führte sie dann durch einen kurzen Flur zu einem kleinen Büroraum. Das frühe Morgenlicht sickerte durch die Vorhänge und ließ Staubpartikel glitzern. Jack zog einen Stuhl hinter seinem kleinen Schreibtisch hervor, wo er sonst seine Buchführung machte, und bot den Geschwistern an, auf der Couch Platz zu nehmen.

Jack dachte einen Moment darüber nach, wie er am besten anfangen sollte.

»Das Ganze muss endlich aufhören, und zwar sofort«, sagte er mit fester Stimme. »Wenn ihr nicht sofort die Höhle dichtmacht, werden fünf junge Männer und Frauen bei lebendigem Leibe gefressen werden. Es ist doch ganz einfach – entzieh' ihnen die Genehmigung, dann müssen sie ihre Expedition abbrechen.«

»Und was dann?«, fragte Kaz bitter. »Die *Mutter* wird sich daraufhin an den Einheimischen vergreifen. Lass ihr doch den Abschaum aus Sydney, danach geht sie bestimmt wieder in den Winterschlaf. Die Blutopfer haben sie uns vom Leib gehalten, bevor die Minen geschlossen wurden, und das wird wieder funktionieren. Nur wird es dieses Mal nicht meine eigene Familie sein, die dafür den Preis bezahlen muss.«

»Du hast keine Ahnung, was damals wirklich passiert ist, oder?«, knurrte Jack.

Ihre Augen trafen ihn wie ein Blitz und musterten ihn mit sichtbarem Ekel von Kopf bis Fuß. »Na klar weiß ich das. Während du oben in deinem Hotel herumgejammert hast, hat sich mein Vater geopfert, damit sie die Kinder der Stadt verschont. Archie wollte ihn nicht gehen lassen und ist ihm in die Mine gefolgt und niemals zurückgekehrt.«

»Unsinn, das war doch alles gelogen. Deine Mutter wollte dir nur die Wahrheit ersparen«, sagte Jack. »Ich war damals zusammen mit deinem Vater unter Tage und wir waren ganz bestimmt nicht dort unten, um ihr ein Opfer zu bringen. Wir waren dort, um das Miststück umzulegen.«

Er drehte sich weg, als müsste er etwas Faules ausspucken. »Willst du wissen, was an dem Tag wirklich geschehen ist? Ich werd's dir gern sagen.«

—

Jack entriegelte das Magazin, um nachzusehen, ob es voll war, und steckte es dann wieder an seinen Platz zurück. Er vergewisserte sich, ob sein Colt M1911 gesichert war, steckte ihn in sein Holster und hob eine abgesägte Schrotflinte vom Boden auf, die er seinem Freund reichte. Er hockte im Dunkeln im Minentunnel, gekleidet in eine Kampfuniform, die er nie wieder zu tragen gedacht hatte, und doch war er nun hier, vor weniger als einem Monat aus Vietnam zurückgekehrt, um jetzt eine ganz andere Schlacht zu schlagen. Ein vertrautes Gefühl machte sich in seiner Brust breit, eine Mischung aus Aufregung und Angst. Außerdem musste er pinkeln.

»Musste unbedingt unter der Erde sein, was?«, murrte Dean.

Im kargen Licht seiner Taschenlampe betrachte Jack seinen Freund, der ebenfalls ein Vietnam-Veteran war. Die beiden hatten sich Jahre zuvor gemeinsam verpflichtet und lange genug überlebt, um gemeinsam heimkehren zu können.

»Du musst das nicht machen. Du hast Kinder und abgesehen davon bist du viel zu groß für 'ne Tunnelratte.«

»Halt die Klappe, Jack. Ich lasse dich ganz bestimmt nicht allein hier unten.«

Er und Dean waren in eine von Furcht ergriffene Stadt zurückgekehrt, deren Kinder eines nach dem anderen verschwanden. Durch die Erfahrungen, die sein Vater gemacht hatte, wusste er genau, was momentan Jagd auf sie machte. Jack hatte sich das Hirn zermartert, um einen besseren Plan zu finden, als das Monster bis nach Hause zu verfolgen, doch leider erfolglos. Als die einzigen Soldaten der Stadt war nun mal niemand besser dazu geeignet, es mit dem Biest aufzunehmen.

Er kämpfte nicht zum ersten Mal unter der Erdoberfläche. Als einer der kleineren Männer seines Zuges war es häufig ihm zugefallen, die Tunnelratte zu spielen. Mit nichts weiter bewaffnet als einer Taschenlampe, einer Pistole und einem Messer war er ein ums andere Mal in die pechschwarzen Tunnel von Cú Chi gekrochen, niemals wissend, was ihm dort begegnen würde.

Schlangen … Sprengfallen … feindliche Soldaten … er hatte alles erlebt und irgendwie auch überlebt.

Jack verzog das Gesicht. Auch wenn er zuvor schon in den Tiefen der Erde gekämpft hatte, hieß das noch lange nicht, dass es ihm auch gefiel.

Ein Geräusch erregte nun seine Aufmerksamkeit. »Hast du das gehört?« Jack neigte seinen Kopf und lauschte. Die hallenden Schritte eines Kindes näherten sich ihnen von hinten.

»Daddy, bist du das?«, fragte eine dünne Stimme aus der Dunkelheit.

»Ach Gott, nicht doch«, sagte Dean erschrocken. Jack richtete seine Taschenlampe in den Tunnel hinein und entdeckte das Gesicht eines Jungen.

»Archie? Was zur Hölle machst du denn hier? Ich hab dir doch gesagt, du sollst bei Karen bleiben. Deine Schwester ist bestimmt schon ganz krank vor Sorge.«

Der Junge trat mit leuchtenden Augen aus der Finsternis, nun, da er seinen Vater gefunden hatte. »Aber ich wollte euch auf das Abenteuer begleiten!«

Dean packte seinen Sohn am Arm, die Besorgnis deutlich ins Gesicht geschrieben. »Nein, es ist zu gefährlich. Du gehst sofort nach Hause, aber schleunigst.« Er wandte sich an Jack. »Wir müssen das hier unterbrechen und ihn zuerst zurückbringen.«

Jack nickte. Ein Teil von ihm war erleichtert, eine Ausrede für den Rückzug zu haben. »Wir kommen morgen wieder zurück.« Er trat um seinen Freund und dessen

Sohn herum, um voranzugehen, erstarrte dann aber plötzlich.

Eine Reihe von Schritten erklang. Anders als vorher. Es war nicht mehr das Tapsen von Kinderfüßen.

Scheiße!

Jack zog seine Pistole, lud eine Patrone in die Kammer und entsicherte die Waffe. Mit der anderen Hand hob er seine Taschenlampe. Am Ende des Lichtstrahls stand eine Gestalt. Seine Hoden zogen sich zusammen und die Haare standen ihm zu Berge. Vier elliptische grüne Augen beobachteten sie mit kalter Intensität, ein rundes Maul voller nadelscharfer Zähne öffnete sich, und eine pinkfarbene Zunge schnellte hervor, um die Luft zu schmecken.

»In Deckung«, rief er, seine Stimme hallte laut in der Enge des Tunnels wider. Er ging auf ein Knie hinab und gab einen Schuss ab.

Das Biest wich zur Seite, als er den Abzug betätigte, und die Kugel prallte gegen den nackten Fels, wo es eben noch gestanden hatte. Die Kreatur schlüpfte in einen unmöglich schmalen Spalt, indem sie ihren Körper verformte, als hätte sie keine Knochen im Leib. Jack folgte der Bewegung mit den Augen, schoss noch zweimal und erwischte mit der letzten Kugel ihre zuckende Schwanzspitze. Ein Strahl aus leuchtend grünem Blut spritzte an die Wand, während das Monster schmerzerfüllt aufkreischte.

Dean umklammerte seinen Sohn mit einem Arm und drückte Archie fest an sich, während der Junge vor

Schreck weinte. Jack näherte sich zögerlich der Öffnung in der Wand.

»Wie ist es hier reingekommen?«, fragte Dean. »Ich könnte nicht mal meine Faust da reinstecken.«

Jack berührte den Spalt mit den Fingern, aus dem immer noch blassgrünes Blut heraustropfte. Kein Wunder, dass die *Minenmutter* sich mühelos zwischen den Minen und dem Höhlensystem hin- und herbewegen konnte.

Ein tiefes Grollen ließ die Luft vibrieren. Jack sah hinauf und sein Herz sank, als er die Risse sah, die sich wie ein Spinnennetz an der Decke ausbreiteten.

»Die Decke stürzt ein!«

Er packte Dean an seiner Uniform und zerrte ihn und seinen Sohn tiefer in den Tunnel hinein. Es gab einen lauten Schlag, so als barsten die Knochen der Erde selbst, als der erste Felsbrocken herabkam und genau dort landete, wo Jack eben noch gestanden hatte. Die Männer taumelten zurück, als der Rest der Decke hinabstürzte und die Passage von oben bis unten mit Stein und Staub füllte.

Jack rappelte sich auf. Hustend zog er sein Hemd über Mund und Nase, um sich vor dem herumwirbelnden Staub zu schützen. Alle drei bluteten mittlerweile aus einer Vielzahl von kleinen Kratzern und Schrammen, die von den fliegenden Steinscherben verursacht worden waren.

»Wie zur Hölle sollen wir jetzt hier rauskommen?«, fragte Dean ärgerlich und trat frustriert gegen einen Haufen Geröll.

Mit geröteten und tränenden Augen musste Jack wieder und wieder husten. »Wir müssen einen anderen Weg an die Oberfläche finden.«

Er starrte auf den Spalt in der Wand. Wenn die *Minenmutter* sich zwischen verschiedenen Minen und Tunnelsystemen bewegen konnte, schafften sie das vielleicht auch.

»Die Hälfte dieser Minen sind miteinander verbunden, die Tunnel verschiedener Claims gehen alle ineinander über. Wir müssen sie nur finden, dann haben wir eine Chance.«

Ihre Blicke trafen sich und der Gesichtsausdruck seines Freundes verriet ihm, dass er genau wusste, dass das Ganze ziemlich hoffnungslos war. Aber das hieß nicht, dass es unmöglich war und er würde sich bestimmt nicht hinsetzen und einfach so kampflos aufgeben.

Jack wandte sich ihrer einzigen Option zu … einer Route, die sie noch tiefer in die Höhle des Biests führen würde.

—

Archie wimmerte leise in den Armen seines Vaters, als ein Fauchen an den Wänden des Tunnels entlanghallte. Die Biester waren jetzt ganz in der Nähe, blieben aber außer Sicht, während sie ihnen tiefer in die Mine hineinfolgten, wie Wölfe in der Finsternis. Ihr Tunnel schlängelte sich nach unten, die wenigen Abzweigungen führten alle noch tiefer hinab und die drei waren gezwungen, blind auf ihr Glück zu vertrauen.

»Vielleicht sollten wir lieber umkehren und einen der anderen Tunnel versuchen, an denen wir vorbeigekommen sind«, schlug Dean vor.

Jack hatte während der letzten halben Stunde mehrmals das Gleiche gedacht. Er blickte den Tunnel hinauf, durch den sie gekommen waren, und lauschte dem dämonischen Knurren und den geifernden Schmatzgeräuschen, die aus dem Dunkeln drangen. Zurückzugehen würde bedeuten, sich den Monstern stellen zu müssen. Mit Archie in ihrer Obhut hatten sie jedoch beschlossen, eine direkte Konfrontation mit den Kreaturen möglichst zu vermeiden, was langsam aber leider immer unwahrscheinlicher wurde.

»Du gehst mit dem Kind bis um die nächste Kurve. Ich warte hier auf sie, vielleicht kann ich uns den Weg zurück freikämpfen.«

Dean sah ihm direkt in die Augen und nickte, während sein Kiefer sich verkrampfte. Archie grub sein Gesicht in die Schulter seines Vaters und Dean setzte seinen Weg mit laut stapfenden Schritten fort, um die Kreaturen zu täuschen.

Jack drückte sich an eine Tunnelwand, schaltete seine Lampe aus und ging in die Knie. Er wollte das Licht genau im richtigen Moment wieder einschalten und die Kreaturen angreifen, solange sie geblendet waren. Mit erhobener Pistole in der einen Hand und der Taschenlampe in der anderen, wartete er in der erdrückenden Dunkelheit auf sie. Ein metallisch klingendes Fauchen kam immer näher, prallte von den Wänden ab und wurde mit jeder Sekunde lauter. *Gott, wie er das Warten vor einem Angriff hasste.* Jacks Herz raste, seine Brust war eng und sein Körper aufs Äußerste gespannt.

Urplötzlich war alles still und das Fauchen und Knurren gänzlich verschwunden. Nichts war mehr zu hören. Er strengte sich an, um auch nur die geringste Bewegung ausmachen zu können, trotz des Pochens seines eigenen Pulses in seinen Ohren.

Ein leichtes Kratzen einer Kralle auf Stein erklang … das allerleiseste Geräusch.

Scheiße! Er hatte zu lange gewartet, sie waren schon längst da. Jack schaltete die Lampe ein, deren Licht brutal gegen die Felswände schlug. Vier der Kreaturen waren mit ihm in dem Tunnel, der Anführer keine zwei Meter von Jack entfernt. Sie waren kleiner als das erste Biest, aber dennoch nicht weniger imposant. Auf allen vieren hatten sie das Ausmaß großer Hunde, die schlangenartigen Schwänze steif vor Aufregung.

Sein Magen zog sich bei dem Anblick zusammen, der Drang zu fliehen war beinahe überwältigend. Das Biest, das ihm am nächsten war, entblößte jetzt seine Zähne, elliptische Pupillen zogen sich im Lampenschein zusammen. Es spannte seine Muskeln an und stürzte sich mit weit aufgerissenem Maul auf ihn. Jack riss instinktiv seine Waffe hoch und landete mit dem Pistolenlauf direkt im offenen Schlund der Bestie. Nadelspitze Zähne knirschten auf dem Stahl, als er den Abzug betätigte.

Grünes Blut schoss aus dem Hinterkopf, aber Jack hatte keine Zeit zu jubeln, denn schon wieder wurde er getroffen, dieses Mal von links, als sich etwas in seinem Oberarm verbiss. Jack schrie, als er unter dem zusätzlichen Gewicht gegen die Wand schlug. Aus dem Augenwinkel konnte er jetzt die letzten beiden in der Dunkelheit lauern sehen, die sich auf ihren Angriff vorbereiteten. Gleich würde er überwältigt werden, zerrissen wie ein Kaninchen von einer Meute hungriger Wölfe.

Das in seinen Arm verbissene Biest zerrte und schüttelte wild an ihm und trieb seine Zähne noch tiefer in ihn hinein. Jack antwortete mit seiner Pistole und feuerte erneut, dieses Mal in den Oberschenkel der Kreatur. Sie schrie schrill, wütend und überrascht auf; Jacks Arm war wieder frei. Er taumelte hastig rückwärts und nutzte die vorübergehende Verwirrung seines Gegners zur Flucht.

Er rannte den Tunnel entlang, blindlings in die Richtung, die Dean und sein Sohn Minuten zuvor eingeschlagen hatten. Hinter der nächsten Kurve endete der von Menschenhand erschaffene Stollen und eine große Grotte erschien in seinem Blickfeld, der Anfang eines natürlichen Höhlensystems.

Weiter vorn hörte er das Geräusch von Füßen im Wasser. Jacks Augen folgten dem Klang und er sah Dean und seinen Sohn in knöcheltiefem Wasser stehen. *Mist! Das ist eine Sackgasse.* Die Grotte endete an einem unterirdischen See. Sie konnten nur darauf hoffen, dass irgendwo noch ein Ausgang abzweigte, sonst hatten sie keine andere Wahl, als zurückzugehen.

Sein linker Arm war so gut wie nutzlos. Die Kreatur hatte einen kreisförmigen Brocken aus seinem Bizeps gerissen und bei jeder Bewegung floss Blut aus der Wunde. Er wusste, dass er nicht mehr viel Munition hatte, denn sein letztes Magazin war nur noch halb voll. Falls sie nicht bald einen Ausweg fanden, war es aus mit ihnen.

Jack trat zu den anderen ans Ufer des Sees. »Da waren gerade vier von diesen Dingern. Ich hab eins erwischt, vielleicht auch zwei, aber die kommen bestimmt bald mit Verstärkung wieder«, keuchte er, das Gesicht fahl vor Schmerz.

Dean setzte seinen Sohn ab und Archie umklammerte von hinten dessen Bein. Der Junge war blass und starr vor Angst. Dean inspizierte die abgesägte Schrotflinte und ein düsterer Ausdruck legte sich auf sein Gesicht, als er die Waffe entsicherte. »Na, dann können wir genauso gut gleich hier unsere letzte Stellung beziehen.«

Nicht, dass wir irgendeine Wahl hätten. Jack nickte ihm steif zu.

Eine Reihe von Klick- und Taps-Geräuschen hallte aus dem Stollen. Aus einer anderen Richtung kam eine Antwort … die Biester koordinierten offenbar gerade in totaler Dunkelheit ihren bevorstehenden Angriff. Jacks Magen meldete sich wieder zu Wort und seine Spucke geronn zu Klebstoff in Reaktion auf den Adrenalinschub; wissend, dass es jeden Moment losging.

Er sah sich nach Ideen um. Eine Seite des Seeufers endete an einer Felswand, das andere Ende verlief allerdings immer weiter, bis es sich irgendwann in der Dunkelheit jenseits ihres Lampenlichts verlor.

Ein schriller Schrei durchschnitt die Stille, ein Laut purer Rage, der von den harten Felsoberflächen abprallte und schmerzhaft auf Jacks Trommelfelle traf. Seine Brust zog sich zusammen und seine Muskeln summten vor Adrenalin.

Jack und Dean drehten sich mit erhobenen Waffen in die Richtung, aus der sie den Angriff erwarteten. Flüssige Schwärze schien aus der Stollenöffnung zu sickern, als zwei der Kreaturen auftauchten, deren Körper das Licht verschluckten wie ein schwarzes Loch. Aus einer eigenartig menschlichen aufrechten Körperhaltung heraus ließen sie sich auf alle viere fallen und rannten mit zuckenden Schwanzspitzen und aufgerissenen Mäulern auf sie zu.

Jack folgte dem Biest zu seiner Rechten für einen Moment und feuerte dann zweimal hintereinander seine Pistole ab. Er sah das Biest kurz zucken, als eine seiner Kugeln ihr Ziel fand, bevor es in ihn hinein rauschte und ihn von den Füßen riss. Jack drückte ihm den Pistolenlauf auf die Brust und feuerte. Die Kreatur kreischte, als die Kugel durch ihren Rumpf raste, und dann war Jacks Magazin auf einmal leer. Die *Minenmutter* wand und krümmte sich im Todeskampf und verdrehte sich dabei in unmögliche Posen, während grünes Blut über den rötlichen Staub spritzte, und es schließlich starb.

Jack wandte sich nun seinem Freund zu und zog sein Kampfmesser aus der Hülle an seinem Gürtel. Archie stand dicht daneben, starr vor Angst, während sein Vater mit einem Biest auf dem Boden rang. Jack hechtete vorwärts, um ihm zu helfen, und trieb sein Messer tief in den Bauch des Biests. Dann änderte er die Richtung und stieß die Klingenspitze bis in dessen Brusthöhle.

Dean schob den zuckenden Kadaver schwer atmend von sich. Die Dunkelheit in der Grotte war nahezu erdrückend. Jacks Taschenlampe war bei dem Kampf kaputtgegangen und Deans Licht ließ langsam immer mehr nach, die Batterien waren fast leer.

»Wie viele sind noch übrig?«, fragte Dean, als er seinen Sohn nach Wunden abtastete.

Jack ließ seine Augen über den Boden schweifen. Die leblosen Körper waren in der Dunkelheit kaum zu erkennen. Er ging zu dem ersten Kadaver hinüber und stieß ihn mit dem Zeh an, um sicherzugehen, dass er wirklich tot war. »Mit dem, den ich im Stollen erwischt habe, sind es drei. Können nicht mehr viele sein.«

»Daddy!«, schrie Archie plötzlich.

Jack riss seinen Kopf herum und sah den Jungen, der mit weit aufgerissenen Augen auf seinen Vater starrte.

Dean stand knietief im Wasser und war wie gelähmt. Eine große *Minenmutter* hatte ihn von hinten aufgespießt, die Klauen tief in seinen Innereien vergraben, während sie ihre Zähne in seinen Hals schlug. Jack griff instinktiv nach seiner Pistole, bis ihm einfiel, dass sie ja leer war. Mit dem Messer in der Hand setzte er sich in Bewegung, aber er war viel zu weit weg, um die Kreatur daran hindern zu können, einen großen Brocken Fleisch aus Deans Kehle zu reißen. Blut schoss in hohem Bogen aus seiner Halsschlagader, als sie ihn in das Wasser hinab zerrte. Mit kräftigen Schlägen ihres Schwanzes schwamm sie mit ihrer Beute davon und verschwand kurz darauf unter der Wasseroberfläche.

Jack stand fassungslos da, das sanfte Schwappen des Wassers am Ufer das einzige Anzeichen der Begegnung. Er spürte ein sanftes Ziehen an seiner Hand und sah hinunter auf Archie, der mit tränenüberströmtem Gesicht seine Finger umklammerte. Das reichte aus, um ihn aus seiner Starre zu reißen.

Dean hatte ihnen Zeit verschafft und er musste das Beste daraus machen. Jack hob die flackernde Taschenlampe auf und mit Archies Hand fest in der seinen marschierte er zu der anderen Seite der Grotte, wobei er allerdings kaum zu hoffen wagte. Doch die Dunkelheit wich dem Lichtstrahl plötzlich und ihm stockte der Atem.

Da war eine Öffnung!

Ein Durchlass, der nach oben zu führen schien. Mit neuem Elan und dem Kind im Schlepptau zog er los. Die beiden bestritten ihren Weg mal gehend, mal im Laufschritt. Doch nach einer Weile vernahm er ein klickendes Stakkato und fühlte, wie sein Herz stehenzubleiben drohte.

Nein …

Er drehte sich um und leuchtete mit der schwachen Lampe zurück. Dean stand da und streckte einen Arm in Richtung seines Sohnes.

»Daddy! Bist du okay?«, schrie Archie freudig.

Von Deans wundersamen Erscheinen vollkommen überrumpelt, versäumte er es, den kleinen Jungen festzuhalten, bevor dieser davonrannte.

»Archie! Nein, das ist nicht dein Vater!«

Der Junge bremste augenblicklich ab, da er selbst spürte, dass irgendetwas nicht stimmte. Dean beugte sich zu ihm herab und hob den Jungen hoch, wobei klauenartige Finger dessen Arme umklammerten, bis er laut wimmerte. Archie zappelte panisch und versuchte zu entkommen. Das Kind schrie laut auf, als das Gesicht seines Vaters sich vor seinen Augen verformte und immer mehr veränderte. Die Tarnung der *Minenmutter* fiel nun ganz von ihr ab und der nadelbestückte Mund stülpte sich nach außen. Archie schrie erneut, schrill und voller Verzweiflung; ein Geräusch, das Jacks Seele bluten ließ.

Die Batterie der Lampe gab nun endgültig den Geist auf und der Tunnel wurde in Dunkelheit getaucht. Jack erstarrte und umklammerte sein Messer noch fester. Er weigerte sich, fortzulaufen, wusste aber nicht, wie er das Wesen angreifen konnte, ohne Archie dabei zu gefährden. Der Schrei des Jungen endete jetzt abrupt und wurde durch ein schmatzendes Geräusch ersetzt, als das Monster zu fressen begann.

Ein Schluchzen entrang sich Jacks Kehle. Er wusste, das Kind war tot und sein bester Freund abgeschlachtet worden.

Jack zwang sich dazu, fortzuschleichen und den verlorenen Jungen aufzugeben. Er redete sich ein, dass er überleben musste, um später Rache nehmen zu können. Denn ohne Licht oder Waffen hatte es keinen Zweck länger hierzubleiben. Er musste an die Oberfläche zurückkehren, sich neu bewaffnen und die Sache dann zu Ende bringen.

Er erreichte irgendwann den glatten Boden eines Opal-Stollens, der nach oben anstieg. Nach Stunden in absoluter Finsternis wirkte das schummrige Licht beinahe blendend. Ein unfreiwilliges Schluchzen entfuhr ihm, als er den Aufstieg ins Freie begann.

—

»Bist du wieder zurückgegangen?«, fragte Kaz.

Jack wich ihrem Blick aus und starrte stattdessen auf den Teppich. »Ich hab versucht, sie zu finden. Ich schwöre es.«

Kaz schüttelte angewidert den Kopf. »Du bist nie wieder hingegangen, stimmt's? Du armseliger Feigling.«

Jack reagierte mit blinder Wut in seinen Augen auf diesen Vorwurf. »Ich hab gegen den Vietcong gekämpft, unter Tage, wo sich sonst kein Soldat hingetraut hat, *und* ich habe den Dämon durch die Tiefen der Erde gejagt, um diese Stadt zu beschützen. Ich bin kein verfluchter Feigling, Mädchen.«

»Warum haben wir dieses Problem dann immer noch? Warum ist sie wieder da?«

»Dreimal bin ich runtergegangen, habe aber nichts gefunden. Danach ist alles friedlich geblieben. Ich hatte gehofft, dass die Letzte an einer Wunde gestorben ist und als niemand mehr verschwand, hab ich es darauf beruhen lassen.« Jack drehte sich zur Seite, sein Gesicht vor Ekel verzogen, als wollte er spucken. »Offenbar hab ich falschgelegen.«

»Nur weil sie wieder jagt, heißt das nicht, dass wir sie bedienen müssen. Die Leben dieser Höhlenkletterer liegen in unseren Händen. Wirst du die Höhle schließen oder nicht?«

Kaz' Kinn schob sich trotzig nach vorn. »Deine Geschichte beweist doch nur, dass es nichts bringt, sie zu bekämpfen.«

»Dann halte ich sie eben selbst auf«, murmelte Jack.

»Nein, das tust du nicht«, erwiderte Kaz erschrocken. Wie aufs Stichwort stand ihr Bruder auf und drückte Jack zurück in seinen Stuhl.

»Du gehst nirgendwohin, alter Mann«, sagte der Polizist. Trevor zerrte ihm die Arme hinter den Rücken und fesselte ihn mit Plastikhandschellen an den Stuhl. Dann wiederholte er die Prozedur mit Jacks Füßen und band sie an die Stuhlbeine, damit er sich gar nicht mehr rühren konnte.

Kaz beugte sich zu ihm herab, bis ihre Gesichter auf gleicher Höhe waren. »Du hattest deine Chance und hast versagt. Nun machen wir's auf meine Weise. Wir sind schon fast bei genauso vielen Opfern wie damals in den Siebzigern, also wird das Ganze bald aufhören. Vierzig Jahre Frieden sind durch das Opfer meines Vaters und meines Bruders gewonnen worden. Sobald sie die Kletterer verspeist hat, wird sie uns wieder in Ruhe lassen, da bin ich mir sicher.« Sie richtete sich wieder auf und ging zur Tür. »Aber bis dahin wirst du schön hierbleiben und dich raushalten.«

Kaz schob sich ins Freie, wo trockene Hitze sie umhüllte. Es war noch früh, aber die jetzige Temperatur versprach bereits eine brütende Mittagshitze. In ihrem Magen rumorte es, als sie in Trevors Streifenwagen Platz nahm. Jacks Geschichte hatte einen Nerv in ihr getroffen und die Erinnerung an einen Albtraum ihrer Jugendjahre wiederbelebt.

In diesem Traum hatte ihr Vater sie beauftragt, sich um ihre beiden kleinen Brüder zu kümmern. Während die Jungs auf dem Wohnzimmerboden mit einem Puzzle beschäftigt waren, meinte Archie, dass er auf die Toilette müsste. Ohne darüber nachzudenken, ließ sie den Jungen hinaus zum Plumpsklo rennen. Irgendwann fiel ihr auf, dass Archie weg war, und sie krempelte auf der

Suche nach ihm das ganze Haus um, vollkommen außer sich, weil er unter ihrer Aufsicht verschwunden war.

Sie hob die Hand an ihren Mund, als die Erkenntnis zu ihr durchdrang. Es war gar kein Traum gewesen. Wenn sie besser auf ihn aufgepasst hätte, wäre er den Männern niemals in die Mine gefolgt.

Archies Tod ist meine Schuld.

Nach den Beerdigungen war sie halb verrückt geworden vor Schuld und Trauer, kaum in der Lage zu essen oder zu funktionieren, bis ihre Mutter sie schließlich davon überzeugte, dass ihre Version der Ereignisse nichts weiter als ein schlimmer Traum gewesen war und dass sie an dem Tag gar nicht die Verantwortung für ihre Brüder gehabt hatte.

Das war gelogen. Deine Mutter wollte dir nur die Wahrheit ersparen.

Kaz wollte schreien. Der Barkeeper hatte recht gehabt. Um ihrer Tochter ein Leben voller Vorwürfe zu ersparen, hatte ihre Mutter eine komplett neue Familiengeschichte konstruiert, Dean als Helden hingestellt und Kaz zugleich von jeglicher Schuld befreit.

»Alles in Ordnung?«, fragte ihr Bruder, als er die Fahrertür zuschlug. »Du siehst aus, als hättest du einen Geist gesehen.«

Sie holte tief Luft, nahm die Hand herunter und zwang sich dazu, ihre Gesichtszüge zu entspannen. »Ja, mir geht's gut. Hab nur letzte Nacht nicht viel geschlafen.«

Aus dem Augenwinkel sah sie, wie er sie musterte und dabei an seiner Unterlippe knabberte.

»Wenn du was zu sagen hast, Trev, dann spuck's aus.«

»Du bist nicht die Einzige, die schlaflose Nächte hat.« Er hielt einen Moment inne. »Ich würd's lieber wie der alte Mann machen. Die Tunnel absuchen und das Vieh endlich abknallen.«

Kaz' Herz stolperte bei dem Gedanken daran. Die *Minenmutter* war ihre einzige Verbindung zu ihrem kleinen Bruder, einem Jungen, der nur ihretwegen gestorben war. Sie wusste, dass die Gestalt ihres Bruders nur eine Täuschung war, aber in seiner Gegenwart konnte sie sich einreden, dass er noch am Leben war. Wenn sie das aufgeben müsste, wäre er wahrhaftig und für immer fort.

»Nein, das Risiko ist es nicht wert. Wir halten uns lieber an den Plan und sorgen dafür, dass sie satt wird. Wir müssen nur unsere Nerven behalten und am Wochenende wird sie schon wieder ihren Winterschlaf halten.«

15

Ellie hockte am Boden der Einsturzdoline und öffnete den Koffer, der die Kartierungsgeräte enthielt. Der *Zebedee* Laserscanner steckte in einem faustgroßen Kästchen, das mittels einer freibeweglichen Feder an einer Art Joystick befestigt war. Um den Scanner zu betreiben und die gesammelten Daten speichern zu können, musste Ellie gleichzeitig einen Laptop und ein separates Akkugerät in einem Rucksack mit sich führen. Sie sah es allerdings als geringes Opfer für die enorme Zeitersparnis an. Außerdem erhöhte das Gerät ihre Sicherheit, da es damit fast unmöglich war, sich in dem unterirdischen Labyrinth zu verirren.

Max, Aaron und Frida standen um sie herum, aufgeregt wie ein Trio von Hunden mit Aussicht auf einen Ausflug in den Park. Sie konnten es kaum erwarten, dass Ellie endlich den Scanner zum Laufen brachte. Ellie grinste triumphierend, als sie einen Knopf drückte und das Gerät zum Leben erwachte.

»Ich muss nichts weiter tun, als den Scanner beim Laufen hochzuhalten. Der Laser schwenkt dann von allein hin und her und generiert dabei ein dreidimensionales Bild des Tunnels.«

Ihr Bruder konnte sich ein Lachen nicht verkneifen, als sie das Gerät in Bewegung setzte und das Kästchen sich auf seiner Feder in diverse Richtungen beugte. »Sieht aus wie ein Kinderspielzeug.«

Ellie streckte ihm die Zunge heraus. »Ist es aber nicht, das ist todernster Wissenschaftsscheiß, Max.«

»Wissenschaftsscheiß?« Frida lachte. »Kaum zu glauben, dass ich mal zu dir aufgesehen habe.«

Ellie verdrehte die Augen, verkniff sich aber eine Antwort. Sie schaltete die GoPro-Kamera auf ihrem Helm ein, testete ein letztes Mal die Funkverbindung zu Sam an der Oberfläche und richtete ihren Blick dann auf den Tunneleingang. »Jetzt kann die Show losgehen, Kinder!«

»Ich kann dich laut und deutlich hören. Viel Spaß.«

Im Basiscamp legte Sam das Funkgerät beiseite, machte es sich in dem Faltstuhl gemütlich und legte die Füße auf den Tisch, um den Laptop zu betrachten. Aaron hatte es geschafft, einen Live-Feed von Ellies GoPro-Kamera auf seinen Computer zu zaubern. Das Signal würde vermutlich bald unterbrochen werden, sobald der direkte Kontakt mit dem Empfänger im Hauptschacht am Boden der Doline durch die massiven Felsen gestört wurde, aber bis dahin schaute Sam ihr gern zu.

Aus sicherem Abstand verfolgte er ihren Fortschritt und betrachtete die gedämpften Braun-, Grau- und

Schwarztöne der Tunnelwände und die gelegentliche Nahaufnahme der Felsen, wenn Ellie über ein Hindernis klettern musste.

Sam wünschte sich gerade, bei ihnen zu sein, als sie auf den ersten Engpass trafen. Es bestand immer das Risiko, dass jemand stecken blieb und anschließend weder vor- noch zurückkam. Bei dem Gedanken daran, so gefangen zu sein und zwischen Tausenden von Tonnen Gestein zu klemmen, lief Sam unwillkürlich ein Schauer über den Rücken. In solchen Momenten konnten selbst die besonnensten Menschen in Panik geraten. Häufig war das Ganze mehr ein geistiger Kraftakt als ein körperlicher.

Er sah zu, wie Aaron mit dem Kopf voran in den Spalt schlüpfte und sich auf dem Bauch liegend mit den Ellbogen vorwärts schob. Nach fünf Minuten tauchte sein Kopf wieder auf, ein breites Grinsen quer über dem Gesicht, als er mit dem Daumen grünes Licht gab.

Sam fiel erst jetzt auf, dass er vor Spannung die Luft angehalten hatte. Kopfschüttelnd stand er auf und verließ das Zelt. Er brauchte dringend frische Luft.

—

Im Laufe des Vormittags wurde es immer heißer. Selbst in T-Shirt und Shorts fühlte Sam sich wie im Dampfkochtopf und die Sonne hatte noch nicht einmal ihren höchsten Stand erreicht. Der einzige Schatten nahe der Doline war im Zelt des Basiscamps zu finden, aber darin zu sitzen war beinahe noch schlimmer, als draußen zu sein. An der frischen Luft erwischte er wenigstens den einen oder anderen Lufthauch.

Der Kontakt mit der Gruppe war abgebrochen, seit sie den Spalt passiert hatten, deshalb konnte Sam nur herumsitzen, Däumchen drehen und darauf hoffen, dass nichts Schlimmes passierte. Keine Neuigkeiten waren gute Neuigkeiten in solchen Zeiten. Ein Rinnsal aus Schweiß rann seinen Rücken herab und wurde vom Hosenbund seiner Shorts aufgesaugt, als er gelangweilt mit dem Fuß im Staub bohrte.

»Sam?«

Sein Kopf fuhr herum, als er seinen Namen hörte. Das war Ellies Stimme aus dem Funkgerät. Er rannte zurück ins Zelt und nahm das Funkgerät aufgeregt in die Hand.

»Alles in Ordnung? Ihr seid schon seit 'ner Weile außer Reichweite.«

»Wir brauchen dringend deine Hilfe. Irgendwas hat Aaron gebissen.«

Scheiße!

Sam warf einen Blick auf seine Erste-Hilfe-Tasche und versuchte sich daran zu erinnern, wo er die Druckverbände verstaut hatte. Das Letzte, was er gebrauchen konnte, war ein Schlangenbiss unter Tage.

»Was war es denn? War es giftig?«

»Ich … ich weiß nicht. Kannst du uns im Hauptschacht entgegenkommen? Wir sind schon auf dem Rückweg.«

»Okay, bin gleich da.« Sam hatte ein ungutes Gefühl bei der ganzen Sache.

Wie kann sie nicht wissen, ob es giftig war?

Er schnappte sich seinen Overall, der über dem Stuhl hing und zog sich rasch an, während er im Geiste durchging, was er mitnehmen musste.

—

Am Boden angekommen schaltete Sam die große Campinglaterne ein und vertrieb mit dem gelblichen Licht jegliche Schatten. Er öffnete die Erste-Hilfe-Tasche und holte die gebrauchsfertigen Verbände heraus. Er war erst seit wenigen Minuten hier unten, aber der Schweiß auf seinem Rücken und in seinem Nacken war bereits merklich auf Umgebungstemperatur abgekühlt. Er holte tief Luft, setzte sich auf einen Felsbrocken und wartete. Die Aufregung von vorhin war nun fast vergessen. Es gab genug Gründe, warum sie nicht wussten, ob der Biss giftig war oder nicht – ein Tunnel in den Tiefen der Erde bot nicht gerade die besten Lichtverhältnisse. Falls es eine Schlange gewesen war, standen die Chancen gut, dass es sich dabei nur um eine Python handelte.

Er konnte die Gruppe hören, lange bevor die Strahlen ihrer Lampen zu sehen waren. Das Licht wurde immer heller, bis schließlich drei Personen aus dem nördlichen Tunnel um die Ecke bogen. Sam joggte auf sie zu, musste aber den Kopf einziehen, um sich nicht an der niedrigen Decke zu stoßen. Aaron hüpfte auf einem

Bein, seine Arme waren um die Schultern von Max und Ellie gelegt, die ihn links und rechts stützten. Frida bildete die Nachhut und trug Aarons Rucksack zusätzlich zu ihrem eigenen.

Ellie schenkte Sam ein schwaches Lächeln, als er für sie einsprang und ihr Aaron abnahm. »Ich hatte eigentlich darauf gehofft, dass wir dich nicht so früh brauchen würden.«

»Ich hab das wohl kaum mit Absicht gemacht, oder?«, blaffte Aaron sie an.

»Alles gut«, sagte Sam. »Wir setzen dich erst mal ab und dann seh' ich's mir mal an.« Er musterte Aaron aus dem Augenwinkel. Er sah ziemlich mitgenommen aus. Schweißtropfen standen ihm auf der Stirn und seine Haut war so blass, dass sie fast grau wirkte. Er stützte sich schwer auf Sams Schulter und ächzte bei jedem Hopser, bis sie den Hauptschacht erreicht hatten.

Aaron nahm nun auf einem Felsen Platz und begann, mit verzogenem Gesicht die Schnürung seines Stiefels zu lösen. Sam zog ein Paar Latexhandschuhe an und half ihm dann dabei, den Stiefel abzustreifen. Die Socke und das Innenfutter waren blutgetränkt. Aaron zischte durch seine Zähne hindurch, als er die Socke herunterrollte.

Ein blutiger Halbkreis an der Rückseite seines Knöchels war nun zu sehen. Die Wunde blutete noch immer und gab den Blick auf eine Sehne frei, die weiß schimmerte.

»Wie ist das passiert?«, fragte Sam, während er ein steriles Tuch auspackte und mit Wundspüllösung benetzte.

»Das war wieder so ein komisches Egel-Ding, wie das, das Frida neulich gefunden hat. Es ist mein Bein hochgekrochen und hat sich an mir festgesaugt. Hat höllisch wehgetan, als es zugebissen hat«, erzählte Aaron.

»Ja, das war total eklig«, fügte Ellie hinzu. »So lang wie ein Zeigefinger und man hat gesehen, wie es gekaut hat.«

Aarons Gesicht wurde noch eine Spur blasser. »Ich wusste nicht, was ich tun soll, also hab ich einfach dran gezogen, so fest wie ich nur konnte. Leider ist dabei auch ein Stück von mir mit abgegangen.« Er schaute über seine Schulter zu Frida. »Hast du's noch?«

Sie nickte.

»Gut, ich will nämlich derjenige sein, der es seziert«, murrte Aaron. »Wollen wir doch mal sehen, wie es sich anfühlt, wenn Stücke aus einem herausgerupft werden.«

Sams Interesse war geweckt. »Kann ich mal sehen?«

Frida nickte, holte eine durchsichtige Plastikdose mit einem gelben Schraubdeckel aus ihrem Rucksack und warf sie ihm zu. Er fing sie mit einer Hand auf und hielt seine Taschenlampe darauf.

»Äh, ich sehe gar nichts, Frida. Das muss die falsche Dose sein.«

»Nein, das ist die Einzige von der Art, die ich mitgebracht habe.« Sie nahm ihm das Gefäß ab und betrachtete es genauer. »Wie zum Geier ist es denn da rausgekommen?« Mit gerunzelter Stirn schraubte Frida den Deckel ab.

Sams Augen huschten über die Dose und den Deckel. Er glaubte immer noch, dass sie irgendwie den Container verwechselt haben musste, aber dann fiel ihm plötzlich etwas ins Auge. Da war etwas Unförmiges an der Deckelinnenseite, so als wäre das Plastik an einer Stelle geschmolzen … aber dieser Klumpen geschmolzenen Kunststoffs bewegte sich.

»Scheiße. Mach den Deckel sofort wieder drauf!«, rief Sam.

Frida schaute ihn nur verwirrt an. »Häh?«

»Es ist immer noch da drin, mach schnell wieder zu!«

Doch bevor sie den Deckel wieder aufsetzen konnte, löste sich die gelbe, schneckenartige Masse, glitt über den Rand und tropfte mit einem glitschigen Geräusch zu Boden. Sobald es den Fels berührte, wechselte es seine Farbe zu eisengrau, um sich der Umgebung anzupassen.

»Meine Fresse, das Ding kann sich tarnen«, flüsterte Sam fassungslos.

Frida beugte sich herab, um es wieder in ihr Gefäß zu schieben, als es sich plötzlich aufbäumte wie eine kleine, augenlose Schlange. Im Licht der Taschenlampen öffnete sich plötzlich ein rundes, spitz bezahntes Maul und stieß ein Zischen aus. Frida riss automatisch ihre Hand zurück und die Kreatur nutzte die Gelegenheit, um in einen Spalt zu kriechen.

Frida fluchte. »Verdammter Mist, das war schon wieder eine andere Spezies, jetzt muss ich noch ein Exemplar davon suchen.«

»Mich brauchst du nicht anzusehen, mir reicht's erst mal mit der Biologie«, sagte Aaron trocken. »Du kannst dir gern einen anderen Köder suchen.«

»Haha«, murmelte Frida und steckte das Gefäß zurück in ihren Rucksack.

Sam zog ein Betäubungsmittel in eine Spritze und injizierte die Lösung rund um Aarons Wunde herum. Er wartete einen Moment, bis die Wirkung eingesetzt hatte, und begann dann, die Stelle mit einem sterilen Tuch abzutupfen.

Nachdem er den Großteil der Sockenfusseln und Blutklümpchen entfernt hatte, füllte er eine große Einwegspritze mit Wundspüllösung und spülte die Wunde mehrmals aus.

Nun, da alles sauber war, beugte er sich für eine genauere Untersuchung herab. »Das war ein ziemlicher Haps. Sieht aus, als würde ein Teil deiner Sehne fehlen.«

»Ja, hat sich auch angefühlt, als würde gleich etwas reißen, wenn ich es belastet hab.«

»Du hast das schon richtig gemacht. Das wird wahrscheinlich ohne Hilfe von allein wieder heilen.« Sam legte eine Wundauflage darauf und wickelte einen Verband um den Knöchel.

Aaron fluchte. »Na toll, damit ist Tauchen für mich erst mal gestorben.«

»Eine Sekunde«, sagte Sam und nahm wieder etwas Abstand von seinem Patienten. »Habt ihr etwa Wasser gefunden?«

Ellie knabberte an ihrer Unterlippe. »Ja, aber das war nicht alles, was wir gefunden haben. Da war auch eine Kletterausrüstung, zusammen mit einem Stativ und einer Kamera.«

»Unsinn«, murrte Sam leise. Er sah hoch und sein Blick traf den von Ellie. »Von dem Pärchen, von dem ihr gesprochen habt?«

»Das ist zumindest die einzige Erklärung, die passt, aber es gab keinerlei Zeichen ihrer Überreste.«

»Vielleicht sind sie ja abgehauen«, schlug Max vor.

»Und haben dabei ihr teures Equipment einfach liegenlassen? Wohl kaum.«

Sam blickte zu dem Lichtkreis empor, der den Zugang zum Höhlensystem markierte, und ihn überkam ein ungutes Gefühl, als ihm einfiel, dass keinerlei Seile oder ähnliches nahe der Doline gefunden worden waren. »Falls die beiden nicht mehr rausgekommen sind, dann muss aber jemand anderes ihre Abseilausrüstung entfernt haben.«

»Scheiße, du hast recht«, sagte Ellie und ihr Gesichtsausdruck verfinsterte sich. »Wer könnte das gewesen sein? Damit riskiert man 'ne Anklage wegen fahrlässiger Tötung.«

»Anastas ist der Einzige, der davon profitiert, wenn die Höhle offenbleibt«, wandte Max ein.

»Das macht ihn automatisch zum Hauptverdächtigen.«

Sam nickte, da er schon den gleichen Schluss gezogen hatte. »Wir müssen das unbedingt der Polizei melden. Schade, dass ihr die Höhle nicht weiter erkunden könnt.«

»Hey, mal schön langsam«, sagte Ellie. »Wer sagt denn, dass wir die Expedition abbrechen müssen? Ich stimme euch zu, dass wir die Polizei rufen müssen, aber das hier könnte unsere einzige Chance sein. Ich schlage deshalb vor, wir schleppen die Tauchausrüstung runter, bevor jemand versucht, uns aufzuhalten, denn sobald das hier zu einem Tatort wird, sind wir weg vom Fenster. Soweit wir wissen, könnten die zwei auch Tauchen gegangen sein – vielleicht finden wir sie und können aufklären, was wirklich passiert ist.«

Ellie packte ihren Bruder an der Schulter. »Max, du gibst mir doch recht, stimmt's?«

Er grinste seine Schwester an.

»Klar doch. Dieser Raum, wo der See beginnt … so was habe ich noch nie zuvor gesehen. Es gibt keinen Caver in diesem Land, der auf so eine Gelegenheit verzichten würde.«

Ellie wandte sich nun ihm zu und er fühlte sein Herz in die Hose sinken, da er genau wusste, was als Nächstes kommen würde.

»Würdest du mitkommen? Als Dreiergruppe wäre es viel sicherer. Frida ist noch nie getaucht, und Aaron kann es momentan nicht.«

Sams Puls beschleunigte sich bei dem Gedanken daran, einhundert Meter unter der Erde in einen pechschwarzen See tauchen zu müssen.

»Sag mir nicht, dass dein Freund Angst vor 'nem kleinen Tauchgang hat.«

»Halt die Klappe, Max«, erwiderte Ellie und gab ihrem Bruder einen Klaps auf den Hinterkopf. »Er muss dir nichts beweisen.« Sam starrte ihren Bruder verärgert an. Max' Tonfall war zwar scherzhaft gewesen, aber seine Augen hatten die Wahrheit dahinter verraten. Er verkniff sich die Weigerung, die ihm auf der Zunge gelegen hatte, denn noch nie hatte ihn jemand als Feigling bezeichnet und das sollte auch so bleiben. Er schloss seine Augen, atmete tief ein und aus und stellte sich vor, wie seine Anspannung beim Ausatmen von ihm abfiel. Als er seine Augen wieder öffnete, fühlte er Ellies intensiven Blick auf sich, während sie an einem Mundwinkel knabberte und auf seine Antwort wartete.

»Hör mal, ich weiß, dass wir die Polizei rufen müssen oder wir stecken alle ganz schön tief in der Scheiße. Wie wär's mit einem kleinen Vorsprung für unseren kleinen Tauchgang, bevor Aaron sich bei der Polizei meldet?«

»Okay, ich bin dabei«, sagte Sam.

Ellies Augen funkelten aufgeregt, als sie ihm einen Kuss auf den Mund gab. »Danke, Schatz.«

Sam bekam Bauchschmerzen, als ihm klar wurde, worauf er sich da eingelassen hatte.

16

»Kommst du jetzt mit oder nicht?«

Kaz funkelte ihren Bruder, der am Küchentisch saß, wütend an. Nachdem sie das Hotel verlassen hatten, waren sie zu seinem Haus gefahren, um sich zu bewaffnen, falls die Klettergruppe Probleme machen sollte, aber inzwischen plagten Trevor offenbar Gewissensbisse und er rührte sich nicht vom Fleck.

»Nein, ich will damit nichts zu tun haben, solange du nicht versprichst, dass es das letzte Mal ist. Was mich angeht, sind wir bereits viel zu weit gegangen.«

Kaz war nach Schreien zumute. Ihr Bruder war schon immer das ewige Kind, nie in der Lage, den Tatsachen ins Auge zu blicken. »Wir haben für so was keine Zeit. Falls einer von ihnen der *Mutter* begegnet und entkommt, was glaubst du, was dann passiert?«

»Ich weiß nicht … sie verkrümeln sich zurück nach Sydney?«

»Nein, du Idiot. Die gehen damit an die Öffentlichkeit oder zur Polizei.«

»Na und? Das glaubt denen doch niemand.«

»Nein, wirklich nicht? Die landen vermutlich in der Klapse dafür, aber das ist egal, denn es wird trotzdem jemand hier auftauchen, nur um rauszufinden, *was wirklich passiert ist.* Willst du etwa, dass die Kripo hier rumschnüffelt und den Damm nach Beweisen absucht? Die finden das Auto doch sofort.«

»Wechsel' nicht das Thema. Das ist das letzte Mal, dass wir das Vieh füttern, sonst mach' ich nicht mit.«

»Wie stellst du dir das bitte vor? Irgendwann wird sie wieder fressen müssen. Das könnte zwar Jahre dauern, aber wir wissen, dass es so kommen wird.«

»Ganz einfach. Wir bringen den Höhleneingang zum Einsturz und versiegeln jeden einzelnen Mineneingang. Das sollten wir eigentlich schon tun, bevor die Klettergruppe da runtergeht. Wenn wir sie verschonen, wie Jack es wollte, wird er uns verzeihen, dass wir ihn angebunden haben, und dann kann endlich Gras über die ganze Sache wachsen.«

Kaz war natürlich bewusst, dass die *Minenmutter* nicht wirklich Archie war, aber für sie waren die beiden inzwischen ein und dasselbe. Wenn sie dem Monster also die Nahrung verweigerte, ließ sie auch ihren kleinen Bruder hungern.

»Nein. Wir sind schon so weit gekommen. Der einzige Weg, sie wieder in den Winterschlaf zu bringen, ist es, sie satt zu machen. Wir wissen, dass sie nicht dumm ist. Sie würde mitkriegen, was wir vorhaben, und jeden angreifen, der versucht, die Minen zu versiegeln.«

»Würdest du mir denn helfen, wenn sie die Klettergruppe erwischt hat?« Da war plötzlich ein Funken des Triumphes in Trevors Augen. »Wir lassen sie fressen, und wenn sie schlafen geht, mauern wir das Miststück einfach ein.«

Gereizt presste Kaz ihre Lippen aufeinander, denn ihr Bruder hatte sie in die Enge getrieben. Sie konnte sich nun nicht mehr herausreden, ohne psychotisch zu klingen. »Na gut. Aber ich würde ja gerne mal wissen, wie du die Höhle komplett dichtkriegen willst. Der Schacht ist zwanzig Meter lang.«

Trevor stand auf und verließ ohne ein weiteres Wort den Raum. Sie hörte, wie er in einem Flurschrank wühlte und kurz darauf kam er zurück. Er knallte zwei kleine Pakete auf den Tisch, gleich neben das Gewehr, das Kaz vorhin aus dem Waffenschrank geholt hatte.

»Plastiksprengstoff! Wurde früher dazu benutzt, um Kaninchen auszurotten oder einen Baumstumpf hochzujagen. Aber wegen der neuen Terrorismusgesetze haben manche der Farmer in der Gegend ihre Lizenzen nicht erneuern können. Wir haben ihre Vorräte also eingesammelt und ich habe mir ein bisschen was beiseite geschafft, bevor der Rest abgeholt wurde.«

Kaz betrachtete den Sprengstoff, bevor sie seinen Blick erwiderte. Sie wusste, dass er es ernst meinte. Trevor hatte sich bisher immer ihrem Willen unterworfen, aber nun war er offenbar an einem Punkt, wo er die Nase voll hatte, und Kaz wollte nicht noch einen Bruder verlieren.

»Okay. Wenn sie drin sind, bringen wir den Hauptschacht zum Einsturz und fangen an, die Minen zu verschließen.« *Aber nicht alle.* Einen Zugang würde sie offenlassen, damit sie Archie gelegentlich besuchen konnte.

Trevors Handy begann zu klingeln. Er nahm das Gespräch an und sein Gesichtsausdruck wurde immer genervter, während er zuhörte.

»Unsinn, Brown. Diese dummen Bengel spielen dir nur einen Streich. Ignorier' sie einfach und bleib, wo du bist. Ich verschwende doch keine Polizeiressourcen wegen irgendwelchen Großstädtern, die sich einb…« Er hielt für einen Moment inne. »Jetzt diskutier' gefälligst nicht mit mir, *Constable*. Ich bin dein Vorgesetzter und du tust deshalb, was ich dir sage. Du bleibst im Revier, bis ich komme, und dann sehen wir weiter.« Er legte auf und starrte seine Schwester an.

»Wir haben ein paar Probleme. Einer aus der Gruppe hat die Klettersachen des ersten Pärchens da unten gefunden und gerade eine Meldung gemacht.«

Kaz fluchte. »Du Idiot. Wir hätten schon längst dort sein können, dann hätte auch niemand von denen im Revier angerufen.«

Trevor blieb still und wartete, bis sie beschlossen hatte, was nun zu tun war. So, wie immer. Kaz wollte ihn am liebsten ohrfeigen und ihrer Wut und Frustration Luft machen. Stattdessen zwang sie sich, ruhig zu bleiben. »Worauf wartest du noch? Du hast gesagt, du willst zum

Revier fahren und die Sache unter Kontrolle bringen, also mach das auch.«

Sie nahm das Gewehr vom Tisch, hängte es sich über die Schulter und stopfte dann den Plastiksprengstoff samt Zünder in eine Tasche. »Ich werde mich derweil um die Klettergruppe kümmern.«

—

Mia suchte die Bar des Pintalba Hotels nach dem Eigentümer ab. Sie wollte Sam eine medizinische Frage stellen, aber ihr Klopfen an seine Tür war unbeantwortet geblieben. Da sie ihn nicht mit ihrem Anruf nerven wollte, falls sie ihre Expedition bereits begonnen hatten, wollte sie zuerst Jack konsultieren. Doch nun war der Wirt auch nirgendwo zu finden.

Irgendetwas war hier faul. Es war absolut untypisch für Jack, die Bar unbeaufsichtigt zu lassen. Sie ging zu einer Tür mit einem *Privat*-Schild darüber und steckte den Kopf hinein.

»Hey Jack, bist du da?«

Nichts.

Sie war gerade im Begriff, aufzugeben, als ein Geräusch ihre Aufmerksamkeit erregte. »Jack?«

Ein leises Stöhnen kam aus einem der Hinterräume. Sie eilte den Flur hinunter und rechnete fast damit, den alten Mann auf dem Boden vorzufinden. Doch dann kam sie an der Tür zum Büro zu stehen und fand ihn gefesselt auf einem Stuhl vor.

Was zum Teufel ist hier los?

Mit dem Gedanken im Hinterkopf, dass wer auch immer Jack überwältigt hatte, vielleicht noch in der Nähe war, drehte sie sich erschrocken um. Der Barkeeper stöhnte erneut, die Augen leicht hervortretend und aufgrund des Klebebands über seinem Mund nicht in der Lage, sich zu äußern.

Behutsam pulte Mia das Klebeband ab und Jack schnappte gierig nach Luft, endlich imstande, frei durchzuatmen.

»Was ist passiert? Hat dich jemand überfallen?«

»Nein, das war kein Überfall. Das waren Kaz und ihr Bruder, Trevor.«

Mia durchwühlte gerade die Schreibtischschublade auf der Suche nach etwas, womit sie die Kabelbinder durchschneiden konnte, schreckte aber hoch, als sie die Namen hörte. »Ich soll dir glauben, dass eine Gemeindemitarbeiterin und ein Polizist dich gefesselt haben? Das ist doch verrückt.« Sie fand endlich eine Schere und durchtrennte die Plastikstreifen um seine Handgelenke und Knöchel.

Mit verkniffenen Augen rieb Jack sich die Druckstellen an seiner Haut. »Glaub', was du willst, aber wir müssen sofort zu Anastas' Farm, bevor Sam und seine Freunde die Höhle betreten. Sie sind in großer Gefahr.«

Er öffnete einen Schrank in der Zimmerecke, schob ein paar Kleiderbügel zur Seite und kramte ein Gewehr und eine Schachtel Patronen hervor. Anschließend führte er einen kurzen Sicherheitscheck der Waffe durch und stopfte sich ein paar volle Magazine in die Tasche.

»Kannst du mich hinfahren? Falls schon alles zu spät ist, können sie dort bestimmt deine Hilfe gebrauchen.«

Mia war gerade im Begriff, eine weitere Frage zu stellen, als sie seinen Gesichtsausdruck bemerkte. Er meinte es offenbar todernst. »Okay, ich weiß zwar nicht genau, was los ist, aber du machst mir langsam Angst.«

Der alte Mann sah sie von der Seite an; ein gefährliches Schimmern war in seine Augen getreten. Dies war nicht der Wirt, den sie kannte, der gerade mit einem Gewehr vor ihr stand. Nein, dies war Jack, der Soldat. Die Jahre mochten ihm vielleicht Falten und graue Haare verliehen haben, aber die unerbittliche Entschlossenheit der alten Schwarz-Weiß-Fotos aus Vietnam war unverändert geblieben.

»Halt' dich an mich und alles wird gut. Ich hab das Miststück schon einmal besiegt und das schaff' ich auch wieder.«

Aus irgendeinem Grund vermutete Mia, dass er damit nicht Kaz meinte, und es beunruhigte sie nur noch mehr. Mit zitternden Händen folgte sie ihm hinaus auf die Straße.

17

Flach auf dem Bauch liegend, schob Sam an der engsten Stelle des Tunnels eine Sauerstoffflasche und einen Rucksack vor sich her. Sein eigener Atem füllte den verfügbaren Raum aus und klang dadurch ungewöhnlich laut. Das Wort *Tunnel* war an sich schon übertrieben, denn dies war nichts weiter als ein Felsspalt, durch den er sich quälen musste, einhundert Meter unter der Erde und gerade so breit wie sein Oberkörper. Er gab sich Mühe, all seine bewussten Gedanken zu verdrängen, während er sich mit den Spitzen seiner Schuhe und seiner Finger voranschob und -zog.

Doch je weiter er kam, desto enger wurde es. Harter Fels drückte unnachgiebig gegen seine Rippen und die Wirbelsäule. Beim nächsten Griff rutschten seine Finger ab. Sam winkelte seine Knie an, fand mit seinen Zehen Halt und schob sich mühsam vorwärts. Er bewegte sich ganze fünf Zentimeter und dann blieb er stecken. Das Gestein rieb trotz des Overalls schmerzhaft an seiner Brust, ein brennender Striemen, der sich kurz darauf mit warmem Blut füllte. Sam atmete kurz durch und begann sich dann wieder vorwärts zu schieben, ungeachtet des Schadens, den er sich dabei womöglich zufügte.

Doch nichts … nicht ein Zentimeter. Sein Puls beschleunigte sich, ein rasender Trommelschlag in seinen Ohren. Er brauchte einen tiefen Atemzug, konnte in dieser Enge jedoch kaum Luft holen.

»Ich glaube … ich glaube, ich stecke fest.« Sam versuchte, sachlich zu klingen, doch seine Nervosität war kaum zu leugnen. Das Flüstern der Beklemmung erklang nun laut und deutlich in seinen Gedanken. Er würde hier unten in der Finsternis lebendig begraben sein, bis er irgendwann verhungerte.

»Nein, tust du nicht. Wenn ich es hindurchgeschafft habe, dann kannst du das auch, Kumpel.«

Es dauerte einen Moment, bis Max' Worte durch seine lautstarken Zweifel hindurch drangen. Er legte seinen Kopf auf die Seite und blickte nach vorn. Aus zehn Metern Entfernung starrte Max ihn an.

»Du bist doch schon fast da. Sobald du an dem Punkt vorbei bist, wird es wieder breiter. Nur noch ein kleines Stückchen.«

»Aber ich kann mich nicht rühren.«

»Doch, das kannst du. Hol ganz langsam Luft und entspann dich. Danach atmest du aus, bevor du weitermachst. Wenn deine Lunge leer ist, kommst du besser durch.«

Sam gab sich im Geiste eine Ohrfeige. *Konzentrier' dich auf die Realität, nicht auf deine Angst.* Er unterdrückte seine Gefühle und richtete seine Aufmerksamkeit wieder auf die Umgebung.

Erde und Fels unter seinen Fingern.

Luft zum Atmen.

Er hatte Zeit, er musste nur seinen Weg finden, nichts weiter. Er sah sich selbst mit einer Hand an einer Klippenwand hängen. *Was tat er, wenn er sich beim Klettern in einer kniffligen Lage befand? Dachte er dann darüber nach, hinunterzustürzen?* Nein, denn er vertraute den Seilen und seinem Kletterpartner, der ihn sicherte. Dies war auch nichts anderes … nur ein weiteres Problem, das es zu bewältigen galt.

Sam atmete langsam und flach weiter. Schon kurz darauf verlangsamte sich sein Puls und er bekam die Kontrolle über seinen Körper und Geist zurück. Er stocherte mit seiner Schuhspitze herum, bis er Halt fand, entdeckte dann eine Position für seine Finger und atmete vollständig aus.

Anschließend schob er sich vorwärts. Für den Bruchteil einer Sekunde hielt die Steinkante ihn weiterhin fest, doch dann rutschte er weiter und war endlich wieder in Bewegung. Er hielt kurz inne, um endlich ungehindert Luft holen zu können, und kroch dann weiter, während er systematisch seine Ausrüstung vor sich herschob. Nun hatte er endlich wieder genug Platz zum Krabbeln, überwand zu guter Letzt eine weitere Felskante und endlich war er wieder frei, als er den schulterhohen Abschnitt des Tunnels erreichte.

Die Nachwirkung des Adrenalins ließ seinen Kopf schwirren und seine Muskeln kribbeln, aber vor allem empfand er ein überwältigendes Gefühl der Euphorie. Er hörte sich selbst laut lachen und ein Lächeln zog sich von einem Ohr zum anderen.

»Gut gemacht, Kumpel. Hab doch gesagt, es ist nicht mehr weit.« Max klopfte ihm auf die Schulter und grinste ihn mit blendend weißen Zähnen an. »Fühlt sich gut an, hm?«

Er nickte zustimmend und die Panik von gerade schien jetzt plötzlich meilenweit entfernt zu sein. Auch wenn ihm der Gedanke an den bevorstehenden Tauchgang noch kein bisschen besser gefiel, fühlte er sich jetzt zumindest etwas weniger eingeschüchtert.

»Hey, Lahmarsch. Ich könnte ein bisschen Hilfe gebrauchen.«

Sam blickte über seine Schulter und riss gerade noch rechtzeitig seine Hand hoch, um Fridas Sauerstofftank aufzufangen. Er ging in die Knie und half ihr, ihren Rucksack auf dem Boden abzustellen. Ellie kam als Letzte aus dem Spalt hervor.

Die Gruppe legte nun eine kurze Pause ein, um sich etwas auszuruhen, einen Schluck zu trinken und einen Müsliriegel zu essen. Währenddessen tastete Sam vorsichtig die Wunde an seiner Brust ab und zog anschließend blutbefleckte Finger aus seinem Overall hervor.

»Hey, alles okay?«, fragte Ellie alarmiert.

Er zuckte unbesorgt mit den Schultern.

»Ja, ist nur 'n Kratzer.« Die Wunde hatte sich nicht allzu tief angefühlt, es war zumindest nichts, was genäht werden musste. »Sieht aus, als wäre ich der nächste Köder für Fridas Wurm.«

»Scheiß drauf, Mann«, sagte Max und verzog das Gesicht. »Du hast doch gesehen, was es mit Aaron angestellt hat. Lass die fiesen Dinger doch verhungern.«

Als Sam daran zurückdachte, wie der Wurm Frida angefaucht hatte, lief ihm unweigerlich ein Schauder über den Rücken. Um das Thema zu wechseln, wandte er sich an Ellie. »Wie weit ist es noch bis zum See?«

»Nicht mehr weit.« Die Augen seiner Freundin lächelten und ihr Gesicht erhellte sich. »Nur noch etwa hundert Meter diesen Tunnel entlang. Wir haben sozusagen freie Bahn.«

Max schob seine Wasserflasche zurück in seinen Rucksack und stand dann auf, offensichtlich erpicht darauf, weiterzugehen.

»Glaubst du, Aaron hat inzwischen die Polizei angerufen?«

Ellie zuckte mit den Schultern. »Wahrscheinlich schon.«

»Dann machen wir uns mal besser auf den Weg«, erwiderte Max und trat auf der Stelle wie ein ungeduldiges Kind.

Ohne auf die anderen zu warten, schritt er mit leicht gebückter Haltung voran, um sich den Kopf nicht an der Tunneldecke zu stoßen. Das Licht seiner Helmlampe schnitt wie ein solider Balken durch die Finsternis und der Rest der Gruppe folgte ihm hastig.

Kurze Zeit später gelangten sie in einen größeren Raum. Sam stellte seine Sauerstoffflasche auf dem Boden ab und streifte den Rucksack ab. Seine schmerzenden Schultern waren allerdings schon bald vergessen, als er sich auf der Stelle drehte und die Umgebung in sich aufnahm.

Die Gewölbedecke ragte hoch über ihren Köpfen empor und erstreckte sich so weit, dass der Strahl seiner Lampe in der Dunkelheit verloren ging. Gewaltige Stalaktiten, die zum Boden hin spitz zuliefen, hingen wie riesige Reißzähne herab. Nach etwa zwanzig Metern begann der See. Das Wasser war kristallklar und gab den Blick auf den Grund frei, der nach wenigen Metern steil abfiel.

»Das wäre also der See?«

Ellie nickte. »Ziemlich cool, was?«

Sam schlenderte an die Stelle, wo sie Platz genommen hatte und über das Wasser hinwegblickte. Er ließ sich neben ihr nieder und Max und Frida stießen ebenfalls hinzu. Tief in die eigenen Gedanken versunken sprach keiner von ihnen ein Wort, während ihre Lichtkegel gemächlich durch die Höhle wanderten und die uralte Pracht zum Leuchten brachten.

»An einem Ort wie diesem fühlt man sich plötzlich ganz klein und unbedeutend«, sagte Frida.

Sam stellte fest, dass er zustimmend nickte.

Dieses Erlebnis hatte etwas Magisches an sich und war sämtliche Mühen und Plagen wert gewesen.

»Hey, bevor wir weitermachen, können wir was ausprobieren?«, fragte Ellie. »Ich will wissen, wie es hier eigentlich ist, ohne Lampen und den ganzen Kram. Können wir für ein paar Minuten das Licht ausmachen und chillen?«

Max schmunzelte. »Komischer Ort für 'ne Meditationsübung, Schwesterchen.«

Ellie blieb unbeirrt. »Nein, das ist der allerbeste Ort dafür. Keine Autos oder Zivilisationsgeräusche. Nicht mal Wind in den Bäumen. Einfach nur perfekte Stille.« Sie drehte sich zu Sam. »Komm schon, probieren wir's aus, mir zuliebe.«

Sam zuckte mit den Schultern und schaltete seine Helmlampe aus. Einer nach dem anderen löschten sie ihre Lichtquellen, bis Frida sie mit einem simplen Klick in absolute Finsternis tauchte.

Tiefschwarz.

Sam hob eine Hand vor sein Gesicht und bewegte sie hin und her. Er wusste, dass sie nur Zentimeter von seinen Augen entfernt war, und doch konnte er nicht das Geringste sehen. Nicht einmal die Ahnung einer Bewegung. Die Dunkelheit war komplett und absolut. Eines so wichtigen Sinns beraubt, fühlte er sich plötzlich seltsam desorientiert. Er legte die Hände an seine Seite. Ohne den üblichen sensorischen Input, der sein Gehirn beschäftigte, erschien die Rückmeldung seiner

Fingerspitzen erstaunlich intensiv. Jede noch so kleine Unebenheit des Steinbodens war auf einmal zu spüren.

Doch sein Tastsinn war nicht die einzige Sinneswahrnehmung, die durch die Dunkelheit verstärkt wurde, auch sein Gehör schien Außergewöhnliches zu leisten. Sein Puls verursachte einen gleichmäßigen Rhythmus in beiden Ohren und mit ein bisschen Konzentration konnte er sogar die Atemmuster seiner drei Gefährten unterscheiden. Sam lehnte sich mit dem Rücken an die Wand und entspannte sowohl seine Gesichtszüge als auch seine Gedanken.

Tropfen erklangen auf der anderen Seite der Höhle. Vier nasse Platscher, vermutlich von einem Stalaktiten irgendwo über der Wasseroberfläche. Dann folgte eine sanfte Wellenbewegung. Seine Stirn runzelte sich, als er versuchte, aus dem letzten Geräusch schlau zu werden. Vielleicht eine Strömung?

Dann drei scharfe Klicktöne.

Gänsehaut breitete sich auf seinen Unterarmen aus. Sam setzte sich auf und drehte seinen Kopf, als er angestrengt lauschte.

Licht brannte unangenehm hell vor seinen Augen, als Ellie ihre Lampe wieder einschaltete.

»Das war ja der Wahnsinn. Totale Sinnesberaubung«, sagte sie lächelnd.

Die unerwartete Helligkeit ließ Sam unwillkürlich zusammenzucken und er musste seine Augen mit der Hand abschirmen.

»Hast du das auch gehört?«, fragte er.

»Was gehört?«

Da sich seine Augen langsam an das Licht gewöhnt hatten, machte er seine eigene Lampe ebenfalls wieder an und richtete sie auf den See hinaus, doch dort war nichts außer einem unbewegten Ufer zu sehen. Er suchte die Oberfläche ab und entdeckte einen Wassertropfen, der wie ein Diamant im Licht funkelte, als er von der Decke fiel.

»Ach nichts.« Sam ließ es auf sich beruhen und entschied, dass seine Fantasie ihm lediglich einen Streich gespielt hatte. Es gab schließlich einen Grund dafür, warum Leute in Einzelhaft irgendwann verrückt wurden.

»Bist du immer noch bereit zum Tauchen?«, fragte Ellie. »Wenn du doch verzichten willst, ist jetzt der richtige Zeitpunkt dafür. Ich will dich nicht unter Druck setzen.«

Sam starrte wieder auf das Wasser hinaus, zu der Stelle, wo der See an einer Felswand endete. Von dort aus war Tauchen die einzige Art, voranzukommen.

»Ich komme mit.« Er war schon so weit, dass es lächerlich gewesen wäre, nun einen Rückzieher zu machen.

Sam, Max und Ellie streiften ihre Overalls ab und begannen, in ihre Taucheranzüge zu schlüpfen. Die Flossen waren kurz und steif, ideal für die enge Umgebung und um Aufwirbelungen von Silt beim Schwimmen zu minimieren. Frida half Sam beim Aufsetzen der

Sauerstoffflaschen. Als er schließlich mit allen Gurten, Schließen und Einstellungen zufrieden war, folgte er Max und Ellie vorsichtig ins Wasser hinein. Sandwolken stiegen vom Grund empor und verwandelten das kristallklare Wasser augenblicklich in eine schlammige Brühe.

Ellie sah plötzlich wie ein ganz anderer Mensch aus. Haare und Hals waren unter der Tauchhaube versteckt und nur ihr Gesicht war zu sehen. Der Ausdruck darauf war verhalten und konzentriert. Er wusste, dass sie das Ganze ernst nahm und als erfahrenste Taucherin, nun da Aaron aus dem Spiel war, ging sie im Geiste bestimmt gerade die Checkliste aller Sicherheitsvorkehrungen durch, um sicherzugehen, dass sie alle wieder heil zurückkehrten.

Sie spülte ihre Tauchermaske im Wasser ab, spuckte hinein und verrieb den Speichel im Sichtfenster, bevor sie diese aufsetzte, um ein Beschlagen zu verhindern. Mit der Spannung des Gummiriemens zufrieden schob sie die Brille auf ihre Stirn.

»Max schwimmt voran, du bist in der Mitte und ich bilde die Nachhut mit der Leine, die unseren Weg markiert.« Zu Demonstrationszwecken hob sie eine Spule mit gelber Schnur, die an ihrer Hüfte hing. Sam blickte zum Ufer zurück zu der Stelle, wo Frida das Ende der Leine an einem schweren Stein befestigt hatte. Bei seinem bisher einzigen anderen Höhlentauchgang waren die Leinen bereits entlang der Wände gespannt gewesen. Dieses Mal legten sie selbst den Weg fest.

»Wie lange willst du denn unten bleiben, Max?«

»Es könnte unsere einzige Chance sein, also würde ich vorschlagen, dass wir so viel Zeit wie möglich rausschlagen und die Faustregel des Drittels anwenden. Wenn der Erste von uns ein Drittel seines Luftvorrats aufgebraucht hat, drehen wir um. Das sollte sicher genug sein.«

Ellie nickte zustimmend und drehte sich zu Sam. »Hast du irgendwelche Fragen?«

Er schüttelte den Kopf. Er wollte das Ganze endlich hinter sich bringen. Manchmal musste man die nagende Stimme des Zweifels eben ignorieren und einfach handeln.

Ellies ernste Fassade bröckelte und gab ein Lächeln frei, als die Begeisterung letzten Endes überhandnahm. Sie gab ihm das Handzeichen für *OK*, setzte ihre Brille auf und klemmte sich den Atemregler zwischen ihre Zähne. Die beiden Männer taten es ihr nach.

Sam gab Max ein paar Meter Vorsprung, dann tauchte er ab und schwamm mit kurzen Beinschlägen hinterher, um nicht zu viel Silt aufzuwirbeln. Als sie eine Passage erreichten, die von der Grotte wegführte, sah er kurz auf. Nun gab es keine beruhigende Luftschicht über dem Wasser mehr, falls er in Panik geraten sollte.

Er schluckte sein Unwohlsein hinunter und konzentrierte sich darauf, langsam und gleichmäßig zu atmen. Sam fand Halt an einer Felswand und zog sich langsam daran vorwärts, immer tiefer in die Höhle hinein.

—

Frida sah zu, wie ihre drei Freunde untertauchten und davonschwammen. Die gelbe Leine, die mit der Spule an Ellies Gürtel verbunden war, tanzte langsam auf der Wasseroberfläche auf und ab und schlug dabei winzige Wellen. Frida stand am Ufer, die Hände in die Seiten gestemmt, während sie die Helmlampen unter der Wasseroberfläche verfolgte, bis sie die Öffnung an der hinteren Höhlenwand erreichten und verschwanden. Für ein paar Minuten schimmerte noch ein sanftes Glühen aus der Passage, bis auch dieses von der Dunkelheit verschluckt wurde.

Im weiten Raum der Grotte bestand keine Gefahr, sich den Kopf zu stoßen, also setzte sie ihren Helm ab und befestigte ihn an ihrem Rucksack. Frida fuhr sich mit der Hand durch die Haare; ihre Kopfhaut wusste die frische Luft zu schätzen. Sie drehte sich langsam im Kreis und ließ ihre Taschenlampe, die einzige Lichtquelle hier drin, über die Vertiefungen der Gewölbedecke wandern. Ein kalter Schauer lief ihre Wirbelsäule hinauf. Sie schüttelte sich kurz, aber ein ungutes Gefühl blieb dennoch zurück. Jetzt, da sie allein war, fühlte sich die Höhle auf einmal ganz anders an. Was in der Gruppe Ehrfurcht eingeflößt hatte, wirkte nun einschüchternd, als hätte der Raum seinen Fokus ganz auf sie verlagert.

Frida nahm schließlich die Lampe herunter und kam sich ein wenig albern vor. Es war lächerlich, jede kleine Vertiefung und jeden Schatten auszuleuchten, wie ein Kind, das Angst im Dunkeln hatte. Sie ging zu der Stelle hinüber, an der sie die Besitztümer des vermissten Pärchens aufgestapelt hatten. Auf einem Rucksack lag eine teuer aussehende digitale SR-Kamera. Frida nahm sie in die Hand, drückte den Power-Knopf und war angenehm, überrascht zu sehen, dass der Akku immer noch Saft hatte. Sie drückte *Playback* auf der Rückseite des Geräts, und als das letzte aufgenommene Bild auf dem Display erschien, erkannte sie sofort jene Grotte, in der sie gerade stand. Wer auch immer das Foto gemacht hatte, hatte definitiv ein Talent dafür, denn das Bild schaffte es, die schroffe Schönheit dieser unterirdischen Welt perfekt wiederzugeben. Mit geweckter Neugier blätterte sie rückwärts durch die Bilder, bis sie auf ein Selfie stieß. Ein Mann und eine Frau, die lächelten, während sie die Arme umeinander geschlungen hatten. Sie sahen aufgeregt aus … glücklich und nicht ahnend, was sie erwartete.

Frida machte die Kamera wieder aus und legte sie behutsam auf den Stapel zurück. Eine dumpfe Traurigkeit machte sich in ihrer Magengrube breit, als ihr bewusst wurde, dass sie vermutlich gerade das letzte Bild betrachtet hatte, das von dem Pärchen gemacht worden war. Sie wollte lieber nicht daran denken, wie sie nun aussahen, nach Wochen unter der Erde. Aufgeblähte, vermodernde Leichen, blass und leblos.

Sie entfernte sich hastig von dem Stapel und begann, am Ufer auf- und abzuschlendern und ein Liedchen vor sich hin zu summen, um sich abzulenken. Ihre einsame

Lampe schnitt sich tapfer durch die Finsternis, die sie umgab.

Etwas an der Oberfläche eines Steins erregte nun ihre Aufmerksamkeit und sie hockte sich daneben, um einen genaueren Blick darauf zu werfen. Ein grüner Flaum bedeckte eine handgroße Fläche. Härchen wie kleine Stängel standen empor, von denen jedes einzelne eine kleine Kappe voll durchsichtiger Flüssigkeit an seiner Spitze trug.

Frida holte ihr Taschenmesser hervor und klappte es auf. Dann stach sie mit der Spitze in die Pflanze hinein und wartete, erstaunt über die Reaktion, die die Klinge hervorrief. Die haarartigen Fäden zogen sich nämlich jetzt am Berührungspunkt zusammen und mit einem Mal fingen die flüssigen Köpfe an, bläulich zu schimmern. Wie gebannt berührte sie mit der Spitze ihres Zeigefingers eine andere Stelle, um auch diese zum Leuchten zu bringen. Die Flüssigkeit am Ende der Härchen war klebrig und als sie die Fingerspitze gegen ihren Daumen rieb, fing es an zu brennen.

Mit einem Zischen ging sie schnell zum Rand des Sees, um die Substanz abzuwaschen. Nach einer Minute im Wasser ließ der Schmerz langsam nach und sie kehrte zu der Pflanze zurück. Jetzt war sie erst recht fasziniert davon. Es war offenbar eine fleischfressende Spezies, die vermutlich mit ihrem Licht Insekten anlockte, die danach an der Flüssigkeit kleben blieben, um letzten Endes aufgelöst und verdaut zu werden.

Darauf bedacht, den Hautkontakt dieses Mal zu vermeiden, kratzte sie ein Stück der Pflanze vom Fels ab und ließ es in einen Plastikbeutel fallen, zuversichtlich, dass es sich um eine weitere neue Spezies handelte. Mit dem Exemplar sicher im Rucksack verstaut, stand sie auf und machte sich auf die Suche nach möglichen weiteren Entdeckungen.

In Gedanken versunken, begann sie, an ihrem Zeigefinger zu kratzen, als sich ein Jucken bemerkbar machte. Leider wurde es danach eher schlimmer statt besser und verlangte nun nach ihrer vollen Aufmerksamkeit. Frida betrachtete mit Besorgnis ihre Hand und ihr fiel auf, dass sich rote Quaddeln an ihren Fingern ausbreiteten. Was auch immer diese Pflanze war, sie schien allergisch darauf zu reagieren. Eine anaphylaktische Reaktion konnte sie nun gerade wirklich nicht gebrauchen, während sie hier ganz auf sich allein gestellt war. Sie war gerade im Begriff, ihren Rucksack abzusetzen und ein Antihistaminikum zu suchen, als sie hinter sich Wasser aufspritzen hörte.

Von dem unerwarteten Geräusch erschrocken, fuhr sie herum und ihr Herz raste. Sie richtete ihre Lampe hastig auf den See und sah Wellen hochschwappen, die sich kreisförmig von einem Punkt an der hinteren Felswand ausbreiteten. Etwas Großes war gerade im Wasser gelandet. Sie leuchtete höher, um zu sehen, ob vielleicht irgendwo ein Stück eines Stalaktiten abgebrochen war.

Eine Reihe von Klickgeräuschen erklang nun entlang des Ufers.

Eine Gänsehaut machte sich an ihren Armen breit und ihre Nackenhaare stellten sich auf. Zitternd schwenkte sie ihre Lampe zurück zum Ufer. Nasse Fußspuren zeichneten sich im Staub ab, doch sie hatten nicht die Form von Schwimmflossen. Sie waren zu schmal und anstelle von Zehen waren Klauenspuren zu erkennen. Ihre Hand begann zu zittern und ein leises, angsterfülltes Wimmern verließ ihre Lippen, als sie den Spuren mit dem Lichtstrahl folgte.

Etwas Schwarzes stand über den Rucksäcken, die die Taucher zurückgelassen hatten, und schnupperte daran. Frida stockte der Atem, als sich ihre Brust zusammenzog und sie unweigerlich zurückwich. Vor Schreck ließ sie ihre Lampe fallen, die beim Aufprall auf den Steinboden sofort verlosch und wieder Finsternis herrschen ließ.

Erneut ertönten die Klickgeräusche, gefolgt von einem animalischen Fauchen.

Frida schrie.

18

Aaron atmete ein paar Mal tief durch und versuchte, seine Übelkeit mit purer Willenskraft zu besiegen. Seine Haut war blass und ein Schweißfilm, der nichts mit der Mittagshitze zu tun hatte, bedeckte seine Stirn. Auf einem Faltstuhl im Zelt sitzend, betrachtete er die Wunde an seinem Knöchel mit Widerwillen und Ekel.

»Wer hat die Kohle für die Genehmigung berappt und dann Stunden damit zugebracht, vor den Behörden zu katzbuckeln?«, murrte Aaron. »Ich war's … und jetzt bin ich der Einzige, dem der ganze Spaß entgeht. Was für ein schlechter Witz.«

Der Verband klebte mittlerweile als blutdurchweichter Klumpen am Rande seiner Wunde. Während seines Aufstiegs an der Leiter hinauf, hatte die Wunde wieder angefangen zu bluten, und, bis er die Oberfläche erreicht hatte, hatte die Wundauflage die Grenze ihrer Saugfähigkeit erreicht. Er hatte also keine andere Wahl gehabt als die Kompresse zu wechseln, wenn er nicht das ganze Zelt vollbluten wollte. Dies war nun allerdings schon der zehnte Verband, seit er die Höhle verlassen hatte. Angesichts der starken Blutung machte er sich inzwischen immer mehr Sorgen, dass der Wurm irgendeine gerinnungshemmende Substanz abgesondert hatte.

Nur ein letzter Ruck war nötig, um den Verband von der offenen Wunde zu lösen, aber das war leichter gesagt als getan. Der Mull, den er beim letzten Verbandswechsel in das Loch hineingedrückt hatte, klebte nun fest. Jedes Mal, wenn er daran zog, ging die Wunde wieder auf und frisches Blut strömte hervor. Er nahm deshalb einen Zipfel des Gewebes in die Hand, holte tief Luft, kniff die Augen zu und zog fest, bevor ihn der Mut verließ. Aaron gab einen kurzen Schrei von sich, als sich die Kompresse endlich löste, und begann dann zu fluchen, als er den Zeltboden vollblutete. Mit vor Schmerz zusammengebissenen Zähnen legte er schnell eine neue Kompresse auf die Wunde und drückte sie fest an, um die Blutung zu verringern.

Nach zehn Minuten wagte es Aaron, vorsichtig die Hand wegzunehmen, bereit, sie sofort wieder darauf zu pressen, falls es nötig sein sollte. Doch erleichtert stellte er fest, dass er vorerst aufgehört hatte, zu bluten, und lehnte sich in seinem Stuhl zurück.

Das metallische Zwitschern eines Handys erklang plötzlich aus der hintersten Ecke des Zelts. Aaron blickte über seine Schulter zu dem Stapel von Rucksäcken. Deutlich gereizt humpelte er hinüber und begann, das Gepäck zu durchwühlen. Ganz unten im Stapel war Fridas Rucksack und in dessen Außentasche befand sich das klingelnde Handy. Aber noch bevor Aaron die Annahme-Taste drücken konnte, hatte das Klingeln wieder aufgehört.

Aaron fluchte leise vor sich hin und ließ sich mit dem Handy in der Hand wieder in den Stuhl fallen. Einen Moment später piepste es und meldete eine hinterlassene Sprachnachricht. Aus Langeweile gepaart mit Neugier wählte er die Nummer der Mailbox und lauschte einer gestressten weiblichen Stimme.

»Frida? Ich hab vor 'ner Stunde deine Probe bekommen und hab so was noch nie zuvor gesehen. Ich meine, niemand hat so was bisher gesehen. Die organischen Basen der DNA-Bausteine sind überhaupt nicht vorhanden, was super untypisch für unseren Planeten ist. Ich kann nicht glauben, dass ich das jetzt sage, aber die einzige Erklärung dafür ist, dass sich dieser Organismus separat entwickelt hat, ob nun hier auf der Erde oder woanders. Um ehrlich zu sein, ist mir das total unheimlich. Ich hab schon die Kollegen bei CSIRO alarmiert und die haben euch geraten, das Höhlensystem sofort zu verlassen. Bitte ruf zurück, damit ich weiß, dass du okay bist. Dieses Ding jagt mir echt 'ne Heidenangst ein.«

Aaron nahm das Telefon von seinem Ohr. Mit den Fingerspitzen strich er nachdenklich über den Verband über seiner Achillessehne. *War er etwa von etwas …* Außerirdischem *gebissen worden?*

Von draußen drang jetzt das Geräusch eines laufenden Motors an seine Ohren und wurde immer lauter.

Doch anstatt vorbeizufahren, schien es immer näher zu kommen. Er legte das Handy auf den Campingtisch, stand vorsichtig auf und humpelte zum Zelteingang, um zu sehen, dass ein alter Toyota Pick-up geradewegs auf das Basislager zuhielt. Anastas hatte sein Vieh woanders untergebracht, solange sie in der Höhle zugange waren, also hatten sie keinen Grund gehabt, das Gatter zu schließen. Aaron bereute dieses Versäumnis sofort, als der Truck mit einer roten Staubwolke im Schlepptau auf die Weidefläche fuhr.

Kaum zwanzig Meter von der Doline entfernt, kam der Pick-up schließlich schlitternd zum Stehen. Eine Frau saß am Steuer, ihr Haar zu einem strengen Pferdeschwanz zusammengebunden, der ihrem Gesichtsausdruck in nichts nachstand. Verwirrt und gereizt knirschte Aaron mit den Zähnen, als er sie wiedererkannte.

Was wollte die denn hier?

Er hatte doch all ihre dummen Formulare unterschrieben und die richtigen Leute geschmiert.

Was zur Hölle wollte die Frau vom Gemeinderat also hier?

—

Frida fiel auf die Knie, die Arme weit ausgebreitet, und suchte im Dunkeln verzweifelt nach der Taschenlampe. Wieder erklang dieses Klicken, noch lauter als vorher.

Ein schnaufender Atem war neben ihrem Ohr zu hören.

Sie wusste, dass das Wesen jetzt zum Greifen nah war, verborgen in der Dunkelheit. Ihre Brust zog sich zusammen und ließ ihr kaum Platz zum Atmen. Endlich ertasteten ihre zitternden Hände das kühle Metallgehäuse der Lampe. Sie riss sie an sich und eilte ein paar Schritte rückwärts, doch ein heimtückischer Stein hielt ihre Ferse fest und brachte sie zu Fall. Ihr blieb die Luft weg, doch dieses Mal umklammerte sie die Lampe mit aller Kraft.

Obwohl ihr davor graute, was sie gleich zu sehen bekommen würde, schaltete sie das Licht ein. Doch anstatt auf schwarze Haut fiel der Lichtschein auf einen orangefarbenen Overall, eng an einen menschlichen Körper geschmiegt.

Angst mischte sich mit Verwirrung, als sie rückwärts davon krabbelte. Sie verstand das nicht. Ihre drei Freunde waren alle unter Wasser, noch dazu in vollkommen anderer Aufmachung. Es gab keine anderen Leute in diesem Höhlensystem, das war unmöglich. Ihre Hand zitterte erbärmlich, als sie den Lichtstrahl auf den Kopf der Gestalt richtete.

Ein Mann starrte mit klinischer Neugier auf sie herab; ein Raubtier, das seine Beute taxierte. Sein Gesicht war eine Ruine. Nur ein Auge war noch intakt, das andere nichts weiter als ein klaffendes Loch, aus dem Blut über eine weiße Wange sickerte. Trotz der Blessuren erkannte sie das Gesicht sofort. Es war der Mann von den Fotos auf der Kamera.

Ein Mann, der schon seit Wochen verschollen, war. Ein Mann, der mausetot sein sollte, anstatt jetzt hier vor ihr zu stehen.

Sie erstarrte, als das Entsetzen ihre Muskeln und Gedanken lähmte. Etwas Warmes strömte über Fridas Beine und der penetrante Geruch von Urin stieg ihr in die Nase. Eine lange, pinkfarbene Zunge schnellte aus dem Mund des Mannes und kostete die Luft. Zwischen den Lippen blitzten nadelspitze, unmenschliche Zähne hervor.

Plötzlich dämmerte es ihr.

Das war nur eine Tarnung, genauso wie bei dem bezahnten Wurm, den sie vorhin gefangen hatte. Die Monster-Ausgabe des Vermissten war gut, aber nicht perfekt, wie der Schein ihrer Lampe verriet. Es machte jetzt einen Schritt auf sie zu, während grausame Augen sie fixierten. Lange Klauen klapperten stakkatohaft aneinander und zogen unweigerlich Fridas Blick an. Jeder Finger endete in einer fünf Zentimeter langen Kralle. Das Monster machte einen weiteren Schritt auf sie zu und riss Frida damit aus ihrer Starre.

Sie fing an zu rennen.

—

Aaron verließ humpelnd das Zelt. Er stöhnte leise, als ein stechender Schmerz seine Sehne heraufschoss und sich ein roter Fleck auf seinem Verband abzeichnete.

»Gibt's irgendein Problem? Ich dachte, wir hätten alles miteinander geregelt.« Aaron versuchte, seinen Verdruss aus seiner Stimme herauszuhalten, aber er war nach den bisherigen Erlebnissen mit seiner Geduld langsam am Ende.

Kaz kletterte aus der Fahrerkabine und sah sich einen Moment lang um, bevor sie sich Aaron zuwandte. »Mein Chef vom Gemeinderat meint, ich soll hier als Aufseher fungieren. Wo ist denn der Rest ihrer Kollegen?«

»Unten in der Höhle, wo sollten sie sonst sein?« Aaron befand sich kurz vorm Ausrasten. »Wir schließen die Expedition sowieso ab, sobald sie wieder in Funkreichweite sind. Wir haben nämlich Ausrüstungsteile der vermissten Kletterer gefunden. Ich hab's vor Kurzem der Polizei gemeldet.«

»Also sind Sie ganz allein hier oben?« Kaz wirkte nervös und irgendwie blass.

Aaron atmete tief durch und unterdrückte das Verlangen, die Frau anzuschnauzen. Er musste kein Pokergenie sein, um zu erkennen, dass sie irgendetwas im Schilde führte.

Er warf einen Blick zurück in das Zelt, wo Fridas Handy auf dem Tisch lag. So sehr er die Nachricht auch bezweifelte, er konnte sich dennoch nicht erlauben, sie einfach zu ignorieren.

Er sah wieder zu Kaz, die inzwischen neben der Ladefläche ihres Pick-ups stand und mit dem Arm nach etwas angelte. »Natürlich bin ich der Einzige hier. Wenn Sie unbedingt bleiben müssen, dann halten Sie aber wenigstens Abstand, okay? Ich hatte gerade einen

Anruf von der Universität, um den ich mich kümmern muss.«

Aaron wandte ihr demonstrativ den Rücken zu, biss die Zähne zusammen und hinkte zurück ins Zelt, begleitet von einem schmatzenden Geräusch aus seinem Schuh. Falls Fridas Kollegin recht hatte, musste er die anderen sofort aus dieser Höhle herausholen. Zwei Tote waren eine Sache, aber Wesen, deren genetischer Code keinem anderen auf der Erde glich? Das war ein ganz anderes Kaliber.

Er nahm das Funkgerät in die Hand und versuchte, seine Freunde zu erreichen, erhielt aber außer statischem Rauschen keine Antwort.

»So 'n Scheiß!«

Aaron knallte den Funkempfänger auf den Tisch, dann kaute er auf seiner Unterlippe und dachte über seinen nächsten Schritt nach. Aarons Blick fiel auf Fridas Rucksack. *Ihr Notizbuch!* Sie hatte sich bei der Untersuchung des ersten Egels aus der Mine darin Notizen gemacht. Vielleicht war das den anderen Forschern in Sydney ja eine Hilfe. Er kniete sich neben den Rucksack, zog den Reißverschluss auf und wühlte hastig den Inhalt durch.

Ein Schatten fiel auf ihn und aus dem Augenwinkel konnte er Kaz' Stiefel auf dem Boden hinter sich sehen. Aus Gereiztheit wurde plötzlich Wut. Sie und der Gemeinderat waren eine endlose Quelle der Frustration, seit sie diese Stadt betreten hatten.

Er sprach über seine Schulter hinweg: »Ich hab doch gerade gesagt, Sie sollen mir 'n bisschen Platz lassen … was zum …?«

Kaz hob mit beiden Händen ihr Gewehr und rammte es Aaron mit dem Schaft voran ins Gesicht, bevor er ein weiteres Wort hervorbringen konnte. Es klatschte beim Aufprall dumpf, Aaron geriet ins Wanken und seine Welt wurde schwarz.

—

Da war kein bewusster Gedanke mehr. Fridas schluchzender Atem war von Terror getrieben, als sie zum Tunnel in Richtung Ausgang rannte. Sie warf einen kurzen Blick über ihre Schulter und sah, dass das Wesen die Tarnung für die Jagd aufgegeben hatte. Es hatte eine menschenähnliche Gestalt gepaart mit einem kräftigen Schlangenschwanz. Wasser rann an der kohlenschwarzen Haut herab und reflektierte ihren Lampenschein wie winzige, gleißende Diamanten aus rollendem Licht. Vier elliptische Augen, die Pupillen im Licht zusammengezogen, fixierten sie. Hautlappen spannten sich auf beiden Seiten des Halses auf, wie das Nackenschild einer Kobra, als es sein Maul aufriss und einen Schrei von sich gab, der schrill an ihrem Trommelfell schabte. Mit den Vorderläufen auf dem Boden und dem peitschenden Schwanz hinter sich nahm es auf allen vieren die Verfolgung auf. Frida musste sich bücken, als die Decke immer niedriger wurde und schließlich erreichte sie den Engpass. Sie tauchte hinein und landete auf Händen und Knien.

Dann schrie sie vor Schmerz.

Mit dem Taschenmesser noch immer in der Hand landete sie so ungeschickt, dass die Messerspitze am rauen Fels hängen blieb und zuklappte. Mit dem vollen Gewicht ihres Körpers dahinter durchtrennte es ihre Finger mit der Effizienz einer Gartenschere. Die Gliedmaßen purzelten herab wie dicke, weiße Würmer und Blut pulsierte in rhythmischen Strömen aus den Fingerstümpfen.

Wimmernd krabbelte sie voran bis zur engsten Stelle, wo sie sich auf den Bauch legte. Sie riskierte einen kurzen Blick nach hinten und schrie erneut auf, als sie das Monster herannahen sah. Frida preschte mit aller Kraft voran … und blieb stecken.

Sie hatte ihren Rucksack ganz vergessen! Mit dem Ding auf dem Rücken passte sie natürlich nicht durch den Spalt. Tränen traten in ihre Augen und sie brüllte vor Schmerz und Frustration auf. Frida zappelte panisch, versuchte verzweifelt, sich voranzuziehen, und verteilte dabei Fetzen ihrer blutigen Fingerstümpfe auf dem rauen Fels.

Spitze Klauen durchbohrten ihre Haut, als das Biest ihre Knöchel ergriff. Sie blickte zurück, schreiend und verzweifelt mit ihrem anderen Bein strampelnd. Die Ferse ihres Stiefels streifte das Gesicht des Monsters und schubste es zurück. Doch es reagierte mit seiner zweiten

Pranke, deren knochige Finger sich kurz darauf unerbittlich wie ein Schraubstock um ihren anderen Knöchel legten.

Sie war gefangen. Frida zitterte, ihre Nase lief, und ihr Atem stieß in kurzen Schluchzern hervor, als die Kreatur ein Bein ihres Overalls bis auf Kniehöhe abriss und auf diese Weise ihre Wade entblößte. Es öffnete sein Maul und fiel mit einer scheinbar unzählbaren Menge an rasiermesserscharfen Zähnen über ihr Bein her. Mit einem kräftigen Ruck riss es ein großes Stück Muskel heraus und Blut bespritzte die umliegenden Felswände.

Frida wimmerte erschrocken, als der Schmerz eintrat, schnappte krampfhaft nach Luft und schrie dann aus vollem Hals. Das Biest ignorierte ihre Schreie schlang seine Beute ohne zu kauen herunter und bediente sich dann erneut. Es kroch ein Stück zurück und zerrte wieder an ihrem Knöchel. Frida klammerte sich verzweifelt am Fels fest und die Fingernägel ihrer gesunden Hand splitterten, als sie aus dem Engpass geschleift und in dem breiteren Tunnelstück nahe der Grotte deponiert wurde.

Nun, da sie mehr Platz hatte, begann die Bestie ungehemmt zu fressen.

19

Aaron öffnete ein Auge, das andere war mit getrocknetem Blut verklebt. Ein stechender Schmerz befand sich hinter seiner Stirn und ließ eine heiße Welle der Übelkeit in ihm hochsteigen. Er wollte sich hinsetzen, musste aber feststellen, dass seine Arme ihm nicht gehorchten. Der Schmerz pulsierte im Gleichklang mit seinem Puls, jeder Schlag wie ein Messer in seinem angebrochenen Schädel. Er blickte auf sein blutgetränktes T-Shirt herab und spürte die Kabelbinder, die in seine Handgelenke und Knöchel schnitten. Er lag auf der Seite im Dreck, eine Armeslänge von der Doline entfernt, zusammengeschnürt wie ein Postpaket.

Angst krallte sich in seinen Magen und die Panik war nicht mehr weit entfernt. Aaron drehte seinen Kopf, um herauszufinden, wohin sein Angreifer verschwunden war. Er hörte eine Autotür zuschlagen und dann traten ein Paar alter Blundstone-Stiefel in sein Blickfeld, die ihm eine rote Staubwolke ins Gesicht schubsten.

»Wär' besser gewesen, du hättest einfach weitergeschlafen.«

Aaron sah zu ihr auf, soweit es ihm möglich war, und blinzelte in die grelle Sonne, die hinter ihr brannte. Eine offene, vollgestopfte Reisetasche hing von ihrer Schulter und die andere Hand umklammerte ein Taschenmesser. Ihr Kiefer war verkrampft, ihre Augen hart.

Aaron rückte instinktiv von der Waffe weg, aber der Abgrund hinter ihm ließ nicht viel Platz zum Manövrieren. Sein Mund fühlte sich verklebt an und er hechelte schnell und flach. »Was zum Teufel ist hier los? Warum tun Sie das?«

Kaz' Gesicht verzerrte sich, als hätte sie einen faulen Geschmack im Mund. »Glaubst du etwa, ich will das machen? Ich hab doch keine andere Wahl! Die *Mutter* muss nun mal gefüttert werden und du bist eben jetzt an der Reihe.«

Aarons Verstand raste bei dem Versuch, ihren Worten einen Sinn abzuringen. »Wovon reden Sie da? Was für 'ne *Mutter*?«

Kaz ignorierte die Frage. »Dreh' dich auf den Bauch.«

»Wieso …«

Ein Stiefel knallte gegen seinen Mund. »Hör auf, dumme Fragen zu stellen.«

Aaron spuckte etwas Blut und Zahnfragmente auf den Boden. Dann tastete er den Schaden mit seiner Zunge ab und fand die Hälfte seiner Backenzähne in Scherben vor. Sein Kiefer arbeitete nicht mehr richtig, vermutlich war er ebenso zerbrochen wie seine Zähne. Sein Mund forderte seinen Schädel nun zum Schmerzwettbewerb auf.

Er schaute sie finster an, als Kaz die Tasche auf dem Boden abstellte. Sie rollte ihn auf den Bauch und kniete sich dann rittlings auf seine Oberschenkel, um ihn in Schach zu halten. Ohne die Fesseln an seinen Knöcheln zu entfernen, riss sie seine Hosenbeine auf und entblößte seine Waden. Sie hob ihr Messer in die Luft und stieß es mit voller Wucht in sein linkes Bein. Aarons Augen weiteten sich, als die Klinge längs durch den Muskel drang. Blut strömte aus der Wunde und schwappte aus den zertrennten Gefäßen. Sein Schrei drang als gequältes Stöhnen zwischen seinen zerbrochenen Zähnen hervor.

»Ich brauche deutlich mehr Blut, um sie anzulocken.«

Aus dem Augenwinkel sah er, wie sie das Messer über seinem zweiten Bein positionierte. Doch bevor sie zustechen konnte, buckelte er, so fest wie er konnte, und warf Kaz ab. Er spürte etwas an seinem Knöchel; ein Henkel von Kaz' Tasche hatte sich an seinem Fuß verheddert. Aaron strampelte mit seinem Bein und das Gepäckstück segelte über den Rand des Abgrunds, während er sich auf die Knie stemmte. Die Gemeinderätin sah mit vor Schreck weit aufgerissenem Mund der Tasche hinterher, die nun in der Höhle verschwand, und stürzte sich mit frisch entflammter Wut auf ihn, das Messer voraus. Aaron fing ihre Handgelenke ab und stoppte das Messer nur wenige Millimeter von seiner Halsschlagader entfernt.

Kaz setzte daraufhin ihr gesamtes Körpergewicht ein, um das Messer unter Ächzen und Stöhnen tiefer in ihn hinein zu treiben. Aaron spürte, dass sie mehr und mehr die Oberhand gewann. Seine Finger, die ihre Handgelenke umklammerten, waren bereits weiß vor Anstrengung. Seine rechte Schulter ragte schon über die Felskante und er merkte, wie der Boden unter ihm Stück für Stück abbröckelte. Er würde das nicht mehr lange durchhalten. Seine Kraft verließ ihn zusammen mit dem Blut, das mit jedem Herzschlag aus seiner Wade quoll. Schwäche und Schwindel machten sich zunehmend bemerkbar.

Ein letzter Kraftakt!

Mit seiner verbliebenen Kraft und einem Kampfschrei auf den Lippen drückte er das Messer von sich weg. Um sie abzuschütteln, strampelte er ungelenk mit seinen gefesselten Beinen und erwischte dabei einen ihrer Stiefel. Das Messer stach über Aarons Schulter in den Boden hinein, woraufhin sie das Gleichgewicht verlor und laut zu schreien begann, als sie genau auf den Abgrund zusteuerte. Sie ließ das Messer fallen und hielt sich an Aaron fest, um sich vor dem Sturz zu retten.

Aaron spürte, wie er ins Rutschen geriet, die Hälfte seines Rückens befand sich schon in der Luft. Er versuchte verzweifelt, sie abzuwerfen, aber Kaz hatte einen Arm um seine Handgelenke geschlungen. Seine Fersen zogen tiefe Furchen in die Erde beim Versuch, sie abzubremsen. Plötzlich befanden sie sich beide im freien Fall. Aaron schrie, als die Felsen immer schneller näher kamen.

—

Kaz streckte ihren Arm nach dem Henkel der Tasche aus, doch ihre zitternden Finger waren zu kurz. Sie biss sich fest genug auf die Lippe, dass Blut an ihrem Kinn herablief. Der frische Schmerz half ihr dabei, sich zu konzentrieren. *Nur noch einmal, nur noch ein letztes Mal.*

Sie sah auf ihre unbrauchbaren Beine herab; der linke Oberschenkel war in einem unnatürlichen Winkel abgeknickt, wo ein blutiger Splitter des Knochens aus ihrer Jeans ragte. Das rechte Bein sah etwas besser aus, aber ihr Knöchel war so stark zerschmettert, dass das Gelenk an Gelatine erinnerte. Kaz war mit den Füßen zuerst gelandet, wodurch ihre Beine zerschmettert, aber wenigstens ihr Kopf und Hals verschont geblieben waren. Sie hatte ihren übel zugerichteten Leib bereits drei Meter weit über den mit Geröll übersäten Boden geschleift. Staub sammelte sich in ihren Wunden und vermischte sich dort mit ihrem Blut zu einer körnigen, roten Paste.

Auf dem Rücken liegend, stemmte sie ihre Handballen in den Boden und hebelte sich wieder ein Stückchen weiter. Ihr Kopf pulsierte von den Schmerzen in ihren Beinen, ihre Sicht verschwamm und Übelkeit stieg in ihr hoch. Sie schnaufte schwer und wartete darauf, dass der Schmerz wenigstens ein wenig nachließ, bevor sie ihren Arm wieder ausstreckte. Dieses Mal bekam sie den gewebten Henkel der Tasche zu fassen, wickelte ihre Finger darum und zog die Tasche langsam zu sich, ungemein erleichtert darüber, dass wenigstens dieser Teil ihres Plans in Erfüllung gehen würde.

Sie blickte zu dem bewusstlosen Höhlenkletterer hinüber. Mit dem Gesicht nach oben lag er über einem Felsbrocken, seine Wirbelsäule ebenso zerstört wie ihre Beine, und Blut tropfte stetig aus seiner Wade in den Dreck. Kaz hätte niemals gedacht, dass ein Großstadtlümmel wie er sich so sehr zur Wehr setzen würde, und wünschte sich, sie hätte ihn einfach erschossen.

Ein plötzliches Geräusch ließ ihren Kopf herumfahren. Eine Reihe von Klickgeräuschen ertönte aus dem Tunneleingang zu ihrer Rechten. Sie war immer noch ein gutes Stück entfernt, aber es würde nicht mehr lange dauern, bis die *Mutter* kommen würde, um ihre Opfergabe zu inspizieren. Kaz hatte der Kreatur die Chance geben wollen, sich Aarons Leiche zu schnappen, bevor sie die Doline in die Luft jagen und den Zugang zur Höhle für immer verschließen würde. Sie hatte seine Wade aufgeschlitzt, um den Blutgeruch zu verstärken und sie möglichst schnell anzulocken. Kaz hatte nur nicht damit gerechnet, selbst ein Teil des Menüs zu werden.

Es blieb nicht mehr viel Zeit. Sie zog den Reißverschluss der Tasche auf und holte mit zitternden Händen und keuchendem Atem den Sprengstoff und den Zünder hervor. Die zehn Sprengstäbe waren mit Isolierband zu einem Bündel zusammengeklebt. Sie verband die Zündschnur mit dem Sprengzünder und steckte das andere Ende in die weiche Masse. Damit war die Ladung einsatzbereit.

Kaz angelte sich einen Stein und warf ihn auf den besinnungslosen Mann. Zielsicher traf das scharfkantige Stück Kalkstein Aaron an der Wange. Wenn sie schon sterben musste, dann wollte sie, dass der Mistkerl, der sie hinuntergezogen hatte, wenigstens auch etwas von seinem Ende mitbekam. Seine Augen flatterten, als er das Bewusstsein wiedererlangte.

»Ich bin hier drüben, du Scheißkerl!« Ihre Stimme klang irgendwie komisch, was wahrscheinlich von der trockenen und klebrigen Zunge in ihrem Mund herrührte.

Aarons Blick fiel auf sie, seine Augen waren weit aufgerissen. »Ich kann mich nicht bewegen, meine Arme und Beine …«

Kaz lachte verächtlich und abgehackt. »Glückwunsch, du Krüppel. Sieh's als Revanche für die hier an«, sagte sie und wies auf ihre kaputten Beine.

Das Klicken schallte wieder aus dem Tunnel, noch lauter dieses Mal.

Zeit, die Sache zu beenden. Ein Teil von ihr empfand ein gewisses Gefühl der Genugtuung bei dem Gedanken daran, dass auf diese Weise wenigstens sichergestellt war, dass die Kreatur ein für alle Mal eingesperrt war. Kaz wusste, dass Trevor im Gegensatz zu ihr dafür sorgen würde, dass die verbleibenden Minen ordentlich versiegelt wurden. Mit ihrem Tod würde der Monstrosität, die sich seit Jahrzehnten an ihrer Stadt mästete, endlich ein Ende gesetzt werden.

Sie zog das Sprengstoffbündel auf ihren Schoß, zusammen mit einem Kästchen, das die Zündung auslösen würde.

»Irgendwelche letzten Worte?«

Keine Reaktion.

Ein Blick zu ihrem Leidensgenossen verriet ihr, dass er wieder weggetreten war.

»Sieht ganz aus, als müsste ich mal wieder alles alleine machen«, murrte Kaz, nahm einen zittrigen Atemzug und drückte den Auslöser.

20

Sam glitt nur mithilfe kleinster Flossenschläge und indem er sich an Felsvorsprüngen entlangzog, durch das Wasser. Der Siltboden war mehr und mehr glattem Kalkgestein gewichen, je weiter sie kamen. Das Wasser war kristallklar und ermöglichte ihm freie Sicht, soweit seine Taschenlampe reichte. Sam blickte über seine Schulter zurück zu Ellie, die ihm ein OK-Zeichen gab, das er erwiderte.

Als er das Handzeichen formte, wurde ihm klar, dass es nicht einmal gelogen war. Die Beklemmung, die er vor dem Tauchgang verspürt hatte, war mittlerweile wie weggeblasen. So tief im Erdinneren unter Wasser versunken, fühlte er sich, als hätte er die Schwelle der Angst endgültig überschritten. Es schien zwecklos zu sein, sich Sorgen zu machen. Falls etwas schiefging, war er ohnehin machtlos dagegen. Bei diesem Gedanken fühlte er sich plötzlich leicht und unbeschwert und war endlich imstande, die schroffe Schönheit der versunkenen Höhle zu bewundern.

Die Gruppe tauchte jetzt entlang einer horizontalen Passage. Hätte Sam gestanden, hätte er wahrscheinlich zweimal in Höhe und Breite hineingepasst. Während er an dem glatten, grauen Gestein vorbeischwebte, erfüllten ihn die gleichmäßigen Bewegungen mit einer gewissen Seelenruhe. Als er plötzlich gegen Max' Sauerstofftank stieß, dämpfte das dünne Material seiner Taucherhaube den Aufprall nur geringfügig ab. Er bremste rechtzeitig ab, um Max' gereizten Gesichtsausdruck mitzubekommen.

Am Tunnelboden tat sich jetzt ein Abgrund auf; ein tintenschwarzes Loch von ungeahnter Tiefe, das das Licht ihrer Lampen verschluckte. Max und Sam legten noch ein paar Meter zurück, damit Ellie Platz zum Aufschließen hatte. Sam schaute auf sein Messgerät und sah, dass sie erst fünfzehn Meter Tiefe erreicht hatten. Wenn diese Kammer eine Atemhöhle enthielt, konnte die Oberfläche nicht mehr weit entfernt sein. Die drei Freunde schwebten jetzt frei im Raum und sahen sich im Schein ihrer Lampen um.

Ein geschmeidiges, schlängelndes Etwas machte sich auf einmal in Sams Augenwinkel bemerkbar und ließ sein Herz schneller schlagen. Er warf den Kopf zur Seite und riss seine Taschenlampe herum, um der Bewegung folgen zu können. Er erhaschte das Ende eines Schwanzes, wie der eines großen Aals, der in der Dunkelheit verschwand. Ein Schauder des Ekels lief seinen Rücken herab. Als Kind hatte er einige Aale gefangen. Es war ein großer Spaß, sie einzuholen, aber sie vom Haken zu bekommen, war eine ganz andere Angelegenheit, denn sie waren mit einer schleimigen Schicht überzogen und deshalb schwierig festzuhalten … und dann waren da noch die Zähne. Kleine Aale konnte er ertragen, aber der Schwanz, den er gesehen hatte, sah aus, als gehörte er zu einem wahren Monster. Sam hatte nur wenig Lust darauf, dass einer seiner Finger mit etwas Essbarem verwechselt wurde.

Max schwamm weiter. Sam blickte noch einmal in die Tiefe, um einen letzten Blick auf den Aal zu erhaschen, bevor er Max hinterher schwamm. Ellie folgte mit ihrer Spule als Letzte. Nach wenigen Minuten hatten sie das Ende der Kammer erreicht. Max suchte nun die Felswand systematisch mit seiner Lampe ab, bis er etwa zehn Meter tiefer eine Öffnung entdeckte.

Ellie und Sam blieben an Ort und Stelle, während Max hinabtauchte und seine obere Körperhälfte in ein schlundartiges Loch zwängte, bevor er kurze Zeit später wieder zurückkam. Er berührte seine Schwester an der Schulter, streckte seinen Daumen nach oben und legte seinen Zeigefinger an seine Stirn. Sam erkannte die Gesten zum Auftauchen und Nachdenken. Max wollte sich vermutlich mit ihr besprechen, bevor sie die nächste Passage in Angriff nahmen.

Das Trio schwamm deshalb nach oben und durchbrach Augenblicke später die Wasseroberfläche. Sam spuckte seinen Atemregler aus und sog die muffige Luft ein. Am Rand des Wassers gab es einen Felsvorsprung, gerade breit genug für eine Person. Von dieser Plattform aus ragte eine Steilwand vierzig Meter in die Höhe. Sam konnte einige Öffnungen erkennen, die davon abgingen, aber sie waren viel zu weit oben, um sie erreichen zu können. Um an den glatten Kalksteinwänden hinaufzukommen, musste man klettern können wie eine Spinne und das noch dazu mit nassen Händen.

»Wie sieht's aus?«, fragte Ellie. »Ist die Öffnung groß genug oder müssen wir umkehren?«

Max sah in Richtung der Passage und überdachte seine Antwort immer noch. »Es gibt da ein kleines Problem. Es ist sehr eng, deshalb ist da nur genug Platz für den Taucher selbst. Scheint sich später zwar wieder zu weiten, aber wann, ist reine Spekulation. Wir müssten also unsere Flaschen abnehmen und sie einzeln durchreichen.« Er hielt kurz inne und wischte sich mit der Hand über das nasse Gesicht. »Ein Fehlgriff und wir verlieren die Flasche in der Tiefe. Das Ganze wäre äußerst riskant.«

»Ja, viel zu riskant«, murrte Ellie. Frustriert schlug sie mit der offenen Hand auf die Wasseroberfläche.

»Wir könnten weiter unten nach einer anderen Passage suchen«, schlug Max vor.

Ellie schüttelte den Kopf. »Nein, diese Öffnung befindet sich schon an unserem Tiefenlimit. Falls wir aus irgendeinem Grund schnell auftauchen müssen, will ich nicht, dass einer von uns die Taucherkrankheit kriegt.«

»Also kehren wir um?«

»Ich glaube, wir haben keine andere Wahl. Außerdem ist die Polizei wahrscheinlich inzwischen schon da«, sagte sie.

Beim Wassertreten suchte Sam weiterhin die Umgebung mit der Taschenlampe ab. »Hey, habt ihr vorhin auch diesen Aal gesehen? Ich hab nur den Schwanz erhascht, aber das muss ein Monster gewesen sein.«

Ellie verzog ungläubig ihr Gesicht. »Das ist unmöglich. Wir befinden uns weit über hundert Meter unter der Erde, hier gibt es keine Aale.«

»Vielleicht ist der Wasserlauf mit einem Fluss oder See verbunden?«

»Es gibt keine in der Nähe.«

Sam konnte sehen, dass sie ihn nicht ernst nahm.

»Äh, Leute, wir haben Gesellschaft.« Max leuchtete mit seiner Lampe an ihr vorbei, eine ganz Spur blasser als vorher.

Etwa zwanzig Meter entfernt ragte jetzt ein schlangenähnlicher Kopf aus dem Wasser. Er war pechschwarz und betrachtete sie mit kalter Neugier. Das Wesen öffnete sein Maul, entblößte ringförmige Reihen von nach innen geneigten Reißzähnen und ließ eine grüne, gespaltene Zunge hervorschnellen.

Sam stockte der Atem und sein Mund war plötzlich staubtrocken.

»Das ist kein Aal«, sagte Ellie mit leicht zittriger Stimme. Das Wasser hinter der Kreatur geriet in Wallung, als diese auf sie zuschwamm.

»Max, kannst du Ellie bitte auf diesen Vorsprung helfen?«

Spritzgeräusche und das Klatschen von Plastik auf Stein verrieten ihm, dass Ellie schon allein aus dem Wasser gestiegen war. Sam behielt die Kreatur im Auge, während er sein Tauchermesser zog. Seine Waffe kam ihm plötzlich äußerst klein vor, ein Kinderspielzeug angesichts dieser Seeschlange, die vor ihm durch das Wasser glitt. Adrenalin schoss durch seinen Körper und ließ sein Herz rasen, das daraufhin heftig gegen seine Brustwand schlug. Alle Farben wirken plötzlich kräftiger und das Wasser heller, als sich seine Pupillen weiteten. Max gab ihm einen kurzen Klaps auf seine Schulter, um ihm zu signalisieren, dass er ihm mit seinem Messer bewaffnet, zur Seite stand.

»Scheiße, es taucht ab«, rief Max.

Ellie richtete ihre Lampe auf das Wesen, das nun zehn Meter in die Tiefe ging. Im grellen Licht konnte Sam erkennen, dass es knapp zwei Meter lang und beindick war. Ein Flossensaum lief die gesamte Länge seines Körpers entlang und der Schwanz flachte zum Ende hin seitlich ab, wie bei einer Seeschlange.

»Vielleicht verschwindet es wieder.«

Sam stöhnte, während er weiter Ausschau hielt. Ellie hatte sich zu früh gefreut. Die Kreatur schlug mit seinen kräftigen Muskeln eine enge Kurve und hielt plötzlich genau auf sie zu.

Er hatte keine Zeit, nachzudenken. Ohne seinen Atemregler tauchte Sam unter, das Messer im Anschlag, die

Spitze voraus. Das Schlangenwesen kam mit gefletschten Lippen herangeprescht, das Maul weit aufgerissen und bereit zum Zubeißen.

Sam hieb mit dem Messer in Richtung Kopf, aber es wich im letzten Moment aus. Max stach ebenfalls zu und erwischte die Schlange in die Seite. Grüne Flüssigkeit quoll hervor und das Tier wand und krümmte sich vor Schmerz … gerade außerhalb ihrer Reichweite.

»Ich hab das Vieh erwischt«, keuchte Max. »Himmel, was hat das Blut für 'ne Farbe?«

Sam verschwendete keine Zeit damit, ihm zu antworten. Die Kreatur hatte ihre Zuckungen bereits wieder eingestellt und es erneut auf sie abgesehen. Es machte sich dieses Mal allerdings nicht die Mühe, abzutauchen, sondern schlängelte direkt an der Wasseroberfläche auf sie zu.

Ellie drückte Sam eine Flosse in die freie Hand, damit dieser etwas zum Abwehren hatte. Er schob dem Biest das Ende der Flosse tief in den Rachen und die nach innen gebogenen Zähne vergruben sich in das harte Gummi. Sam hielt die Flosse fest, so gut er konnte, während das Wesen den Kopf hin- und herwarf, um sich zu befreien.

»Jetzt, Max! Schnell, bevor es sich losreißt!«, rief Sam.

Max stürzte vorwärts und sägte mit seinem Messer an der weichen Haut unterhalb des Halses der Schlange. Grünes Blut strömte ins Wasser und formte eine undurchsichtige Wolke. Es spritzte und platschte, als der kräftige Schwanz verzweifelt durch das Wasser peitschte. Die Muskelzuckungen begannen nachzulassen und Max verdoppelte seine Anstrengung.

Sam wagte es nun, die Flosse mit nur einer Hand festzuhalten, und stach ebenfalls auf das Schlangentier ein. Plötzlich spritzte ein dicker Strahl Blut mitten in Max' Gesicht, als er ein größeres Blutgefäß durchtrennte, und kurz darauf erschlaffte ihr Widersacher endlich.

Max zerrte seine Hand weg, als hätte er sich verbrannt. Sam wusste nicht, ob er jubeln oder kotzen sollte. Er rammte sein Messer zwischen die gefährlich aussehenden Zähne und drehte die Klinge herum, bis er die Flosse herausgehebelt hatte. Er keuchte mit offenem Mund, als er zusah, wie das Monster langsam hinabsank und schließlich im Dunst seines eigenen Blutes verschwand.

»Max, Sam, seid ihr in Ordnung?« Ellie ließ sich ins Wasser gleiten. »Wurdet ihr gebissen?« Ihre Hände tasteten erst Max' Gesicht und seinen Taucheranzug nach Verletzungen oder Beschädigungen ab, dann Sams.

»Nein, ich glaub', ich bin okay«, erwiderte Sam. Er gab ihr ihre Taucherflosse zurück. »Aber nur dank dem hier.«

Nachdem sie sich davon überzeugt hatte, dass er wirklich nicht verletzt war, nahm sie ihn in den Arm. »Erschreck' mich ja nicht noch mal so.«

Sam schmunzelte reumütig. »Wenn du versprichst, dass keine Wassermonster mehr auftauchen, verspreche ich dir, mich nicht fressen zu lassen. Wie klingt das?«

»Glaubst du etwa, es gibt noch mehr von diesen Dingern?«, fragte Max, als er grünes Blut aus seinen Augen wusch.

»Ehrlich gesagt, möchte ich das gar nicht herausfinden. Lasst uns von hier verschwinden«, sagte Sam. Er hatte zwar keine Lust, hinunter in die Heimat dieser Kreatur zu tauchen, aber es gab nun mal keinen anderen Weg zurück.

»Einverstanden, aber wir sollten einen kurzen Equipment-Check machen, bevor …«

Ein dumpfes Krachen, das durch den Fels drang und das Wasser wogen ließ, schnitt ihr das Wort ab. Sam vergaß zu atmen. Gesteinsbrocken krachten wie Bomben von der Decke herab und ließen das Wasser aufspritzen. Das Trio drängte sich eng aneinander und Sam rechnete damit, jeden Moment von einem Stein erschlagen zu werden. Doch allmählich ließ der Beschuss nach, bis nur noch das gelegentliche Platschen eines Kiesels ins Wasser zu hören war. Sie hatten Glück, dass nicht die gesamte Höhlendecke eingestürzt war.

»Meine Fresse, war das etwa ein Erdbeben?«, fragte Sam erschrocken.

Ellie starrte argwöhnisch an die Decke der Kammer. »Das glaub' ich nicht, klang eher wie 'ne Explosion oder so was. Gibt's vielleicht doch noch jemanden, der hier unten nach Opalen schürft?«

Ein weiteres dumpfes Krachen dröhnte heran, die Erschütterung war im Wasser deutlich sichtbar, und schlagartig begann sich die Spule an Ellies Gürtel, wie wild zu drehen. Zwanzig Meter Schnur verschwanden mit einem Ruck.

Max starrte fassungslos auf die Spule. »Shit, nein. Das kann nicht sein.« Ohne ein weiteres Wort nahm er seinen Atemregler in den Mund, tauchte ab und folgte der Schnur in Richtung des Tunnels, durch den sie gekommen waren.

Sam und Ellie konnten nur schweigend Wasser treten und abwarten. Die Finger ihrer Hände waren ineinander verschränkt, und sie waren nicht bereit, ihren Ängsten Ausdruck zu verleihen.

Sam hatte einen Stein im Magen. Das Verhalten der Schnur ließ sich nur dadurch erklären, dass etwas darauf gefallen war oder Frida daran gezogen hatte. Aber nach dem zweiten Krachen schien diese Erklärung töricht zu sein.

»Er kommt wieder«, sagte Ellie mit klangloser Stimme.

Sam verfolgte den Aufstieg ihres Bruders, bis dessen Kopf die Wasseroberfläche durchbrach.

»Bitte sag mir, dass der Tunnel frei ist«, flüsterte Ellie.

Max war leichenblass, als er den Kopf schüttelte. »Er ist vollkommen blockiert. Nach fünf Metern ist die Decke runtergekommen. Dicke Brocken, nichts, was wir allein bewegen könnten. Wir sitzen also mächtig in der Scheiße.«

Sam fühlte sich, als hätte ihm jemand in die Magengrube geboxt. Sein Verstand suchte rasend nach

Optionen, da er sich weigerte, zu glauben, dass dieser muffige Raum seine Grabkammer werden würde. Als ihm die Vertiefungen in der Felswand einfielen, richtete er mit einem Anflug von Hoffnung seine Taschenlampe hinauf, bevor er sich eingestehen musste, dass dies auch keine Lösung war. Er mochte zwar in der Lage sein, diese Felswand zu erklimmen, aber die anderen beiden hatten nicht den Hauch einer Chance.

Anschließend richtete er seinen Blick nach unten, wo Max die andere Unterwasserpassage gefunden hatte. »Wenn wir nicht zurückkönnen, dann schwimmen wir eben weiter und finden irgendwann hoffentlich einen anderen Weg an die Oberfläche zurück.«

Sam biss die Zähne zusammen, als die vertraute Beklemmung zurückkehrte und gegen seine Brust drückte. Schon wieder ein Engpass, und dieses Mal unter Wasser.

21

Max' Flossen verschwanden in dem engen Spalt, als würde er in einen Schlund gesaugt werden. Sam hielt sich mit einer Hand am Rand der Felsklippe fest und versuchte, langsam und gleichmäßig zu atmen. Angst rumorte in seinem Magen wie ein blutendes Geschwür und spielte seinem Geist lauter Katastrophenszenarios vor. Er war als Nächster dran, in den Engpass zu schlüpfen, und das Selbstvertrauen, das er vorhin so mühsam aufgebaut hatte, war wie Sand durch seine Finger geronnen.

Eine Siltfahne quoll aus dem schmalen Spalt, aufgewühlt durch Max' Bewegungen. Nicht genug damit, dass Sam sich tief unter Wasser durch einen Spalt zwängen musste, der nicht breiter als sein Rumpf war, nun sollte er dies auch noch vollkommen blind tun. Ellie gab ihm das OK-Zeichen und zeigte auf den Tunneleingang. Er nickte widerwillig und erwiderte die Geste. Es war so weit.

Sam löste die Verschlüsse seiner Taucherweste, streifte sie von seinen Schultern und schob sie mit dem

Flaschenboden voran in den Spalt hinein. Über seine Schulter hinweg blickte er noch einmal zu Ellie, denn nach ihrer Begegnung mit der Schlange ließ er sie nur ungern allein zurück. Aber sie war nun mal die erfahrenste Taucherin, weshalb sie den Abschluss ihres kleinen Grüppchens bilden musste. Sam bohrte seinen Ellbogen in den Fels hinein und hebelte sich in den Spalt, dann schob er seine Druckluftflasche weiter. Stück für Stück zog er sich an kleinsten Felsvorsprüngen tiefer in den Schlund hinein und schlug mit den Flossen, bis der Fels auch deren Bewegungsspielraum einschränkte. Nun war er vollständig verschluckt worden.

Stein rieb an seinem Bauch und seinem Rücken. Er war gezwungen, seinen Blick nach unten zu richten, denn sein Helm und die Lampe machten es ihm unmöglich, seinen Kopf zu heben. Hellbraunes Sediment wirbelte durch das Wasser und schuf eine schmutzige Brühe, die die Sicht auf nahezu null reduzierte. Sam musste seine Hand direkt vor seine Maske halten, um sie durch den Schmutzschleier hindurch überhaupt sehen zu können.

Es war zwar nicht so eng wie die Stelle, die sie auf dem Weg zur Grotte bezwungen hatten, aber nicht weit davon entfernt. Sam konzentrierte sich auf jede seiner Bewegungen, um seine Angst unter Kontrolle halten zu können. Er zwang sich, darauf zu achten, wie sich das Gestein unter seinen Fingern anfühlte, und wie jede kleine Handlung ihn der anderen Seite näher brachte.

Er hatte inzwischen einen Rhythmus gefunden. Flasche voranschieben, um Platz zu schaffen, Körper hinterherziehen, und das Gleiche wieder von vorn. Er wusste, er war schon eine ganze Weile unterwegs und musste bald da sein, aber wegen der schlechten Sicht, war es unmöglich, abzuschätzen, wie weit es noch war. Er winkelte ein Knie an, zerrte sich eine weitere Handbreit voran und schubste wieder seine Druckluftflasche vorwärts. Dieses Mal schien es aus irgendeinem Grund leichter zu sein, sie zu bewegen, und während seine Hand am Ende des Zylinders lag, fühlte er sie durch einen Spalt im Tunnelboden nach unten kippen … und verschwinden.

Sam ergriff panisch den Flaschenboden, aber das glatte Aluminium rutschte einfach durch seine Finger. Der Schlauch, der die Pressluftflasche mit seinem Atemregler verband, spannte sich und wurde dann aus seinem Mund gerissen.

Sam drängte sich vorwärts, nicht darauf achtend, ob er seinen Tauchanzug dabei zerriss, seine Maske abschüttelte oder seine Kniescheibe beschädigte. Angst und Adrenalin leiteten jede seiner Bewegungen, denn wenn er seinen Luftvorrat und das Atemgerät nicht wiedererlangte, war er ein toter Mann.

—

Die *Minenmutter* eilte auf allen vieren, mit peitschendem Schwanz und dem abgetrennten Arm des weiblichen Menschen zwischen den spitzen Zähnen, vorwärts. Mit Leichtigkeit navigierte sie sich in vollkommener Dunkelheit durch das komplexe Labyrinth; das Klicken ihrer Krallen und die Ultraschalltöne, die von den Oberflächen zurückgeworfen wurden, schufen für sie ein klares mentales Bild ihrer Umgebung. Sie war wütend, dass der Schacht zerstört worden war, rasend wegen der leichten Beute, die nun unter Tonnen von Stein begraben lag. Verschwendet war all das frische Fleisch, das die Mägen ihrer Jungen hätte füllen können. Sie selbst brauchte nur gelegentlich zu fressen; ein Mahl wie das eben reichte ihr monatelang. Die körperliche Beanspruchung ihrer Trächtigkeit hatte allerdings unbändigen Heißhunger in ihr geweckt. Ihr letzter Wurf lag schon Jahrzehnte zurück und die Hormone, die ihren Hunger, ihre Aggressionen und ihr Revierverhalten steuerten, spielten inzwischen vollkommen verrückt.

Der Gestank von Menschen tränkte die Luft, als sie die große Kammer betrat, wo das Wasser begann. Ohne zu zögern, holte sie tief Luft und tauchte in den See hinab. Kraftvolle Schläge ihres muskulösen Schweifs trieben sie voran, so flink und geschmeidig wie ein Krokodil. Vor dem Tunnel bremste sie ab, als das von Schallwellen kreierte Bild ihr verriet, dass der Weg blockiert war. Ungehalten machte sie kehrt, und innerhalb weniger Augenblicke erreichte sie das Grottengewölbe und einen Felsspalt, der selbst ihr aufgrund ihres vollen Magens etwas eng vorkam.

Der Spalt führte zu einem Loch hoch oben in einer Kammer, deren untere Hälfte Wasser führte. Ihre Nasenschlitze bebten, als sie die Luft testete. Menschengestank und der Duft von *Sneirthyn*, einem evolutionären Ableger ihrer Spezies. Der Geruch seines Blutes verärgerte sie noch mehr und Speichel lief aus ihrem Mund, als ihr Hunger wuchs. Seit die Minenarbeiter aufgehört hatten, Tunnel zu graben und rücksichtslos ihre Welt zu zerstören, war es nicht mehr nötig gewesen, ihr Territorium zu verteidigen. Doch nun hatte sich diese Rotte von Menschen, die wie blinde Babys im Dunkeln herumtappten, tiefer in ihr Revier gewagt als je ein Mensch zuvor und waren auf dem Weg zu ihrer Wurfhöhle.

Die letzten Menschen, die vor vierzig Jahren in ihre Welt eingedrungen waren, hatten ihren Partner getötet und all ihre Kinder außer einem Männchen. Die Männchen ihrer Spezies brauchten Jahrzehnte, um die sexuelle Reife zu erlangen, und so hatte sie qualvoll lange warten müssen, bis ihr Sohn fortpflanzungsfähig gewesen war. Aber nun hatte sie einen neuen Wurf und damit die Hoffnung, in der Zukunft ihr Jagdrevier vergrößern zu können.

Mit gefletschten Lippen stieß sie einen kehligen Wutschrei aus, der vor mörderischen Absichten troff und die Stille durchschnitt. Diese neue Menscheninvasion konnte nicht geduldet werden. Sie sprang aus dem Loch der Felswand in die Luft und tauchte fast ohne einen Spritzer in das Wasser ein.

—

Er ignorierte den höllischen Schmerz in seiner Schulter, als er sich an einem scharfkantigen Felsstück vorbeischob, und trat noch einmal kräftig zu, um sich durch das letzte Stück des Engpasses zu schieben. Wie ein Sektkorken schoss er hinaus und tauchte sofort seiner Pressluftflasche hinterher. Seine Brust war kurz vor dem Platzen und bettelte nach Luft. Als ihm der Atemregler herausgerissen worden war, hatte er gerade erst ausgeatmet und seine Lunge geleert.

Trübe Siltschleier füllten sein Blickfeld und er stieß sich den Kopf. Er konnte Sternchen sehen und hätte beinahe versucht, instinktiv nach Luft zu schnappen. Etwas ergriff nun seine Schulter, richtete ihn auf und schob ein Stück Gummi in seinen Mund. Sein benommenes Gehirn registrierte, dass es ein Atemregler war, und gierig begann er Luft einzusaugen.

Ein paar Mal tief durchgeatmet und Sam hatte sich wieder genug beruhigt, um sich auf seine Umgebung konzentrieren zu können. Auf dieser Seite des Engpasses bedeckte nur wenig Silt den Grund, was eine viel bessere Sicht erlaubte.

Er sah, dass Max vor ihm stand, die Flossen auf dem Boden, sein Kopf nur Zentimeter unterhalb der Decke. Der Atemregler in seinem Mund war Max' zweites Atemgerät für Notfälle. Sam blickte über seine Schulter und stellte fest, dass er in Deckenhöhe aus dem Tunnel gefallen war, und weiter unten entdeckte er seine Tauchflasche. Er nahm einen weiteren Atemzug, gab Max seinen zweiten Regler zurück und machte sich daran, seine Ausrüstung einzusammeln.

Mit den Flaschen auf seinem Rücken drehten sich seine Sorgen nun wieder um Ellie. Ihr Lampenstrahl wackelte durch den Siltschleier, der ihre Ankunft ankündigte. Da er ihr das Erlebnis mit der verschwindenden Flasche ersparen wollte, positionierte er sich direkt am Ausgang, bereit, ihre Flasche aufzufangen, sobald sie die Kante erreichte.

Minuten später waren alle drei wieder sicher beisammen. Ellie machte ihren Bruder auf sich aufmerksam und gab ihm mit Handzeichen zu verstehen, dass sie nur noch wenig Luft hatte. Sam wandte sich ihrem Rücken zu und bemerkte dabei einen Strom kleiner Bläschen, die aus ihrem Luftschlauch emporstiegen. Ein scharfkantiger Stein irgendwo im Engpass musste ihren Schlauch beschädigt haben. Ellie zeigte ihm und Max ihr Finimeter und Sams Herz blieb beinahe stehen, als er sah, dass ihre Flasche bedrohlich leer war.

Ellie deutete voraus und dem Wink folgend, setzte sich Max in Bewegung. Sie hatten keine Zeit zu verlieren. Jeder Atemzug war nun kostbar, da sie nicht wussten, wie weit sie noch tauchen mussten, bis sie Luft fanden. Falls es hier überhaupt welche gab.

Die Tunnelwände bestanden aus glattem, wellenförmigem Kalkstein. Sam konzentrierte sich auf seine gleichmäßigen, kräftigen Flossenschläge, um nicht den Anschluss zu verlieren. Ein Blick nach hinten zeigte ihm, dass Ellie keine Mühe hatte, mit ihrem Bruder schrittzuhalten. Die Passage führte noch einige Minuten geradeaus und gabelte sich schließlich. Der linke Tunnel knickte scharf nach unten ab, die rechte Abzweigung führte hingegen nach oben und erleichterte ihnen die Entscheidung.

Max wartete nicht einmal auf eine Bestätigung, sondern hielt sich rechts. Bevor Sam folgen konnte, spürte er, dass Ellie an seinem Knöchel zog. Mit weit aufgerissenen Augen führte sie ihre Hand vor ihrer Kehle entlang, um ihm zu signalisieren, dass sie keine Luft mehr hatte. Ein Blick auf ihren Luftschlauch verriet, dass der Strom aus Luftbläschen mittlerweile versiegt war. Er reichte ihr schnell seinen Notfallregler und hakte sich bei ihr unter, damit sie in Reichweite des Luftschlauchs blieb. Von da an teilten sie sich denselben Luftvorrat und halbierten somit die Zeit, die ihnen noch unter Wasser blieb.

Das Paar schwamm weiter, tat sich aber schwer, einen Schwimmstil zu finden, der ihre unmittelbare Nähe berücksichtigte. Max war währenddessen vorausgeschwommen, um die Passage zu erkunden. Er machte nun mit einem breiten Lächeln, das selbst sein Atemregler nicht verbergen konnte, kehrt. Über ihm befand sich ein Loch in der Tunneldecke.

Sams Herz hüpfte vor Freude. Ellie ließ den Notfallregler fallen, schwamm voraus und folgte ihrem Bruder durch die Öffnung. Sam eilte ihnen hinterher mit der Hoffnung, dass sie einen Ausgang gefunden hatten. Sein

Kopf durchbrach die Wasseroberfläche und plötzlich war er wieder von klarer, kühler Luft umgeben. Er spuckte den Regler aus und atmete tief ein und aus, während seine Augen bereits die Umgebung betrachteten.

Mit Erleichterung erblickte er ein kieselbedecktes Ufer. Falls sie keinen Ausweg fanden, mussten sie wenigstens nicht bis zur Erschöpfung Wasser treten. Die Höhle war riesig. Ellie betrat bereits das Land; die Flossen in einer Hand, die Tauchermaske auf den Kopf geschoben. Sam folgte ihr und stolperte auf dem steilen Ufer durch das seichte Wasser.

»Hey, hier ist noch jemand gewesen«, sagte Ellie aufgeregt.

Als Sam seine Flossen auszog und aus dem Wasser watete, leuchtete er automatisch jeden Winkel der Höhle nach neuen Gefahren ab. »Woher weißt du das?«

Ellie reichte ihm eine alte Taschenlampe. »Ich habe das hier am Ufer gefunden.«

Sam drehte sie hin und her und ein Funken von Hoffnung entzündete sich. Die Lampe war alt, bestand aus Aluminium und war stark verbeult, das Glas und die Birne zerstört. »Wenn jemand hier unten war …«

»… dann muss es einen Weg hinaus geben«, beendete Ellie den Satz mit einem hoffnungsvollen Lächeln.

Sam sah sich um und überlegte, welchen Weg sie jetzt einschlagen sollten. »Meine Fresse, ist das etwa 'ne Knarre?« Er ging ein paar Schritte weiter, bückte sich und klaubte eine alte Pistole aus dem Staub. »Sieht wie eine der Waffen aus, die Jack in seinem Pub hängen hat.«

»Was hast du gefunden?«

Sam warf einen Blick über seine Schulter und sah Max noch immer knietief im Wasser stehen, als er mit misstrauischem Ausdruck im Gesicht das Ufer ansteuerte. Sam war gerade im Begriff zu antworten, als ihm eine Bewegung hinter Max ins Auge sprang; das Aufblitzen leuchtend grüner Augen, die hastig unter der Oberfläche verschwanden.

»Max, komm sofort aus dem Wasser!«

Max wirbelte herum, um hinter sich zu blicken, aber seine Tauchausrüstung und die Flossen brachten ihn aus dem Gleichgewicht und so fiel er wild Wasser spritzend auf die Knie.

Da schlug es zu.

Blitzschnell schoss das Biest mit weit aufgerissenem Maul aus dem Wasser, rammte seine grauenhaften Zähne in Max' Schulter und nagelte seine Arme mit spitzen Krallen an seinem Körper fest. Ellie schrie panisch auf. Mit einem Fauchen riss es ein Loch in seinen Taucheranzug, spuckte das Gewebe aus und biss dann erneut zu. Dieses Mal fand es Fleisch und die Zähne schnitten wie Skalpelle durch seine Schultermuskulatur. Der kräftige, schwarze Schweif legte sich um Max' Oberschenkel, zog sich immer fester zusammen und brach schließlich dessen Knochen, die wie Zweige knackten, während Max ohrenbetäubend schrie. Die ganze Zeit über fixierten vier grüne Augen Sam, der am nächsten am Ufer stand, mit einem intensiven, animalischen Blick und warteten seine Reaktion ab.

Plötzlich ließ der Schwanz Max los, die Zähne wurden aus seiner Schulter gezogen und die Kreatur richtete sich zu ihrer vollen Größe auf. Sie zog Max zu sich heran und brüllte herausfordernd. Blut spritzte von den Zähnen und troff in widerlichen Rinnsalen an seinem Hals entlang, während es sich ins Wasser zurückzog.

Am Ufer rief Ellie den Namen ihres Bruders. Das riss Sam schließlich aus seiner Starre und zwang ihn dazu, zu akzeptieren, dass dies kein Albtraum war. Er hatte nun den einzigen Luftvorrat, also war es an ihm, aktiv zu werden. Er griff sein Tauchermesser und rannte los. Das Biest wartete nicht auf ihn, sondern tauchte mit seiner Beute ab. Eine Welle an der Wasseroberfläche verriet ihm, dass es direkt auf den Tunnel zuhielt, durch den sie gekommen waren.

Sam watete eilig durch das Wasser und machte sich bewusst, dass Max am Leben gewesen war, als er weggezerrt worden war.

»Warte!«

Ellie kam ihm mit den Flossen hinterher. »Die wirst du brauchen.« Ihr Gesicht war blass und ihre Lippen bebte.

Sam nahm die Flossen und zog sie schnell über. Er hatte keine Ahnung, was er tun sollte, wenn er das Biest einholte, aber er konnte auch nicht einfach hierbleiben und aufgeben, solange für Ellies Bruder auch nur ein Fünkchen Hoffnung bestand. Er erlaubte sich nicht, lange darüber nachzudenken, denn jeder rationale Gedanke hätte ihm davon abgeraten, das Wasser zu betreten. Er klemmte sich den Atemregler zwischen die Zähne, zog seine Maske und den Helm herunter und tauchte dann, mit einem Messer, das ihm genauso nützlich erschien wie eine Nagelfeile, in das Wasser.

22

Mia schaltete einen Gang herunter und bog auf eine Schotterstraße ab, die zu Anastas' Grundstück und dem Höhleneingang führte. Staub wirbelte hinter dem Krankenwagen auf, als sie wieder beschleunigte und um die größten Schlaglöcher herumfuhr. Urplötzlich rollte ein ohrenbetäubendes Donnern durch die Luft. Mia zuckte erschrocken zusammen und umklammerte das Lenkrad vor Schreck noch fester, um das Fahrzeug unter Kontrolle halten zu können.

»Himmel, was war das?« Durch die Windschutzscheibe hindurch suchte sie den Himmel nach Sturmwolken ab. »Wenn das Donner war, möcht' ich wissen, wo der hergekommen ist.«

»Nein«, sagte Jack und zeigte auf den Horizont, wo gerade eine gewaltige Wolke in den blauen Himmel stieg.

»Das war eine Explosion.«

Mia starrte auf den Staubpilz und spürte, wie ihr fast das Herz stehen blieb.

»Anastas' Land?«

Der alte Soldat nickte, sein Gesichtsausdruck war grimmig. Es gab nichts weiter zu sagen. Mia schluckte schwer und verspürte ein ungutes Gefühl in ihrem Magen, als sie den Wagen in Richtung der Explosion beschleunigte. Innerhalb von Minuten waren sie vor Ort, der Wagen ruckelte über die Weidefläche und kam hinter dem Zelt des Basiscamps zum Stehen.

Mia erkannte die Fahrzeuge der Klettergruppe sofort, aber daneben stand außerdem noch ein blauer Pick-up, der nicht dazugehörte.

»Ist das Kaz' Truck?«

»Ja, sie muss hier auch irgendwo sein.« Jack schnappte sich sein Gewehr, öffnete die Tür und sprang hinaus. Er nutzte dabei den Aufbau des Krankenwagens als Deckung, während er sorgfältig die Umgebung absuchte, bevor er zum Zelt hinüberschlich.

Mia holte ihre Einsatztasche aus dem hinteren Teil des Fahrzeugs und folgte ihm, während sie blaue Einweghandschuhe überstreifte. Am Zelteingang holte sie ihn schließlich ein. Mit hängenden Schultern stand er da, das Gewehr locker in einer Hand.

»Wir sind zu spät. Da kommt niemand mehr raus.«

Jack war zwei Nuancen blasser als vorhin, als er das Ausmaß der Zerstörung betrachtete. Mia fiel wieder ein, dass er aus einer Familie von Minenarbeitern stammte, wo man Einstürze mehr als alles andere auf der Welt fürchtete. Sie wandte ihren Blick von Jack ab und betrachtete das Katastrophengebiet.

Die Explosion musste sich direkt in der Doline ereignet haben. Die ehemals zylinderförmige Öffnung war nun ein Krater, der sich mehr und mehr mit Geröll von der Oberfläche füllte und mit jeder Minute an Umfang gewann.

»Die waren bestimmt nicht alle auf einmal in der Höhle«, warf Mia ein. »Bestimmt haben sie aus Sicherheitsgründen jemanden oben gelassen.«

Jack ging auf ein Knie hinunter und untersuchte den staubigen Boden. Eine Schleifspur führte vom Zelt bis zum Krater. Mia spähte über seine Schulter, um zu sehen, was sein Interesse geweckt hatte.

»Sieht aus, als wäre etwas aus dem Zelt gezerrt worden«, sagte sie.

Jack hob einen kleinen Staubklumpen auf und zerrieb ihn zwischen seinen Fingern. Er hinterließ einen roten Blutfleck. »Oder jemand«, murmelte er.

Beide starrten sie nun in das Zelt hinein. Die Schleifspur reichte bis an die Rückwand und endete dort in einer bereits getrockneten Blutlache. Mia ging hinein und trat vorsichtig um die Blutspuren herum. Ein Handy mit zerschmettertem Display lag auf dem Boden. Sie hob es auf und legte es auf den Tisch, um nicht versehentlich draufzutreten.

»Was war denn hier los? Warum sollte jemand diese Leute angreifen?«

»Ich würd's dir ja sagen, aber du glaubst es mir eh nicht«, erwiderte Jack trocken.

»Sei dir da mal nicht so sicher. Nach den letzten sechs Monaten in dieser verfluchten, abgedrehten Stadt kann mich nicht mehr viel überraschen.«

Ein dumpfes Grollen unterbrach sie und ihr Magen protestierte, als der Boden unter ihren Füßen erzitterte. Ein Felsbrocken von der Größe eines Autos brach ohne Vorwarnung von der Kante ab und poltere den Krater hinab. Weniger als fünf Meter trennten das Zelt nun noch von dem expandierenden Erdrutsch.

»Die Story muss wohl erst mal warten. Wenn das Loch noch größer wird, verschwinden nämlich damit auch sämtliche Beweise.« Mia nahm einen Rucksack in jede Hand. »Jack, wir müssen das ganze Zeug von hier wegschaffen.«

Der Barbesitzer warf einen letzten Blick auf den Trichter, nickte dann und schlang sein Gewehr am Gurt über seine Schulter. »Okay. Mit ein bisschen Glück kommen sie wieder zurück, um es abzuholen.«

»Was meinst du damit?«, fragte Mia und blieb stehen, als Hoffnung in ihr aufkeimte.

»Das Höhlensystem überschneidet sich mit ein paar der Minen in der Gegend. Falls sie die Explosion tatsächlich überlebt haben, finden sie vielleicht einen Weg hinaus. Ich hab's zumindest geschafft, vielleicht können sie das auch.«

—

Sam konzentrierte sich darauf, ruhig zu atmen, als er in den Tunnel hinein schwamm. Nachdem er Ellie vorhin ausgeholfen hatte, war nun nur noch ein Drittel seines ursprünglichen Luftvorrats übrig und er musste Max für den Rückweg einrechnen. Nicht, dass er große Hoffnung auf eine triumphale Rückkehr hegte, denn Sam wusste, dass die Chancen, Ellies Bruder lebendig zurückzubringen, mehr als schlecht standen. Abgesehen von der Bisswunde konnte Max schon längst ertrunken sein, falls er es nicht geschafft hatte, seinen Regler wieder einzusetzen.

Trotz seiner Furcht konnte ein kleiner Teil seines Gehirns den schwarzen Humor an der Situation erkennen. Hier war er nun und schwamm aus freien Stücken auf ein Monster zu, obwohl er Stunden zuvor noch alle seine geistigen Kräfte zusammen hatte nehmen müssen, um überhaupt ins Wasser zu steigen. Sam legte einen Zahn zu und die glatten, grauen Kalksteinwände glitten noch schneller an ihm vorbei, während er sich mit kräftigen Flossenschlägen vorantrieb. Adrenalin rauschte durch seine Adern, gab seinen Muskeln neue Kraft und durchströmte ihn mit nervöser Energie.

Eine grüne Schliere mischte sich jetzt mit dem schwindenden roten Schleier, der aus Max' Wunden stammte. Sam fiel ein, dass der eigenartige Aal ebenfalls grün geblutet hatte, und konnte nur hoffen, dass das Biest verwundet war. Plötzlich konnte er eine Bewegung ausmachen, wo der Lichtstrahl seiner Lampe endete, und sein Herz schlug sofort schneller.

Er lebt noch!

Max hatte es also geschafft, seinen Atemregler in den Mund zu befördern und sich im Griff der Bestie umzudrehen, um sich gegen sie zu wehren. Hinter ihm gähnte jetzt der schwarze Schlund des Tunnels, den sie zuvor extra gemieden hatten. Max stach aus kurzer Entfernung immer wieder auf das Wesen ein, bis sich das Monster vor Schmerzen krümmte.

Sam beeilte sich nun noch mehr, um Max zur Hilfe kommen zu können. Nur noch dreißig Meter … zwanzig … er war fast da.

Max kämpfte tapfer weiter, aber Sam konnte sehen, dass seine Messerattacken immer mehr an Kraft verloren, da er aus mehreren Bisswunden blutete. Mit der Geschmeidigkeit einer Seeschlange wich die *Minenmutter* einem seiner Hiebe aus und bekam Max' Handgelenk zu fassen. Ein kurzer Ruck und die Knochen in seinem Arm brachen wie trockene Zweige. Max' Augen traten hervor und sein Messer fiel aus seinen unbrauchbaren Fingern, als er hinter seinem Atemregler schrie.

Noch zehn Meter.

Sams Atmung war jetzt flach und schnell und sein Herz klopfte wie wild. Da ihre Beute nun entwaffnet war, konzentrierte sich die Kreatur auf Sam und fletschte die Zähne, als sie gegen den Lichtkegel der Lampe anblinzelte. Sie stieß einen herausfordernden Schrei aus und eine Kette von Luftbläschen strömte aus ihrer Kehle. Doch Sam ließ sich nicht beirren und formte im Geiste seinen eigenen, wortlosen Kampfschrei. Das Messer fest umschlossen, zog er seinen Arm zurück, bereit zuzustechen, sobald er in Reichweite war.

Das Biest begann herumzuwirbeln, eine geschmeidige Bewegung, die durch den kräftigen Schwanz ermöglicht wurde, der durch das Wasser peitschte. Sam hob die Arme, um seine Fahrt abzubremsen, und konnte so vermeiden, dass das Schwanzende sein Gesicht traf. Anstatt ihn anzugreifen, nutzte die *Minenmutter* Sams verminderte Geschwindigkeit aus und stürzte in den anderen Tunnel hinein … Max und sein gebrochenes Handgelenk im Schlepptau.

Zwei Herzschläge und sie waren fort.

Sam schwamm zu der Felsöffnung, aber Max und die Kreatur waren bereits außer Sicht. Die Passage führte steil nach unten und machte dann eine Rechtskurve. Sam hatte keine Ahnung, wie tief der Tunnel war. Wenn er zu tief tauchte, dann hätte er nicht nur das Problem mit dem blutrünstigen Monster, sondern die Taucherkrankheit konnte ihn ebenso schnell töten.

Als Rettungssanitäter an der Ostküste von Australien hatte er bereits mehrere Taucher in diesem Zustand zum Krankenhaus transportiert. Alle von ihnen war in äußerst schlechter Verfassung gewesen und einer war sogar gestorben. Normale Druckluftflaschen enthielten ein Gasgemisch aus 78% Stickstoff und 22% Sauerstoff. In Tiefen mit einem höheren Wasserdruck erhöhte sich die Stickstoff-Konzentration in Blut und Gewebe.

Taucht ein Taucher zu schnell wieder auf, riskiert er eine Gasübersättigung und damit die Bildung von Blasen, vergleichbar mit dem Aufschäumen beim Öffnen einer Sprudelflasche. In geringem Ausmaß äußert sich dies in starkem Kribbeln und Gelenkschmerzen, doch in schweren Fällen können Embolien, Herzversagen oder Schlaganfälle die Folge sein.

Mit fast erschöpftem Luftvorrat in ungeahnte Tiefen zu tauchen, grenzte an Selbstmord. Wenn Sam es noch mal versuchen wollte, brauchte er eine andere Gasmischung und eine bessere Waffe. Das Biest hatte Max immerhin mit Leichtigkeit entwaffnet und war unter Wasser äußerst stark. Widerwillig drehte er um und machte sich auf den Rückweg. Die Aussicht darauf, Ellie von seinem Versagen berichten zu müssen, lag ihm schon jetzt schwer im Magen.

—

Sam hatte das Wasser kaum verlassen, da sprang Ellie ihm schon in die Arme und vergrub ihre rotgeweinten Augen und ihr tränenüberströmtes Gesicht an seiner Schulter.

»Gott sei Dank. Ich hatte schon befürchtet, ich hätte euch beide verloren. Ich hätte dich niemals bitten sollen, ihm hinterherzuschwimmen, das war bescheuert.«

Sam erwiderte die Umarmung mit zittrigen und erschöpften Muskeln, als die Nachwirkung seines Adrenalinrausches einsetzte. »Ich hab ihn gesehen,

Schatz. Er hatte seinen Regler im Mund und die Flaschen noch auf dem Rücken. Es besteht also immer noch eine Chance für ihn.«

Ellies Kopf schnellte wie von einer fremden Macht gezogen hoch und sie sah ihm in die Augen. »Keine Lügen Sam, bitte.«

»Ich hab sie eingeholt und ich schwöre, Max hat wie ein Irrer gekämpft, bevor es die Oberhand gewonnen hat.«

»Aber bist du dir wirklich sicher, dass er noch am Leben war?«

Sam nickte, die missglückte Rettung lag wie ein saurer Geschmack in seinem Mund. »Sie hat ihn in den anderen Tunnel gezogen, der tiefer hinab führt.« Er zeigte ihr das Finimeter an seiner Druckluftflasche. Es waren nun nur noch weniger als zehn Prozent übrig. »Wenn ich es tatsächlich geschafft hätte, ihn rauszuholen, hätte mein Luftvorrat nicht für uns beide gereicht.«

Er suchte für einen Moment nach den richtigen Worten. »Es tut mir leid, Schatz. Falls wir an volle Flaschen mit einer Mischung für größere Tiefen rankommen, bin ich Handumdrehen wieder da unten.«

Ellie sackte in seinen Armen zusammen. »Nein, das ist viel zu riskant. Außerdem wird sein Luftvorrat längst verbraucht sein, bis jemand zu ihm gelangen kann«, flüsterte Ellie.

Eine Erinnerung zog plötzlich an seinem inneren Auge vorbei. *Luftblasen, die aus dem grauenvollen Maul strömten, als es schrie.* Er ergriff ihre Hand. »Vielleicht gibt es ja doch noch eine Chance. Ich glaube, es atmet Luft, genau wie du und ich. Als es mich unter Wasser angeschrien hat, sind Luftbläschen aus ihm rausgekommen. Das wär' doch nicht passiert, wenn es Kiemen hätte. Es muss einfach ziemlich lange die Luft anhalten können, so wie Krokodile. In dem Fall würde sie ihn irgendwo hinbringen, wo es Luft gibt.«

»Es sah nicht so aus, als wolle sie ihn gleich fressen. Wir müssen also später nur diesen Unterschlupf finden. Okay, es ist reine Spekulation, aber immerhin wissen wir, in welchem Tunnel sie verschwunden sind. Das heißt, wir wissen auch, wo wir suchen müssen.«

Ellie starrte ihn einige Sekunden lang an und wägte offensichtlich ihre nächsten Worte ab, bevor sie kaum wahrnehmbar nickte. »Okay, aber du gehst nicht wieder allein da runter. Sobald wir frische Flaschen haben, komme ich mit.«

Trotz ihrer prekären Situation kam Sam nicht umhin, stolz auf seine Freundin zu sein. Die meisten Menschen hätten sich in ihrer Situation zusammengerollt und einfach aufgegeben. Aber nicht sie. Ellie war eine Kämpfernatur. Wenn die Wahrscheinlichkeit für ihr Überleben nur bei einem Prozent lag, konnten sich die anderen neunundneunzig verpissen. Sie würde trotzdem einen Weg hinaus finden.

Er drehte sich von ihr weg und suchte die dunklen Ecken ab, während er seine Weste mit den Luftflaschen und die Flossen abstreifte. »Welchen Weg sollen wir jetzt nehmen? Ich sehe keine Überreste von dem Besitzer der Taschenlampe, er muss also irgendwie rausgekommen sein.«

Ellie sah auf ihren Kompass und zeigte am See entlang nach rechts. »Falls die Mine, in der wir neulich waren, mit diesem Höhlensystem verbunden ist, sollte sie sich in dieser Richtung befinden.«

Beide trugen noch ihre Taucheranzüge, hatten aber sämtliche Ausrüstung außer ihren Lampen abgelegt. Sam sah skeptisch auf den Boden. Von hier an schützte nur noch eine dünne Materialschicht seine Füße vor dem Geröll.

Die beiden setzten sich in Bewegung und begannen am Ufer entlangzujoggen, wobei ihre Lampenstrahlen wie Discoleuchten tanzten. Sie hatten keine Zeit zu verlieren. Eine graue Steinwand trat plötzlich aus der Dunkelheit hervor, wo die Höhle schmaler wurde und endete. Als sie sich ihr näherten, wirkte eine Stelle nahe dem Boden irgendwie dunkler als der Rest. Sam richtete seine Lampe direkt darauf und wurde prompt belohnt, als sich der dunkle Fleck als Riss im Gestein herausstellte. Ellie zögerte keine Sekunde.

Sam schickte ein stilles Stoßgebet in Richtung Himmel. *Bitte, oh bitte lass dies ein Ausweg sein.*

23

Lautlos tauchte die *Minenmutter* auf und leuchtend grüne Augen blinzelten langsam in der Dunkelheit, während das Wasser von ihrer schwarzen Haut hinab rann. Sie holte tief Luft, denn nach den Anstrengungen der Jagd war der Sauerstoff, der ihren Körper durchflutete, mehr als willkommen. Sie hob ihre freie Klaue und klickte mit ihren Krallen, um sich mittels Echoortung ein Bild von der Umgebung ihrer Geburtskammer machen zu können. Der Bau war relativ klein, maß weniger als zehn mal zwanzig Schritte und war nur durch den gefluteten Tunnel erreichbar, der in einem natürlichen Becken in der sonst trockenen Höhle endete, in dem die Kreatur nun trieb. Da sie alles so vorfand wie erwartet, stieg sie aus dem Wasser und zog ihre Beute langsam hinter sich her. Der Mensch war ganz schlaff, denn auf dem letzten Stück zur Kammer hatten ihn schließlich doch die Kräfte verlassen.

Sie ergriff den eigenartigen Apparat zwischen seinen Lippen und zog ihn heraus. Im Dunkeln nahm sie das Blut, das aus seinem Mund kam, nicht wahr, da es von

Wasser nicht zu unterscheiden war. Nachdem sie noch weitere dreißig Meter entlang der Passage getaucht waren, war es von da an wieder steil nach oben gegangen, vierzig Meter bis zur Wasseroberfläche und dann zu dieser Kammer. Eine Übung, die sie mit Leichtigkeit absolviert hatte, die aber in dem Menschen offenbar einen schweren Fall von Dekompressionskrankheit ausgelöst hatte. Sie riss die Weste mit den Flaschen von ihrer Beute und hievte ihn auf ein natürliches Felspodest. Mit einer rasiermesserscharfen Kralle zerschnitt sie die Vorderseite seines Anzugs und entblößte die weiche, dunkle Haut vom Bauchnabel bis zum Hals. Sie wiederholte die Prozedur anschließend entlang seiner Gliedmaßen.

Sie starrte auf den Mann, dessen Körper für sie so deutlich sichtbar war wie für Menschen im Tageslicht. Sie hakte eine Kralle auf der Unterseite seines Kinns ein und drehte seinen Kopf langsam hin und her. Der Stolz einer erfolgreichen Jagd durchströmte ihre Brust. Seit damals, als die beiden Männer ihre Brut getötet hatten, hatte sie nicht mehr so hart kämpfen müssen. Ihre Schulter tat etwas weh an der Stelle, wo das Messer des Menschen sie verletzt hatte, aber das kümmerte sie nicht. Ihre Spezies erholte sich schnell. Die Wunde hatte aufgehört zu bluten und würde in wenigen Stunden bereits verheilt sein.

Dieser Mensch gab ein würdiges erstes Mahl für ihre junge Brut ab. Aber zuerst einmal musste sie dafür sorgen, dass er keine Gefahr mehr für sie darstellte. Sie brauchte ihn zwar lebendig, aber unfähig, wegzulaufen oder sich zu wehren, während ihre Jungen speisten.

Die *Minenmutter* rollte den Mann auf die Seite und ließ ihre Kralle auf der Suche nach der richtigen Stelle an seiner Wirbelsäule entlangfahren. Auf halber Höhe seines Brustkorbs stieß sie ihre Kralle zwischen zwei Wirbelkörper in seinen Rücken hinein. Es war genug, um den Mann aus seiner Benommenheit zu reißen. Er schrie und wand sich vor Schmerz. Sie drückte ihn mit ihrer Pranke zu Boden, während ihr Schwanz sich um seine Füße wickelte, damit sie ungestört fortfahren konnte. Die Spitze ihrer Kralle schabte über die Knochen, bis sie endlich die Lücke zwischen den Wirbeln fand und kurzerhand das Rückenmark durchtrennte.

Die Beine des Mannes erschlafften sofort und er schrie erneut auf, dieses Mal mit einer Mischung aus Wut und Verzweiflung … ein Geräusch, das ihren Hunger weckte und für Nervenkitzel sorgte. Geifer lief in ihrem Maul zusammen und tropfte in langen Fäden zwischen ihren Fängen herab, als sie ihn wieder umdrehte. Sie beugte sich über seine nackte Brust und inhalierte seinen Duft mit ihrer gespaltenen Zunge. Mit einem frustrierten Knurren wandte sie sich ab. Diese Beute war für ihre Jungen, nicht für sie.

Der Mensch holte nach ihr aus und seine Faust traf die Seite ihres Kopfes. Es war zwar nicht schmerzhaft, doch es ärgerte sie. Sie trieb zwei ihrer langen Krallen zuerst tief in seine eine Schulter und danach in die andere, um das Nervengeflecht, das die Empfindungen und Bewegungen seiner Arme kontrollierte, zu zerstören. Beide Gliedmaßen fielen kurz darauf gefühllos auf den Fels. Sein Hals und sein Kiefer waren die einzigen Körperteile, die er jetzt noch beherrschen konnte. Sie ließ ihm gern die Fähigkeit zu schreien, denn das würde ihr Jungschar nur noch wilder machen.

Die *Minenmutter* wandte sich von dem Menschen ab, dessen Wut- und Schmerzensschreie nun zu schauderndem Schluchzen verebbten. An der Wand der Kammer befanden sich drei Kokons, halbdurchsichtige Eihüllen, an denen wulstige Blutgefäße pulsierten. Als sie diese vor drei Monaten entbunden hatte, waren sie nicht größer als Äpfel gewesen, nun reichten sie ihr bis zur Hüfte. Mit ihren Klicks ortete sie die schlanken glatten Figuren ihrer Jungen innerhalb der Hülle. Schlanke, muskulöse Körper wanden sich in ihren organischen Behausungen und sie konnte die Bereitschaft spüren, ihre unterirdische Domäne zu betreten. Am oberen Ende jedes Kokons war eine Öffnung, wie die Knospe einer Blume. Auf diesem Wege hatte sie ihre heranwachsenden Jünglinge gefüttert und sie mit dem Geschmack ihrer zukünftigen Beute vertraut gemacht. Mit Menschen, Sneirthyen, Schlangen, Hunden und einer Reihe anderer Kreaturen, die unter der Erde oder in der Nähe der vielen Zugänge zu ihrem Territorium gefangen werden konnten.

Sie beugte sich über einen der Kokons und erbrach das ansatzweise verdaute Fleisch ihres letzten Opfers. Es würde in der gallertartigen Masse, die den Fötus umgab, aufgelöst und absorbiert werden. Sie wiederholte den Vorgang bei den anderen beiden Eihüllen und leerte ihren Magen damit vollständig. Es sollte das letzte Mal sein, bevor sie endlich schlüpften. Behutsam trug sie jedes Ei hinüber und platzierte sie um den Menschen herum. Sie spreizte seine Gliedmaßen und schaffte damit Platz für die Objekte, eines unter jeden Arm, das dritte zwischen seine Beine.

Ihr leerer Magen meldete sich nun zu Wort. Sie musste neue Beute machen … die anderen beiden Menschen jagen und ihre Angst und ihr Blut trinken. Der Mensch vor ihr fing jetzt wieder an zu schreien und formte Worte, die sie, nachdem sie sich von Generationen von Minenarbeitern ernährt und ihre Opfer akzeptiert hatte, einigermaßen verstehen konnte. *Verfluchtes Miststück!* Das war es, was er wuterfüllt, mit offenen Augen, sagte. Sie verstand, dass es ein Ausdruck des Hasses war. Mit genüsslicher Boshaftigkeit punktierte sie jeden seiner Augäpfel mit einer Kralle, wie ein sorgloses Kind, das einen Käfer zerdrückt.

Gelee vermischt mit Blut quoll zwischen den zerschnittenen Augenlidern hervor. Er mochte zwar seine Stimme brauchen, um ihre Kinder zu animieren, brauchte aber keine funktionierenden Augen dazu.

Ihr Magen knurrte und veranlasste sie dazu, endlich aktiv zu werden. Sie ging auf alle viere und bewegte sich zum Ausgang, den Schwanz erhoben in Aussicht auf die

Jagd. Nach der Herausforderung des letzten Kampfes wollte sie ihren jungen Gefährten gern dazu holen. Die *Minenmutter* holte tief Luft, füllte vier der separaten Luftreservoirs in ihrem Körper und tauchte dann hinab.

24

Was wie ein schmaler Spalt im Fels gewirkt hatte, stellte sich als wesentlich größer als erwartet heraus. Sie hatten sich ohne Diskussion hineingezwängt und die Höhle mitsamt des unterirdischen Sees hinter sich gelassen. Die Passage öffnete sich kurz darauf noch mehr und bot jetzt genug Platz für drei Männer nebeneinander; Sam musste sich kaum ducken, während sie liefen. Der Boden machte jedoch trotz allem einen Hindernislauf daraus, denn er bestand aus Steinen, Schotter und knöchelbrechenden Unebenheiten. Er zuckte zusammen, als ein spitzer Stein in seine Ferse eindrang, und musste sich auf die Lippe beißen, um seinen Schmerzensschrei zu unterdrücken.

»Ich habe da vorne ein bläuliches Licht gesehen, das müssen Glühwürmchen oder so was sein«, keuchte Ellie. Die stete Steigung strapazierte auch Sams Kräfte, deshalb konnte er nur zustimmend grunzen, da ihm der Atem für mehr fehlte.

Als die Glühwürmchen schließlich in Sicht kamen, fiel ihm ein, wo er erst Tage zuvor Hinweise auf diese Kreaturen gesehen hatte. In der Mine, die sie erkundet hatten,

hatten sie ebenfalls ein blaues Leuchten in einem Durchbruch zur Höhle bemerkt. Seine Brust verengte sich unwillkürlich, als die Hoffnung in ihm wuchs, doch er behielt es für sich, um nichts zu beschreien, als er sich unter den ersten hängenden Fäden hinwegduckte. Leuchtende Ranken, wie Perlenketten mit Klümpchen aus klebrigem Schleim besetzt, hingen von der Decke herab, um nichts ahnende Insekten einzufangen. Der Lufthauch von Sam und Ellies Bewegungen ließ die blauen Fäden hin und her schwingen, was die Decke wie eine sich wiegende Seeanemone aussehen ließ, als sie vorbeigingen.

Plötzlich entdeckten sie es! Dort, wo die Decke niedriger wurde und die Höhle endete, erschien ein Loch im Fels und gab den Blick auf die geraden Linien eines Minenstollens frei. Ellie stieß einen Freudenschrei aus und auch Sam konnte sich nicht mehr zurückhalten. Er kletterte über den Felsrand in den Tunnel hinein und zog seine Freundin hinterher.

Von dort aus eilten sie weiter, vorbei am Steinaltar, der im Schein ihrer Lampen zu ihrer Rechten auftauchte. Langsam begann von oben Licht in den Stollen zu sickern, was die Lampen nicht länger erforderlich machte, und dann standen sie auf einmal am Boden eines Schachts und sahen hinauf zum unfassbar hellen, blauen Himmel. Sams Muskeln fühlten sich wie Wackelpudding an und seine Hände zitterten unkontrolliert.

Sie waren noch am Leben!

—

Jack stellte ein Paar Pressluftflaschen in den Staub und rieb gedankenverloren seinen linken Bizeps. Die alte Bisswunde tat wieder höllisch weh und seine arthritischen Knie fühlten sich an, als würde Stacheldraht hindurchlaufen, doch die Arbeit war erledigt. Mia und er hatten es geschafft, alles von Wert aus dem Zelt zu holen und in sicherer Entfernung zur wachsenden Doline aufzustapeln.

Mia kniete sich jetzt neben dem Zelt nieder und zog Heringe aus dem Boden, als sie aufsah und sagte: »Hast du das auch gehört?«

Jack lauschte kurz und nahm das Geräusch dann ebenfalls wahr. Das gedämpfte Zwitschern eines Mobiltelefons kam aus einem der Rucksäcke. Die Schmerzen waren sofort vergessen, als er zum Gepäck eilte und den klingelnden Rucksack aufhob. Er fischte ein Smartphone aus der Seitentasche, dasselbe, das Mia auf dem Zeltboden gefunden hatte, und nahm das Gespräch an.

»Hallo?«

Jacks Schultern sackten vor Erleichterung nach unten. »Echt gut, deine Stimme zu hören, Sam. Der Schacht, den ihr runtergegangen seid, ist … äh …« Er pausierte kurz, als sein Blick auf den expandierenden Krater fiel. »… dauerhaft außer Betrieb. Wo zum Teufel bist du? Mia ist bei mir, wir können kommen und dich holen.«

Er nickte, während er der Wegbeschreibung lauschte. »Okay, wir sind schon so gut wie da.«

»Wo geht's denn hin?«

Jack kletterte auf den Beifahrersitz des Krankenwagens und knallte die Tür zu. »Keine Ahnung, aber Sam meinte, du wüsstest, wo wir hinmüssen. Sie sind aus einem alten Minenschacht nicht weit von hier gestiegen. Ein leer stehendes Haus, umgeben von Kiefern. Ihr seid dort einem falschen Alarm nachgegangen, hat er gemeint.«

—

Mia hatte Schwierigkeiten, ihre Augen auf der Straße zu halten, als sie der Unterhaltung hinter sich folgte. Sie hatten Sam und Ellie an der Einfahrt des verlassenen Farmhauses mit dem Minenschacht gefunden. Der Ort hatte dieses Mal noch bedrückender als beim letzten Mal gewirkt, falls das überhaupt möglich war.

Auf dem Weg dorthin hatte Jack ihr die Kurzversion seiner Geschichte mit der *Minenmutter* erzählt, eine Geschichte, die sie trotz des ganzen verrückten Zeugs, das sie an diesem Tag erlebt hatte, doch etwas zu verrückt fand, um sie glauben zu können. Aber das war, bevor Sam und Ellie in ihren Krankenwagen eingestiegen waren. Denn die Erzählung des Pärchens entsprach der des alten Barbesitzers und ihre verstörten Gesichtsausdrücke ließen keine Zweifel an ihrer Aufrichtigkeit aufkommen.

Ellie hatte sie angewiesen, sofort zur Doline zurückzufahren, wo sie und Sam sich hektisch durch den geretteten Ausrüstungsstapel gewühlt hatten, bis sie fanden, was sie gesucht hatten. Zwei Flaschen mit einer Gasmischung, die für größere Tiefen ausgelegt war, und andere Dinge, die sie brauchten, um das Wasser wieder betreten zu können.

»Seid ihr sicher, dass ihr da wieder runtergehen wollt, nach allem, was ihr erlebt habt?«, fragte Jack. »Ihr habt Glück gehabt, dass ihr mit dem Leben davongekommen seid, das wird sie nicht noch mal zulassen.«

Ellies fatalistischer Gesichtsausdruck sprach Bände, als wüsste sie genau, dass ihre Uhr abgelaufen war, und sie es akzeptierte, ohne zu zögern. »Solange eine Chance besteht, dass mein Bruder noch am Leben ist, muss ich es einfach versuchen.«

»Genauso wie ich«, meinte Sam. »Ohne seine Hilfe hätte mich das erste Biest bereits erwischt. Ich schulde ihm also etwas.«

Jack sah von einem zum anderen und seufzte schwer. Er sah nun seinem Alter entsprechend aus, sieben Jahrzehnte, blasse Haut, die Falten in seinem Gesicht wie Risse in Stein. »Wenn wir das wirklich durchziehen wollen, dann aber richtig. Das bedeutet, dass ihr mehr brauchen werdet, als ein Küchenmesser. Mia?«

Sie nahm für eine Sekunde den Blick von der Straße und sah über ihre Schulter nach hinten, wo Jack sie anstarrte. »Fahr uns zurück zum Hotel. Wir müssen etwas Feuerkraft holen.«

—

Trevor trommelte mit seinen Fingern auf seinem Schreibtisch herum, als die Anspannung aus ihm herausquoll, trotz all seiner Versuche, vor seinem Kollegen eine ruhige Fassade aufrechtzuerhalten.

Gewaltandrohung war schließlich nötig gewesen, um seinen Constable davon abzuhalten, hinaus zur Höhle zu fahren. Brown hatte letzten Endes kapituliert, aber nach den übellaunigen Blicken zu urteilen, wenn er glaubte, dass sein Sergeant es nicht mitbekam, war das Thema für ihn noch lange nicht erledigt.

Trevor suchte nun die Nummer seiner Schwester in seinem Telefon, drückte die Wahltaste und hielt es an sein Ohr.

»Komm schon, Kaz, geh' an dein blödes Telefon«, murrte er leise. Trevor fluchte, als die Mailbox zum bestimmten zehnten Mal das Gespräch annahm. Irgendwas war schiefgelaufen.

Unfähig, auch nur einen Moment länger sitzen zu bleiben, stand er auf, ging zum Fenster und spähte zwischen den Lamellen der Jalousie auf die leere Hauptstraße. Eine Bewegung zu seiner Rechten erregte seine Aufmerksamkeit und mit wachsender Besorgnis sah er, wie der Krankenwagen der Stadt mit quietschenden Reifen vor dem Hotel zum Stehen kam.

Das kann doch nicht wahr sein! Seine Augenbrauen zogen sich zusammen und sein Kiefer verkrampfte sich wütend, als er Jack gemeinsam mit zwei der Höhlenkletterer aussteigen sah.

»Constable Brown!«, brüllte er über seine Schulter hinweg. »Halt hier die Stellung, ich hab was zu erledigen.«

—

»Die Bar ist geschlossen. Alle Mann raus hier!«, rief Jack. Die Handvoll Gäste sprengten auseinander, als hätte er eine Handgranate in ihre Mitte geworfen, und warfen sich beunruhigte Blicke zu, als sie die Treppe ansteuerten. Ein Stammgast blieb am Tresen sitzen, offensichtlich unbeeindruckt von dem ganzen Trubel.

»Damit bist auch du gemeint, Bob«, knurrte Jack, als er das Selbstladegewehr, das über den Kriegserinnerungen hing, von der Wand nahm.

Der Mann leerte zügig sein Bierglas. »Ja, ja, ich geh' ja schon.«

Er war schon auf halbem Wege zum Ausgang, als er stehenblieb und sich umdrehte. »Warte mal, legst du dich etwa wieder mit dem Ding an?«

Jack betrachtete ihn misstrauisch. »Ich weiß nicht, wovon du redest.«

»So'n Quatsch.«

Er blickte kurz zu einem gerahmten Bild der *Minenmutter* hinter dem Tresen. »Alle wissen, was in den Siebzigern hier los war, und jetzt, wo Brooke Smith und der Carmicheal-Junge verschwunden sind, wird gemunkelt, dass sie wieder auf der Pirsch ist.«

Jack warf ihm einen finsteren Blick zu. »Du meldest dich also freiwillig zur Jagd?«

Bob hob abwehrend die Hände und begann rückwärts auf die Tür zuzugehen. »Scheiße, nein.«

»Dann verzieh' dich, wir haben keine Zeit für so was«, knurrte Ellie.

Bob blickte mit verstörtem Gesicht zu Ellie und machte sich ohne ein weiteres Wort aus dem Staub. Jack wartete, bis der Mann verschwunden war, und begann dann seinen Waffencheck mit der routinierten Effizienz eines Veteranen. Er lief hinüber zum Tresen, wo er ein geladenes Magazin aus einem Schrank unter der Registrierkasse nahm.

»Moment mal«, sagte Sam. »Du hast doch gesagt, du hättest den Schlagbolzen entfernt.«

Jack zuckte mit den Schultern, als er die Waffe auf den Tresen legte. »Hab gelogen. Das Gewehr ist so gut wie damals in Vietnam.«

Er machte auf der Stelle kehrt, ging zu der Tür, die zu seinem Privatbereich führte, und winkte die anderen zu sich. »Kommt schon, für den Rest brauche ich eure Hilfe.«

Ellie zögerte einen Moment lang. »Wir verschwenden hier Zeit, jede Minute hier ist eine Minute, die mein Bruder mit dem Biest allein ist.«

»Ich muss Jack recht geben, El«, erwiderte Sam. »Es ist sinnlos, nur mit 'nem Messer loszuziehen, das kann nicht gut ausgehen. Wir brauchen richtige Waffen, wenn wir auch nur den Hauch einer Chance haben wollen.«

Sam sah zum Barbesitzer herüber. »Du meintest, du hättest etwas hier, das man auch unter Wasser einsetzen kann?«

Er nickte und verschwand im Flur, was Sam keine andere Wahl ließ, als ihm zu folgen. Am Ende des Flurs holte er ihn ein und sah dort einen Raum mit einem Schreibtisch, vermutlich Jacks Büro, und zwei weitere Türen, die nach rechts abgingen. Eine davon war mit einem schweren Vorhängeschloss gesichert. Der Barkeeper öffnete das Schloss und schob die Tür auf, dann tastete er für zwei Sekunden nach einem Schalter, bis das Licht plötzlich anging. Das winzige Zimmer hatte kein Fenster und war tatsächlich nicht viel mehr als ein großer Waffenschrank.

»Als wir das Biest damals nicht mehr finden konnten, nachdem es sich Deans Sohn geschnappt hatte, war ich mir sicher, dass sie bestimmt irgendwann zurückkommt. Also habe ich angefangen, dieses Zeug hier zu horten.«

Ein Gewehrständer an der Wand beherbergte eine Kollektion von Jagdgewehren. Darunter befand sich ein kleineres Regal mit vier Handfeuerwaffen. Der alte Mann nahm seine alte Dienstwaffe für sich selbst und steckte die drei Glocks, zusammen mit Munition für die verschiedenen Waffen, in eine Tasche.

»Und fürs Tauchen?«

»Dafür sind die hier da.« Jack lehnte sich in eine Ecke des Raums und holte zwei Harpunengewehre hervor, die hinter dem Regal versteckt gewesen waren.

»Ich würde dir zwar lieber ein APS Unterwasser-Sturmgewehr in die Hand drücken, aber die sind in Australien ziemlich schwer zu bekommen«, sagte er schulterzuckend. »Das ist alles, was ich finden konnte, für den Fall, dass mal jemand den Kampf unter Wasser aufnehmen will.«

Sam nahm die Druckluftwaffen entgegen, zusammen mit einem Paar mit Widerhaken versehenen Harpunen. »Ist das alles?«

Jack nickte und war bereits wieder auf dem Weg in den Flur. Sie fanden Ellie in der Bar vor, wo sie nervös auf- und abging und an ihren Fingernägeln kaute. Jack steckte sein Selbstladegewehr in die Reisetasche zu den anderen Waffen und steuerte den Ausgang an.

Sergeant Trevor betrat jetzt den Pub und blockierte ihnen den Weg. Mit einem grimmigen Gesichtsausdruck starrte er den alten Barbesitzer förmlich nieder. Der Polizist stürmte auf ihn zu, riss ihm die Tasche voller Waffen aus der Hand und ließ sie zu Boden fallen, dann schob er sie mit dem Fuß aus seiner Reichweite. »Wo zur Hölle ist meine Schwester? Was hast du mit ihr angestellt?«

Jack betrachtete ihn misstrauisch. »Falls Kaz was passiert ist, ist das allein ihre Schuld. Ich habe ihr kein Haar gekrümmt.«

»Er weiß es nicht, oder?«, fragte Mia.

»Weiß *was* nicht?«, knurrte Trevor.

Ihr Blick schweifte unsicher zwischen Jack und dem Polizisten hin und her. »Auf Anastas' Land gab es eine

Explosion und der Hauptschacht, der zur Höhle führt, ist komplett eingestürzt. Als wir dort ankamen, war niemand da, nur 'n paar Blutspuren im Dreck waren zu sehen.«

Trevor wurde blass. »Die lügt doch.« Er zog seine Dienstwaffe und richtete sie direkt auf Jacks Gesicht. »Sag mir, dass sie lügt, verdammt noch mal, denn wenn sie tot ist und du was damit zu tun hattest, dann … dann …«

Ellie drückte den Lauf einer Glock in den Nacken des Sergeants. »Nehmen Sie sofort die Waffe runter!« Während der Polizist mit Reden beschäftigt gewesen war, hatte Ellie unbemerkt eine der Pistolen aus der Waffentasche genommen. Trevor zuckte, als sie die Mündung gegen seine Wirbelsäule presste. Ein Klicken war zu hören, als sie die Waffe entsicherte. Schließlich kam er der Aufforderung nach und legte seine Waffe auf den Boden. »Weder Mia noch Jack haben ihre Schwester auf dem Gewissen«, krächzte Ellie. »Aber mit jeder Minute, die wir hier rumstehen, schwinden die Chancen meines Bruders zu überleben.«

Sie schaute über Trevors Schulter hinweg zu Jack. »Willst du Wiedergutmachung haben für das, was er dir vorhin angetan hat?«

Jack grinste, aber der Ausdruck gelangte nicht bis zu seinen Augen. »Mit Vergnügen.«

Der Barkeeper nahm die Handschellen von Trevors Gürtel, riss dessen Arme hinter seinen Rücken und legte ihm die Fesseln an. Jack beugte sich über die Theke und holte eine Rolle Panzerband hervor. Er riss einen Streifen davon ab und klebte ihn dem Polizisten quer über den Mund, bevor er ihn in seinem Büro einsperrte. Mit einem zufriedenen Funkeln in den Augen kam er danach wieder in den Schankraum und steuerte erneut den Ausgang an. »Was machen wir noch hier? Fahren wir endlich los!«

Ellie war ihm dicht auf den Fersen. »Der Typ, der vorhin sagte, du hättest in den Siebzigern gegen das Vieh gekämpft, und meinte dann, es wäre erst kürzlich wieder zum Vorschein gekommen ... das ergibt doch gar keinen Sinn.«

Im hellen Tageslicht kniff Jack die Augen zusammen, als er vom Gehweg auf die Fahrbahn wechselte. Er legte die Waffentasche auf die Ladefläche eines alten Ford Pick-ups. »Ich fahr' euch hinterher, wird sonst zu eng mit uns allen im Krankenwagen.«

Ellie hielt ihn an der Schulter fest und zwang ihn dazu, sie anzusehen. »Du hast meine Frage nicht beantwortet. Warum war es so lange verschwunden?«

Jack seufzte und rieb frustriert eine Hand über sein Gesicht. »Kurz gesagt ... ich weiß es nicht. Niemand weiß es. Alles, was ich hab, sind Theorien ... dass sie Winterschlaf macht, währenddessen sie nicht viel braucht. Aber eines ist mir an deiner Story auf dem Weg hierher aufgefallen.«

»Und zwar?«

»Die *Minenmutter*, die ihr gesehen habt, war groß, so groß wie dein Bruder, als sie hinter ihm stand, richtig?«

Ellie nickte. Sam war inzwischen dazugestoßen und Ellie nahm Sams Hand und hielt sie fest.

»Damals gab es nur eine in der Größe, die anderen waren viel kleiner.«

»Du glaubst, das waren Jüngere, ihr Nachwuchs?«, fragte Sam, der langsam begann, die Zusammenhänge zu erkennen.

Der Barkeeper nickte. »Genau, und dadurch verändert sich die Situation etwas. Ich frage mich, ob das Biest nur aggressiv wird und auf Jagd geht, wenn es Junge hat. Wenn ihr keine von den Kleinen gesehen habt, hat es vielleicht gerade erst geworfen.«

Ellies Fingernägel gruben sich in Sams Handfläche. »Du denkst, dass mein Bruder vielleicht als Nahrung für ihren Nachwuchs gedacht sein könnte?« Ihre Stimme klang erschöpft.

»Ist nur 'ne Theorie. Eins von diesen Dingern ist schon schlimm genug, aber 'ne ganze Familie …«

Ellie ließ Sams Hand los. »Ich glaube, mir wird schlecht.«

Sie beugte sich vornüber und erbrach ihren Mageninhalt über den Straßenrand. Sie würgte einige Male, bis nichts mehr nachkam, dann richtete sie sich wieder auf und wischte mit ihrem Handrücken über ihren Mund.

»Keines von diesen verdammten Biestern frisst meinen kleinen Bruder. Los geht's.«

25

Schmerz.

Weißglühend, stechend und pulsierend, dort wo eigentlich seine Augen sein sollten, wie die elektrischen Stromstöße in seinem durchtrennten Rückenmark und das quälende Brennen in seinen zerschundenen Schultern. Er hatte für eine Weile das Bewusstsein verloren, aber nun war er wieder wach, unfähig, den Schmerzen zu entrinnen. Max schrie, bis seine Stimmbänder vollkommen ruiniert waren. Er wusste, dass er ein toter Mann war, es war nur eine Frage der Zeit.

Todesqualen waren nun seine ganze Welt.

Tränen strömten unter seinen Augenlidern hervor und vermischten sich mit dem Blut und der gallertartigen Masse seiner zerstörten Augäpfel. Eigentlich sollte Finsternis um ihn herum herrschen, doch stattdessen konnte er Farben sehen. Sein Sehzentrum wurde nicht länger mit Signalen beliefert, also schien sein Gehirn den Verlust kurzerhand mit dem Vorgaukeln nicht-existenter Farbtöne auszugleichen. Max starrte nach oben, auf einen braunen Hintergrund mit leuchtendem Türkis in der Mitte, orangefarbene Punkte schwebten im Vordergrund wie dicke Schneeflocken. Er blinzelte und die Bewegung seiner Lider löste ein höllisches Stechen in seinem Schädel aus, aber das Farbenspiel änderte sich kein bisschen. Orange über Türkis auf Braun. Er war blind und trotzdem gefangen in diesem imaginären Kaleidoskop. Max wollte am liebsten wieder weinen.

Eine zuckende Bewegung an seinem linken Arm riss ihn abrupt aus seinen Gedanken und füllte ihn erneut mit Schrecken. Er hatte gemerkt, dass das Monster etwas zwischen seine Beine und unter seine Arme gelegt hatte. Er konnte seine Arme zwar nicht länger bewegen, aber seine Brust war immer noch voll empfindungsfähig und er konnte spüren, dass das Objekt warm und schleimig war. Was auch immer es war, etwas bewegte sich darin. Das Ding unter seinem rechten Arm wand sich mittlerweile heftig hin und her.

Dann fiel bei ihm der Groschen. *Das sind Eier. Eier, verdammte Scheiße!*

Und das Schlüpfen stand offenbar kurz bevor.

26

Sam stieg aus dem Spalt in der Felswand und betrat das verschlickte Ufer des unterirdischen Sees. Sein Magen krümmte sich wie ein Knoten aus Schlangen, doch nur ein leichtes Zittern seiner Hand war das einzige äußere Anzeichen seiner Anspannung. Er ließ seinen Lampenstrahl durch die Grotte wandern und trotz neuer Batterien reichte das Licht nicht bis ans hintere Ende der Höhle. Jack drängte sich mit dem Gewehr an seiner Schulter vorbei, während er den Raum absuchte.

»Ich glaube, das ist die gleiche Höhle, in der Dean und ich damals gegen die Kleineren gekämpft haben.«

»Wir haben eine kaputte Lampe und eine alte Pistole da hinten gefunden, waren das deine Sachen?«

»Höchstwahrscheinlich.« Jack warf sein Gewehr wieder auf den Rücken und kehrte zum Felsspalt zurück.

Sam kam hinzu, hob eine Tauchflasche mitsamt Weste hoch und hievte sie auf eine Schulter. Ellie und Mia waren ebenfalls da. Beide sahen erschöpft aus und Schweiß zog seine Bahnen über staubbedeckte Gesichter. Sam wusste, dass er genauso aussah, und das war kein Wunder. Sie hatten nämlich sämtliche Vorsicht in den Wind geschlagen und sich abgemüht, so schnell wie möglich hierher zurückzukehren. Ellie und er mussten einfach darauf hoffen, dass das Adrenalin ihnen die Kraft für den Tauchgang verlieh, denn nach diesen letzten vierundzwanzig Stunden war er am Ende seiner Kräfte.

»Alles in Ordnung?«, fragte Mia.

Sams Kiefer verkrampfte sich bei dieser Formulierung. Um Gottes willen, nichts würde jemals wieder in Ordnung sein. Doch er zwang sich zu nicken. »Momentan schon. Legen wir los, solange wir noch können.«

Kurz darauf stand Sam, in Taucheranzug und Flossen, knietief im Wasser. Er fühlte sich ungefähr so sicher wie in einem krokodilverseuchten Gewässer im Norden Australiens, darauf wartend, jede Sekunde von spitzen Zähnen unter Wasser gezerrt zu werden. Er schluckte, schob den Gedanken beiseite und kratzte am Kragen des Anzugs. Sein eigener war komplett zerrissen gewesen, deshalb trug er einen von Aarons Ersatzmodellen. Er passte zwar gut genug, um einsatzfähig zu sein, war aber im Schritt und an den Schultern etwas eng.

Die Flasche auf seinem Rücken war nun mit Nitrox gefüllt. Anstelle der üblichen Mischung bestand dieses Gas zu 36% aus Sauerstoff, was Ellie ausgewählt hatte, um das Risiko der Dekompressionskrankheit zu verringern, falls sie auf der Suche nach Max in größere Tiefen vordringen mussten.

Sam blickte auf das Harpunengewehr in seiner Hand, das bereits mit einem kleinen Stahlspeer geladen war. Jack hatte seine Anweisung kurz und knackig gehalten. *Ist alles einfach. Zielen und abdrücken. Falls du danebenschießt, ist da 'ne Schnur am Ende, damit du die Harpune wieder einholen und neu laden kannst, aber mein Tipp wäre es, einfach nicht daneben zu schießen.* Sam wusste nicht, ob er lachen oder fluchen sollte. Der Rat war ungefähr genauso nützlich wie *nicht zu sterben.*

Sam sah zum Ufer hinüber, wo Mia und Jack auf ihre Rückkehr warten würden. Während er und Ellie die Taucherausrüstung angelegt hatten, hatte der alte Soldat sich kampfbereit gemacht. Unter seiner Anweisung hatte Mia ihm geholfen, die restliche Ausrüstung und anderen Waffen in den hinteren Teil der Grotte zu bringen. Jack hatte dort eine Vertiefung gefunden, in der man einigermaßen geschützt war und nur von vorn angegriffen werden konnte. Der alte Soldat hatte ihnen anschließend einen dreißigsekündigen Crash-Kurs erteilt, wie die Handfeuerwaffen und das Gewehr zu bedienen waren, eine Lektion, die hoffentlich nicht beim ersten Adrenalinschub vergessen sein würde, falls die Monster angriffen. Doch für ihn gab es eigentlich kein *falls*. Er konnte es in seinen Knochen spüren, sie würden der *Minenmutter* begegnen, noch bevor der Tag vorbei war.

Ellie watete zu ihm hinaus. Ihr Gesicht war blass und ihre Augen wirkten fiebrig, als sie die Wasseroberfläche absuchten.

»Bist du bereit?«, fragte er.

»Nein.« Das war eine sachliche Feststellung.

Sam wusste genau, wie sie sich gerade fühlte. Es hatte keinen Zweck, noch länger darüber zu reden oder eine komplizierte Strategie auszuklügeln. Sie hatten keine Ahnung, was auf sie zukam, und würden deshalb improvisieren müssen. Instinktiv umklammerte er den Griff des Harpunengewehrs.

Eine Reihe von unverkennbaren Klicks erklang, die von den Wänden der Grotte abprallten. *Himmel, sie ist hier drinnen!* Sams Kopf fuhr in Richtung Ufer herum und seine Augen suchten die Schatten nach der Kreatur ab.

»Worauf wartet ihr noch?«, rief Jack. »Legt los, wenn das Miststück hier ist, heißt das immerhin, dass ihr freie Bahn habt. Los, los!«

Das musste man Ellie nicht zweimal sagen. Sie watete nun ins tiefere Wasser hinein. Sam fühlte sich krank, als er seine Brille aufsetzte und auf seinen Atemregler biss. Mia und Jack mit der Kreatur allein zu lassen, fühlte sich vollkommen falsch an und doch verstand er den alten Soldaten. Seine erste Pflicht galt Ellie und ihrem Bruder. Wenn sie nicht wenigstens versuchten, ihn zu finden, wäre alles umsonst gewesen.

Sam tauchte ab und schlug kräftig mit seinen Beinen, um Ellie einzuholen.

Das Wasser dämpfte den Angstschrei, der in diesem Augenblick vom Ufer kam.

27

Max' Atem ging flach und keuchend und seine Brust zog sich vor Schreck zusammen. Er war nun vollkommen hilflos; gelähmt und blind. Trotz seiner entsetzlichen Situation entfuhr ihm jetzt ein Lachen, das in eine Irrenanstalt gepasst hätte.

Noch am Tag vor seiner Abreise hatte er in seiner Klasse die südamerikanische Wegwespe behandelt. Mit morbider Faszination hatten die Kinder gelauscht, als er ihnen erzählt hatte, wie dieses Insekt Spinnen jagte, um seine Larven zu ernähren. Anstatt die Spinne gleich zu töten, lähmte die Wespe das Tier, brachte es in ihr Nest zu den Larven und versiegelte es dann. Die Larven verschlangen die Spinne dann bei lebendigem Leib … und nun war er hier, als Köder für eine andere Art von Albtraum.

Der Kokon unter seinem rechten Arm zuckte und schüttelte sich und stemmte sich gegen seine Brust, bis schließlich eine nadelspitze Kralle die Hülle durchbrach. Etwas Warmes tropfte heraus und wurde plötzlich zu einer Flut aus ranziger Nährflüssigkeit, die über seinen

Oberkörper schwappte und den Geruch von verdautem Fleisch verbreitete.

Ein schmales, schleimiges Ärmchen wanderte seine Taille entlang, bis Krallen in seine Haut fuhren, um sich festzuhalten, als die Kreatur sich aus dem Ei und auf seine Brust zog. Sie schnupperte die abgestandene Luft und ihr fauler Atem schlug in sein Gesicht. Max konnte spüren, dass ihr Mund nur Zentimeter von seinem eigenen entfernt war.

Das Wesen schrie, ein schrilles, metallisches Geräusch aus einer anderen Welt. Es drehte sich auf seiner Brust und plötzlich blühte sengender Schmerz in seinem rechten Bizeps auf, als die rasiermesserscharfen Zähne in sein Fleisch drangen.

Er versuchte, sich zu bewegen, und warf seinen Kopf hin und her, aber der Rest seines Körpers verweigerte ihm den Dienst. Er würde bei lebendigem Leib gefressen werden und konnte nur noch darauf hoffen, möglichst schnell auszubluten.

Als die Zähne des Biests das zarte Fleisch seiner Achselhöhle zerfetzten, konnte Max nur noch schreien.

28

»Komm schon, nur nicht so schüchtern«, murmelte Jack vor sich hin. »Komm raus und ermögliche mir *einen* sauberen Schuss, mehr will ich ja gar nicht.«

Er suchte die Grotte ab, sein Gewehr an die Schulter gepresst und beide Augen über der Kimme. Die Lampen, die er verteilt hatte, tauchten die nähere Umgebung in Licht, doch die hinteren Ecken der Höhle blieben weiterhin verborgen, tief im Dunkeln, sodass seine Augen nicht hindurchdringen konnten, sosehr er sich auch anstrengte. Aus dem Augenwinkel bemerkte er jetzt, wie Sams und Ellies Tauchlampen schwächer wurden und schließlich ganz verschwanden, als sie die geflutete Passage erreichten. Im Geiste wünschte er ihnen viel Glück. Nach all den Jahren, die er nach seiner Zeit bei der Armee unter Zivilisten verbracht hatte, wusste er die Gesellschaft von Leuten, die freiwillig ihr Leben riskierten, um ihren Freund zu retten, zu schätzen.

Da war das Klicken wieder! Lauter als beim letzten Mal. Jack fiel es schwer, die Quelle des Geräuschs auszumachen, denn die harten Felswände warfen die Schallwellen in alle möglichen Richtungen, bis das Klicken schließlich von überall und nirgends herzukommen schien. Jack starrte wieder in die Schatten, bevor er ein frustriertes Gesicht machte und die Waffe herunternahm.

Er wusste, dass das Wesen hier irgendwo war und sie beobachtete, und dass es seinen Angriff plante und die Risiken abschätzte wie ein wahrer Jäger. Jack kam dieses Gefühl bekannt vor und er hasste es genauso wie damals, als er als junger Soldat in den Dschungel geschickt worden war, mit nichts weiter als den Waffen, die er tragen konnte, und dem Vertrauen, das seine Kameraden in ihn gesetzt hatten.

Ein klägliches Stöhnen durchbrach nun die Stille und ließ einen kalten Schauer über seinen Rücken jagen. In dem Wehklagen schwang eine emotionale Tiefe mit, die ihm den Magen umdrehte. Ein wortloser Ausdruck von Schmerz, Verzweiflung und Einsamkeit, alles in einer weiblichen Stimme verpackt.

»Oh Gott, es ist noch jemand hier unten«, rief Mia, ihr Gesicht blass, die Augen weit aufgerissen.

Jack schluckte trotz seiner trockenen Kehle und versuchte, seine Gesichtszüge zu entspannen, damit sie nicht seinem rasenden Herzschlag entsprachen. »Ignorier' das bitte. Das ist nur das Biest, das gerade mit uns spielt.«

Mia gefiel die Antwort offenbar nicht, denn sie blieb beharrlich. »Was, wenn nicht? Wir wissen, dass Frida irgendwo hier unten ist. Wenn sie einen anderen Weg hierher entdeckt hat, müssen wir sie finden, bevor das Biest es tut.«

Wieder hallte das Stöhnen durch die Höhle, bevor es zu einem Schluchzen wurde. Das Geräusch nagte nun auch an Jacks Entschlossenheit. Falls Mia recht hatte, mussten sie schnell handeln.

»Komm schon, Jack. Du hast gesagt, die *Minenmutter* kann ihre Gestalt wechseln, aber von Geräuschimitation war nie die Rede. Das ist Frida, ich weiß es!«

Der alte Soldat verzog das Gesicht; er hasste den Gedanken daran, seine Verteidigungsstellung aufgeben zu müssen, denn sobald sie ihre schützende Nische aufgaben, waren sie von allen Seiten aus angreifbar.

»Wo kam das Geräusch denn her, was meinst du?«

Mia zeigte auf die Wand zu ihrer Linken, gegenüber von der Stelle, wo sie die Grotte betreten hatten. »Aus dieser Richtung, glaube ich.«

»Okay, du bleibst hier und ich sehe mal nach.«

»Vergiss es, ich komme mit. Vier Augen sehen schließlich besser als zwei.«

Jack kaute auf seiner Unterlippe. Eine weitere Waffe wäre im Falle einer Konfrontation äußerst hilfreich, aber nur, wenn sie nicht versehentlich ihn damit traf. Er nickte ihr kurz zu. »Ich geh' voraus, du hältst uns den Rücken frei. Um alles in der Welt, lass aber die Finger vom Abzug, bis du wirklich schussbereit bist.«

Plötzlich ertönte ein Schrei, dieses Mal vor Schmerzen. Er hatte dieses Geräusch schon einmal gehört, von einem Mann, der einen Bauchschuss erlitten hatte. Es war Jahrzehnte her, aber manche Erinnerungen wollten einfach nicht verblassen. Er hatte diesen Kameraden nicht zurückgelassen, sondern war durch den blutgetränkten Dschungel gekrochen, um ihn zu holen, und auch dieses Mal würde er nicht fliehen.

Jack lief entlang der hinteren Höhlenwand und ignorierte die stechenden Schmerzen in seinen Knien. Das Licht seiner Stirnlampe hüpfte über den Boden, ein starker Kontrast zu der allgegenwärtigen Finsternis. Sein Atem kam ihm überlaut vor und er konnte auch Mia dicht hinter sich hören. Ein weiterer Schrei ertönte. Die Rettungsassistentin hatte recht gehabt, das Geräusch kam definitiv aus dieser Richtung.

Sein Licht fiel plötzlich auf braunes Haar und Jack blieb abrupt stehen. Eine Frau steckte in einem Felsrutsch fest. Es sah so aus, als wäre dort ein Tunnel gewesen, der aus der Grotte hinausführte, aber ein Teil der Decke war eingestürzt, was nur noch eine schmale Lücke übrig gelassen hatte. Gerade genug Platz für ein Kind oder einen schlanken Erwachsenen. Frida hatte wohl versucht, sich hindurchzuzwängen, und nun schauten nur noch ihr Kopf, ihre Arme und Schultern hervor.

Als der Lichtstrahl auf sie fiel, hob Frida ihren Kopf und blinzelte erschrocken ins Licht. Ihr Haar steckte in einem strengen Pferdeschwanz und trotz der Schicht aus Schmutz und Staub wirkte ihr Gesicht unfassbar blass. Blut war an ihrer Schläfe bis zur Wange hinabgelaufen.

Sie streckte einen Arm aus, als bettelte sie ihn an, näherzukommen.

»Frida, mein Name ist Mia, ich bin hier, um dir zu helfen. Bist du verletzt?«

Jack hielt Mia zurück, als sie um ihn herumtrat, um sich der Frau zu nähern.

»Warte kurz.« Jack betrachtete die Frau jetzt genauer, leuchtete die sichtbaren Körperteile ab und suchte nach Hinweisen auf einen Täuschungsversuch. »Frida? Wie bist du hierhergekommen, wenn die anderen alle tauchen mussten?«

Die Frau sah ihn an, gab aber als Antwort nur einen weiteren Schrei von sich.

»Sie braucht jetzt Hilfe, Jack, kein Verhör.«

Mia löste sich aus seiner Umklammerung, steckte ihre Pistole weg und ging auf die Frau zu. Auf dem letzten Stück musste sie ein paar Gesteinsbrocken erklimmen und sich mit beiden Händen abstützen. Die Frau hatte mittlerweile aufgehört zu stöhnen und beobachtete sie durch zusammengekniffene Augen.

Jack fühlte sich, als hätte er einen Aal im Magen, und drehte sich nervös um, um die Schatten hinter sich zu betrachten. Irgendetwas war hier faul, sagte ihm sein Instinkt laut und deutlich. Er ahnte, dass ein Angriff kurz bevorstand. Als Mia die Stelle fast erreicht hatte, widmete er seine Aufmerksamkeit wieder der Frau an der Spitze des Geröllhaufens. Er ließ sein Gewehr am Schultergurt baumeln und wechselte zu seiner Pistole über. Die Taschenlampe hielt er weiterhin in der anderen Hand. Jack richtete die Lampe nun höher und ihm stockte der Atem, als er plötzlich eine Anomalie entdeckte.

Die Frau hatte ihre Hände bisher zu Fäusten geballt, aber nun, da die Rettungsassistentin fast in ihrer Reichweite war, öffnete sie eine Hand mit unnatürlich langen Fingern, besetzt mit rasiermesserscharfen Klauen.

»Sofort runter da! Das ist nicht Frida, es ist das Biest!«

Bei diesen Worten gab die *Minenmutter* sofort jeglichen Täuschungsversuch auf. Das Frauengesicht schmolz wie Wachs und nahm nun die eigentliche Form des Monsterschädels an. Sie öffnete alle vier Augen und die elliptischen Pupillen zogen sich im Licht zusammen. Sie fauchte, entblößte dabei mehrere Ringe nadelspitzer Zähne, und holte aus, um Mia zu ergreifen.

Diese schrie und wich erschrocken zurück. Sie blieb mit der Ferse an einem Stein hängen und stolperte dann mit rudernden Armen nach hinten. Jack stürmte vorwärts, war aber zu weit entfernt. Ihr ungeschützter Hinterkopf schlug dumpf auf dem harten Boden auf, was ihr sofort das Bewusstsein raubte.

Jack feuerte auf das Biest, während er an Mias Seite eilte, wobei seine Zielgenauigkeit leider stark unter seinen eiligen Schritten litt. Zwei der Kugeln prallten in Kopfhöhe der Kreatur vom Fels ab und sie ging daraufhin sofort in der Dunkelheit in Deckung. Mias Taschenlampe war bei ihrem Fall offenbar zu Bruch gegangen und das einzig verbleibende Licht kam von Jacks Stirnleuchte und seiner kleineren Taschenlampe. Er kniete sich neben sie nieder und hielt die Pistole dabei auf die Stelle gerichtet, wo er die *Minenmutter* zuletzt gesehen hatte, während er an ihrem Hals nach einem Puls tastete. Er atmete erleichtert auf, als er ein rhythmisches Pochen unter seinen Fingerspitzen spürte.

Sie lebte also noch.

Zumindest vorläufig.

Er musste sie unbedingt zurück in die geschützte Ecke bringen, wo seine Chancen, sie beide zu verteidigen, wesentlich besser standen. Jack packte ihren Kragen und schleifte sie einige Meter rückwärts. Mias Kopf rollte kraftlos zur Seite, aber es gab nicht viel, was er dagegen tun konnte. Er brauchte eine Hand weiterhin für seine Waffe, da der nächste Angriff vermutlich nicht lange auf sich warten lassen würde.

Ein metallisches Knurren kam nun aus dem Spalt über dem Felsrutsch. Jack legte Mia behutsam ab, zielte auf das Loch, und wartete darauf, dass die Kreatur wieder zum Vorschein kam.

»Komm schon, du Miststück. Bringen wir's zu Ende.«

Krallen klickten im Dunkeln aneinander, aber im Gegensatz zu gerade konnte er dieses Mal genau bestimmen, woher das Klicken kam … es kam von hinten.

Scheiße, es muss zwei davon geben! Sein Magen drehte sich um, als ihm klar wurde, dass er geradewegs in einen Hinterhalt geraten war.

Ein modriger Geruch erfüllte seine Nase, als nach fauligem Fleisch stinkender Atem seine Schulter wärmte. Das Wesen war nah genug für einen Kuss.

Schachmatt!

Er saß in der Falle. Wenn er sich umdrehte, würde sich das Biest hinter den Felsen sofort auf ihn stürzen, doch wenn er sein Ziel weiterhin im Auge behielt, würde ihm gleich ein Stück Hals fehlen.

Aber darauf kam es gar nicht mehr an. Das Einzige, worüber Jack noch Kontrolle hatte, war die Entscheidung, sich zur Wehr zu setzen oder den Schwanz einzuziehen, und diese Wahl lag klar auf der Hand. Hinter dem verknitterten Gesicht, den grauen Haaren und den gequälten Knochen lebte immer noch echter Kampfgeist. Falls dies sein letztes Gefecht sein sollte, dann sollte es wenigstens ein gutes werden.

»Mia, Zeit, aufzustehen«, murmelte Jack.

Er gab einen einzelnen Schuss auf die Felslücke ab und versuchte sich dann auf der Ferse herumzudrehen, um die Kreatur hinter sich anzugreifen. Aber auf halbem Weg landete sein Handgelenk in einer schleimigen Pranke. Seine Stirnlampe setzte das Biest voll in Szene, als es sich vorbeugte und zu schreien begann; ein dämonisches Kreischen, das sein Trommelfell erzittern ließ, bis es schließlich Elle und Speiche seines Arms ruckartig umdrehte. Sein Gesicht war mit stinkenden Spuckefetzen übersät, als seine Pistole kraftlos aus seinen unbrauchbaren Fingern fiel. Er wartete darauf, dass sie es zu Ende brachte, aber aus irgendeinem Grund ließ sie sich Zeit.

Ein Knurren kam jetzt aus Richtung des Felsrutsches und Jack warf seinen Kopf herum, um auf das zweite Biest zu warten. Sein Handgelenk brannte und die Knochensplitter rieben bei jeder Bewegung aneinander. Er biss sich auf die Lippe, um nicht laut zu schreien, dann zog er sein Messer aus der Scheide an seinem Gürtel, das sich in seiner nicht-dominanten Hand unangenehm und komisch anfühlte. »Komm schon, du Miststück. Bringen wir's zu Ende!«

29

Sam konzentrierte sich darauf, langsam und ruhig zu atmen und möglichst nicht auszuflippen. Sie hatten die nach unten führende Passage an der Abzweigung, wo Max gegen das Monster gekämpft hatte, mittlerweile gefunden und tauchten nun in einen Tunnel, der senkrecht nach unten führte, und nicht breiter als zwei Leute nebeneinander, war. Selbst wenn er umkehren wollte, gäbe es nicht genügend Platz zum Drehen und damit keine andere Wahl, als voranzuschwimmen. Sam behielt sein Tiefenmessgerät im Auge und wurde immer nervöser, je länger sie schwammen. Selbst mit der Nitrox-Mischung konnten sie nur bis zu einer gewissen Tiefe tauchen, bis sie Gefahr liefen, der Taucherkrankheit zum Opfer zu fallen. Bei dreißig Metern Tiefe machte der Tunnel plötzlich eine enge Kurve und führte wieder hinauf.

Ellie legte einen Zahn zu und preschte mit wild schlagenden Flossen voran. Sam wollte eigentlich vorn sein, um dem Monster als Erster zu begegnen, falls es dazu kommen sollte, damit er Ellie beschützen konnte, aber der Tunnel war so eng, dass er sie nicht überholen konnte.

Er sah auf seinen Tiefenmesser. Zwanzig Meter … zehn.

Weiter oben musste es entweder eine Luftkammer geben oder sie würden in einer Sackgasse landen. Er hielt sich mit seinem Harpunengewehr bereit. Das letzte Stück des Tunnels ging etwas weiter auseinander und war ungefähr zwei Meter im Durchmesser. Ellies Geschwindigkeit nahm abrupt ab, als sie die Wasseroberfläche durchbrach. Sam ließ nicht lange auf sich warten und zwängte sich kurz darauf neben ihr hindurch. Plötzlich war sein Kopf über Wasser. Er legte sofort sein Harpunengewehr an, um die Umgebung zu überprüfen, da er jederzeit mit einem Angriff rechnete. Doch vom Wasser aus war die Sicht auf die kleine Kalksteinhöhle durch den hohen Felsrand des Beckens, in dem sie gerade Wasser traten, äußerst eingeschränkt, sodass er nichts anders, als die Decke sehen konnte.

Er schob seine Tauchermaske auf die Stirn, spuckte seinen Atemregler aus und nahm einen tiefen Atemzug. Die muffige Luft war durchsetzt von einem nahezu greifbaren fischigen Gestank und weckte augenblicklich einen Brechreiz in ihm. Auch wenn die Beschaffenheit des Bodens ihnen Deckung gab, hatten ihre Stirnlampen ihre Ankunft natürlich längst angekündigt. Er war keinesfalls in der Lage, aus dem Wasser heraus gegen eine Kreatur zu kämpfen, die von oben angriff. Sie mussten also unbedingt auf festen Boden gelangen, bevor sie attackiert wurden.

Da er jetzt beide Hände brauchte, legte er seine Waffe kurz auf den Felsrand und hievte sich nach oben. Das Adrenalin verlieh ihm die nötige Kraft dazu und innerhalb weniger Sekunden war er aus dem Wasser heraus. Er beugte sich wieder hinunter, reichte Ellie die Hand und zerrte sie unsanft nach oben.

Ein reptilischer Schrei ertönte nun hinter ihnen, gefolgt von einem nassen Etwas, das auf den Boden klatschte. Das Scharren von Krallen auf Stein erfolgte … dann herrschte Stille. Sam hob sein Gewehr auf und fuhr hastig herum, sein Herz hämmerte wie ein Presslufthammer an seinen Rippen. Aus seiner stehenden Perspektive aus konnte er jetzt endlich den Rest der Höhle erkennen. Sie war schlauchförmig, etwa zwanzig Meter lang und halb so breit. Entlang der hinteren Wand sprossen unförmige Tropfsteine aus der Decke und dem Boden. Im hinteren Drittel des Raums war ein erhöhter Felsbrocken zu sehen, der wie ein Altar wirkte, und darauf lag Ellies Bruder.

Von dort aus, wo er stand, konnte er nur Max' Beine sehen, der Rest von ihm wurde von einem großen, mit Adern überzogenen Sack verdeckt. Als Sam mit der Lampe darauf leuchtete, regte sich etwas in dem halbdurchsichtigen Material. Sam musste wieder ein Würgen unterdrücken, als ihm klar wurde, dass es eine Art Eihülle war.

»Max!«, rief Ellie außer sich.

Sam entledigte sich seiner Flossen und schritt vorwärts, beide Hände am Harpunengewehr und den Finger am Abzug, während er die Schatten nach dem Ursprung des Schreis absuchte. Als er sich dem kleinen Plateau näherte und über die Eihülle zwischen Max' Beinen hinwegsehen konnte, stockte ihm der Atem. Dessen Oberkörper schien nur noch ein einziges Schlachtfeld aus geronnenem Blut und zerfetztem Fleisch zu sein. Darmschlingen hingen herab wie nasse Nudeln und blutiges Gallert rann aus leeren Augenhöhlen über sein ganzes Gesicht.

Zwei leere Säcke klebten unter jedem Arm an seiner Brust und Sam erkannte schnell, dass er offenbar in eine Geburtstagsfeier geplatzt war. Aus dem Augenwinkel bemerkte er eine huschende Bewegung, als etwas zwischen den Stalagmiten zu seiner Rechten in Deckung ging. Er versuchte, der Kreatur mit seiner Waffe zu folgen, verlor sie aber in den Schatten aus den Augen.

Sam kniete sich neben Max nieder, tastete an dessen blutigen Hals herum und fand schließlich einen schwachen Puls. Ellie war inzwischen an seiner Seite angelangt und weinte hemmungslos, als sie das blutige Etwas sah, das einst ihr Bruder gewesen war.

»Max, was haben sie dir nur angetan?«, hauchte sie mit kratzigem Tonfall. Beim Klang ihrer Stimme bewegten sich Max' Lippen, als versuchten sie, Worte zu formen. Sie beugte sich ganz nah zu ihm herab.

»Du hättest nicht kommen sollen«, flüsterte er, was ihn sichtlich Mühe kostete. »Hau ab, solange du es noch kannst.«

Ellie hob die schlaffen Finger seiner linken Hand und drückte sie fest. »Nein, ich lasse dich nicht allein, nicht solange …«

Max' Körper begann jetzt, krampfhaft zu zucken, und Blut sprudelte über seine Lippen. Die Überreste seiner ausgeweideten Bauchhöhle zogen sich noch einmal zusammen und das Blut lief aus seinem Mund und in seine Lunge. Er hustete einmal, um seine Luftröhre zu leeren, dann erklang ein nasses Röcheln, als er ein letztes Mal ausatmete. Max' Gesichtszüge erschlafften, während Sam wieder nach dessen Puls suchte. Doch er war tot.

»Nein!« Ellie umklammerte seinen leblosen Körper und schluchzte hemmungslos.

Ein leises, knackendes Geräusch erklang vom Ende der Felsplatte und Sam blickte schnell genug zu der Eihülle zwischen Max' Beinen, um zu sehen, wie eine Krallenspitze das Material durchbohrte. Er konnte nur entsetzt dabei zuschauen, wie die Kralle den Kokon der Länge nach aufschlitzte, und sich ein Schwall sämiger, stinkender Flüssigkeit daraus ergoss.

»Ellie!«

Sam packte sie an der Schulter und zerrte sie hastig von ihrem Bruder weg, die Augen immer auf den Kokon gerichtet. Dünne, schwarze Finger kamen nun daraus zum Vorschein, zwei Hände, die die Öffnung mehr und mehr vergrößerten. Ein Kopf schob sich durch den Riss … schwarze Haut, die feucht glänzte … dünne Ärmchen streckten sich nach den blutigen Eingeweiden aus Max' Bauchraum aus und zogen sich daran empor.

Sam kam es so vor, als würde eine kalte Faust sein Herz zerquetschen, und er konnte sich vor Fassungslosigkeit kein Stück bewegen. Die Kreatur, die der Hülle entsprungen war, hatte die Größe eines Hundes und rollte jetzt langsam ihren Schwanz aus. Die Augen waren noch immer geschlossen, als es seine Umgebung beschnupperte. Plötzlich erstarrte es und der eben noch schlängelnde Schwanz wurde stramm wie eine Klaviersaite. Es legte den Kopf auf die Seite und schnüffelte erneut. Vier Augen sprangen auf, die Pupillen im Schein der Lampen zu Schlitzen zusammengezogen. Lippen schälten sich von spitzen Nadelzähnen, als ein helles Knurren in seiner Kehle vibrierte.

Das Geräusch holte Sam abrupt aus seiner Starre und er riss sein Gewehr hoch, als das Biest anfing zu schreien und mit weit aufgerissenem Maul auf ihn zusprang. Reflexartig wich Sam einen Schritt zurück und betätigte den Abzug. Ein dünner Stahlspeer schoss hervor, direkt in den offenen Schlund der Kreatur hinein, und trat auf der Rückseite wieder hervor. Die Wucht des Projektils erwischte das Wesen mitten im Flug und ließ es auf der anderen Seite des Steinaltars herabrutschen. Grünes Blut spritzte umher und sonderte in den Schatten ein schwaches Leuchten ab. Das Biest zuckte und krümmte sich auf dem Boden und versuchte vergeblich, den Speer herauszuziehen, während die spitzen Zähne an dem Stahlschaft zersplitterten.

»Sam!«, rief Ellie. »Rechts von dir!«

Sam wandte sich sofort der nächsten Bedrohung zu. Da die einzige Munition seines Harpunengewehrs verbraucht war, hob er die Waffe nun wie einen Knüppel in die Luft. Ein zweites Jungtier kam jetzt hinter einem Stalagmiten zum Vorschein. Zuerst sah es so aus, als hätte die Nacht Gestalt angenommen, als schwarze Schatten vor einem schwarzen Hintergrund in der Dunkelheit lauerten. Über Sams Schulter hinweg feuerte nun auch Ellie ihren Speer ab, dessen Metallschaft süß vom Tod säuselte. Funken flogen, als die Stahlspitze das Biest verfehlte und wirkungslos vom Fels abprallte. Es wich kurz zurück und trat dann wieder vor … jeder Schritt nun vorsichtig und wohlüberlegt.

Als es in den Schein von Sams Lampe trat, wurde Sam unwillkürlich schlecht und seine Nackenhaare stellten sich auf. Als Jungtier musste es die Tarnfähigkeiten seiner Mutter erst noch richtig erlernen. Anstelle einer vollständigen Verwandlung schaffte es deshalb nur einen Kopf und imitierte gerade Ellies Bruder vom Hals aufwärts. Eine grauenvolle Version von Max' geschundenem Gesicht starrte ihm entgegen, elliptische Pupillen schauten ihn heimtückisch aus zerschnittenen Augenlidern an und nadelspitze Zähne ragten hinter blutigen Lippen hervor. Ab dem Hals abwärts versagte die Tarnung allerdings und verschmolz mit rabenschwarzer Haut. Auf allen vieren kroch es voran wie ein junger Löwe auf der ersten Pirsch, ein Schritt nach dem anderen, die Augen unentwegt auf Sam fixiert. Als es nur noch fünf Schritte entfernt war, blieb es stehen und sah zwischen ihm und seinem toten Bruder hin und her.

»Ganz genau, du kleines Stück Scheiße. Leg dich mit mir an und du endest ganz genau wie dein Bruder.«

Beim Klang seiner Stimme konzentrierte es sich wieder ganz auf Sam und fletschte die Zähne. Es machte zwei schnelle Schritte vorwärts und hechtete auf ihn zu. Die Zeit schien stehen zu bleiben und der Raum immer heller zu werden, als ein erneuter Adrenalinschub einsetzte. Seine erweiterten Pupillen saugten alles verfügbare Licht auf und Sauerstoff durchflutete seine Muskeln.

Hinter sich nahm er wie durch Watte hindurch Ellies Warnschrei wahr und dann war das Biest auf ihm.

30

Blut lief an Jacks Kinn herunter, wo er sich auf die Lippe gebissen hatte.

Ein kupfriger Geschmack bedeckte seine Zunge. Das Biest verdrehte noch einmal sein Handgelenk, zerrte es hinter seinen Rücken und schob ihn dann unsanft in Richtung des Felsrutsches. Die zersplitterten Knochen rieben knirschend gegeneinander, ein Gefühl, das ihm den Magen umdrehte.

Ein vertrauter Schmerz breitete sich auf seiner linken Brustseite aus, als die Anstrengungen der letzten Stunden ihren Tribut von seinem alternden Herzen forderten. *Nicht jetzt, verdammt noch mal!* Die Brustschmerzen raubten ihm alle Kraft, er hatte Schwierigkeiten zu atmen und sein Blickfeld verengte sich immer mehr.

Aus dem Spalt über dem Felsrutsch kam nun der Kopf der *Minenmutter* zum Vorschein. Sie hatte Fridas Gestalt aufgegeben und war zu ihrer ursprünglichen rabenschwarzen Form zurückgekehrt. Das Biest betrachtete das Schauspiel unter sich, als genieße es das entstandene Chaos, während es seine Augen über die bewusstlose Mia und den alten Barkeeper wandern ließ. Jack starrte herausfordernd zurück und als sich ihre Blicke trafen, hatte er das Gefühl, als hätte es kurz gezuckt.

»Du kennst mich noch, stimmt's?«, krächzte er und taumelte gegen das Monster hinter ihm. »Waren es deine Kinder, die Dean und ich vor all den Jahren umgelegt haben?«

Die *Minenmutter* preschte ein paar Schritte vorwärts und kreischte; ihre Augen funkelnd vor Wut.

»Ich verstehe das Mal als ein Ja«, sagte Jack und gab ein kratziges Lachen von sich. »Gut, denn die Dinger hatten's nicht anders verdient.«

Das Biest hinter ihm fauchte jetzt und sein fauliger Atem war wie ein heißer Luftstrom in Jacks Nacken. Er merkte, dass ihm langsam die Geduld ausging. Entweder würde er von der Matriarchin angegriffen werden oder gleich ein Stück Hals einbüßen.

»Na mach schon«, knurrte er. »Ich hab nicht den ganzen Tag Zeit.«

»Ich auch nicht.«

Jacks Augen weiteten sich vor Überraschung, als er hinunter zu Mia sah, die ihre Glock genau auf das Biest, das ihn festhielt, gerichtet hatte. Sie zielte so gut, wie es ihr möglich war, und drückte dann ab. Aus weniger als einem Meter Entfernung sauste das Geschoss durch den Knöchel des Monsters in einem Schwall aus grünem Blut. Es kreischte vor Schmerz. Das zerstörte Gelenk brach sofort unter dem Gewicht ein. Das Biest ging zu Boden und zog Jack mit sich.

Mit dem verletzten Handgelenk hinter seinem Rücken konnte er nicht viel tun, um den Sturz abzufangen, und er spießte sich deshalb beinahe mit seinem eigenen Messer auf. Nach dem Aufprall wälzte er sich herum, befreite unter Protest seiner kaputten Knochen seine Hand und rollte sich dann rittlings auf das Monster, um sich zur Wehr zu setzen.

Mia feuerte erneut. Die Kugel verfehlte Jack nur ganz knapp und surrte wie eine wütende Wespe an seinem Ohr vorbei.

»Himmel, Mia! Schnapp' dir lieber das andere Wesen!«, knurrte er und stach jetzt mit seiner linken Hand zu. Das Messer drang bis zum Heft in die Brust des Monsters ein, das sich nun unter ihm krümmte. Er stach wieder und wieder zu, drehte die Klinge jedes Mal im Körper und besudelte sich über und über mit leuchtend grünem Blut, bis die ganze Szenerie einem Schlachthaus glich.

Nach und nach hauchte das Biest sein Leben aus und der alte Barkeeper brach keuchend zusammen. Das Stechen in seiner Brust war immer schlimmer geworden und fühlte sich mittlerweile an, als würde ein Amboss das Leben aus ihm herauspressen.

Entfernt konnte er hören, wie Mia seinen Namen rief. Jack versuchte, ihr zu antworten, brachte aber nichts über seine Lippen. Zum allerersten Mal in seinem Leben beschloss er, aufzugeben.

31

Das Biest sprang gegen Sams Brust und die Wucht des Aufpralls riss ihn zu Boden, wobei er genau auf die Pressluftflasche auf seinem Rücken fiel. Sam japste nach Luft, während die Kreatur über ihm nach ihm schnappte. Er hatte es geschafft, das Harpunengewehr vor seinen Hals zu zerren, womit er wenigstens die Zähne des Biests auf Abstand halten konnte. Das Wesen stieß jetzt einen so schrillen Schrei aus, dass sein Gehirn wie von einer Migräne attackiert wurde, und warf sich erneut gegen ihn. Dieses Mal konnte er es nur knapp abwehren und handelte sich dabei eine zerkratzte Wange und ein fehlendes Stück Nase ein. Es strampelte wild mit seinen Hinterläufen und riss dabei tiefe Löcher in die untere Hälfte seines Taucheranzugs.

Sam rammte ihm das Knie in die Mitte, aber das Gewebe verformte sich wie Gummi. Es verdoppelte seine Anstrengungen daraufhin und Sam wusste, dass er das Biest nicht viel länger würde aufhalten können. Etwas Heißes, Salziges spritzte in seinen offenen Mund und die Kreatur über ihm begann zu zucken. Die Spitze eines Tauchermessers erschien auf magische Weise vor seinem Gesicht und ragte jetzt aus dem Hals des Biests heraus. Die Klinge wurde in der Wunde gedreht, was noch mehr Blut hervorbrachte, dann zog Ellie sie wieder heraus und begann, auf die Kreatur einzustechen, wieder und wieder, begleitet von wortlosem Kampfgebrüll. Sam spürte, wie das Biest endlich erschlaffte und leblos zusammensackte, und stieß es von sich zu Boden.

Ellie half ihm auf die Knie und er rang immer noch nach Luft, während er die Schatten nach dem letzten Jungtier absuchte.

»Siehst du noch mehr von ihnen?« Seine Nase brannte heftig und als er sie mit dem Finger abtastete, merkte er, dass der ganze linke Nasenflügel fehlte.

»Da sind drei leere Eihüllen. Scheiße, da muss noch einer sein«, sagte sie in einem Tonfall, der ihre aufkeimende Panik verriet.

Sam fluchte, als Ellie hektisch an der Schnur zog, die den Speer mit ihrem Gewehr verband. Was sie brauchten, war eine der Glock-Pistolen, und keine umständlichen Harpunengewehre, die man immer wieder neu laden musste.

Sam streckte sich über das Felspodest aus, um die Harpune aus dem Kopf der ersten Kreatur zu ziehen, als er es sah. Was er ursprünglich für einen Schatten gehalten hatte, wurde nun plötzlich lebendig. Krallen schlugen nach ihm und Sam wich gerade noch rechtzeitig zurück, sodass die spitzen Klauen ihn knapp verfehlten. Anstatt das Überraschungsmoment auszunutzen, rannte das Biest zum Ende der Kammer und tauchte dort ins Wasser.

Sam fluchte vor Frustration. Ihm graute es bei dem Gedanken daran, zusammen mit dem Biest in derselben Passage schwimmen zu müssen. Er suchte schnell den Rest der Höhle ab, um sicherzustellen, dass hinter den Stalagmiten keine weiteren Überraschungen lauerten.

»Das war's, wir sind allein.«

Ellie schien ihn nicht zu hören. Sie war an die Seite ihres Bruders zurückgekehrt und streichelte sanft dessen Wange.

»Wir hätten nicht erst in die Stadt fahren sollen, Sam. Wenn wir sofort mit dem Nitrox zurückgekommen wären, hatte ich ihn vielleicht noch rechtzeitig erreicht.« Sie sah mit tiefen Sorgenfalten in ihrem Gesicht zu ihm auf. »Sie haben ihn bei lebendigem Leib gefressen.«

Sam wusste nicht, was er sagen sollte, aber er erkannte, dass sie kurz vorm Zusammenbruch stand. Er machte ihr keinen Vorwurf daraus. »Er hat am Schluss deine Stimme gehört, Schatz. Er wusste, dass wir ihn nicht aufgegeben haben.«

Ellie wandte sich zu Sam und vergrub ihren Kopf an seiner Schulter, eine umständliche Umarmung inmitten der ganzen Tauchausrüstung. »Danke, dass du mitgekommen bist.«

Sams Brust schwoll vor Stolz an und er gab ihr einen sanften Kuss auf die Stirn.

»Wir sollten auf deinen Bruder hören und von hier abhauen, solange es noch geht.«

Ellie starrte auf ihren Bruder und neue Tränen machten sich breit. »Ich wünschte, wir könnten ihn mitnehmen. Aber in diesem Tunnel war kaum genug Platz für eine Person, geschweige denn für drei nebeneinander.«

Sam blickte zu dem Wasserbecken und fragte sich, ob die kleine Kreatur dort lauerte oder ob sie tatsächlich geflohen war. Leider gab es nur einen Weg, das herauszufinden. Ein stechender Schmerz in seinem Oberschenkel erregte nun seine Aufmerksamkeit. Er stocherte mit dem Finger in einem Loch in seinem Taucheranzug herum, bis er eine oberflächliche Wunde fand, hervorgerufen von der Kralle des Biests. Ohne den Anzug wäre der Schnitt wesentlich tiefer gewesen und er war dankbar, dass keine Arterie verletzt worden war.

Ellie gab ihrem Bruder einen letzten Kuss und half Sam dann bei einem systematischen Check ihrer Ausrüstung, um zu sehen, ob vor dem Tauchgang etwas repariert werden musste.

Letztendlich gab es nichts weiter zu tun, als zu tauchen. Sam setzte sich an den Rand des Beckens, das Harpunengewehr fest in der Hand. Er hatte die Waffen neu geladen, an der Speerspitze befand sich ein klebriger Mix aus grünem Blut und Gehirnmasse. Er schwang seine Flossen herum und stieß sich in die dunkle Tiefe hinab. Er erschauderte unwillkürlich, als er Wasser tretend auf Ellie wartete. Er warf einen letzten Blick in die

Kammer, setzte seine Brille auf, biss auf den Atemregler und tauchte hinab.

Auf dem Rückweg übernahm Sam die Führung. Schon bald verengte sich der Tunnel erneut, sodass man beide Seiten der schmalen Passage mit ausgestreckten Armen erreichen konnte. Es ging stetig abwärts, immer geradeaus … glatter, grauer Kalkstein, soweit der Lichtstrahl reichte. Ellie blieb ihm dicht auf den Fersen. Er verzog das Gesicht, als sein Trommelfell knackte, dann erreichten sie den tiefsten Punkt des Tunnels und traten den Weg nach oben an.

Als sie sich der Gabelung näherten, wurde die Passage wieder breiter. Plötzlich schoss etwas Schwarzes mit erstaunlicher Geschwindigkeit an ihm vorbei. Ein kräftiger, krokodilartiger Schwanz streifte Sams Kopf, der daraufhin gegen die Felswand prallte. Sternchen erschienen vor seinen Augen und er fühlte sich benommen, als er versuchte, sich herumzudrehen und der Bewegung zu folgen. Das Biest prallte anschließend auf Ellie, der Umriss im Schein ihrer Lampe erkennbar, als es zuschlug. Sie ließ vor Schreck ihre Waffe fallen, die sofort in der Tiefe verschwand. Durch den Vorhang aus Luftbläschen, die aus ihrem Regler strömten, während sie schrie, konnte Sam ihre vor Schreck weit aufgerissenen Augen sehen. Das Biest klemmte jetzt an ihrer Schulter, der Schwanz fest um ihre Beine gewickelt. Es versuchte offenbar, sich durch Ellies Anzug zu nagen, um an das Fleisch darunter zu kommen. Mit gefesselten

Beinen war es Ellie nicht möglich, wegzuschwimmen, und das zusätzliche Gewicht ihres Angreifers ließ sie schnell tiefer sinken.

Während Sam noch mit den Nachwirkungen seines Aufpralls zu kämpfen hatte, schaffte er es nicht, sich auf so engem Raum herumzudrehen und hinterherzutauchen. Ihm blieb also nichts weiter übrig, als zu schießen und hoffentlich die Kreatur zu treffen, bevor sie sich außer Reichweite befand. Er musste allerdings dafür zwischen seinen Taucherflossen hindurch zielen. Das immer kleiner werdende Ziel verschwamm vor seinen Augen und er war sich bewusst, dass er vermutlich seine Freundin treffen würde, wenn er danebenschoss. Er betätigte dennoch den Abzug und schickte die Harpune auf den Weg. Das Geschoss traf das Biest tatsächlich ins Bein und es ließ Ellie daraufhin los. Das Wesen ergriff die Harpune und zerrte daran, bis sie sich davon befreit hatte. Leuchtendes Blut verteilte sich jetzt im Wasser und verlieh der Höhle einen grünlichen Schimmer. Vom Speer befreit manövrierte es sich hinter Ellie, kletterte auf ihren Rücken und war auf diese Weise in Deckung. Ein klauenbesetzter Finger fuhr herum zu ihrer Kehle und durchbohrte die Haut, gleich unter ihrem Ohr.

Nein! Seine einzige Chance war vertan.

Ihr fiel der Atemregler aus dem Mund, als sie schrie und einen Schwall Luftbläschen verströmte. Das Biest stieß die Klaue noch tiefer und zog sie ihre Kehle entlang … schnitt durch Blutgefäße und die Luftröhre und verpasste ihr ein blutiges Grinsen, das Ellies Leben ins Wasser spuckte.

Sam konnte nur fassungslos zusehen, wie das Bewusstsein aus ihren Augen wich. Das Biest riss die Lampe von ihrer Stirn und schlug sie gegen die Felswand, dann ergriff es seine Beute am Fuß und tauchte damit hinab in die Finsternis. Innerhalb von Sekunden waren sie aus der Reichweite von Sams Lampe verschwunden.

Er schwebte fassungslos im Wasser und weigerte sich zu begreifen, was gerade geschehen war. Die Frau, die er liebte, war fort. Tot. So eine Wunde konnte sie keinesfalls überleben. Ihr Tod fühlte sich wie ein Loch in seiner Brust an.

Er nahm den Atemregler aus seinem Mund, betrachtete ihn für einen Moment und erwägte, ihn einfach fallenzulassen. Dann schloss er die Augen und biss die Zähne zusammen. Nein, das wäre feige. Sam klemmte den Regler wieder zwischen seine Zähne und atmete tief ein.

Er war vielleicht nicht in der Lage gewesen, Ellies Leben zu retten, aber er konnte noch immer ihren Tod rächen. Nach einem letzten Blick in die Tiefe zwang er sich, seinen Weg, fortzusetzen. In die von Trauer gegrabene Leere in seiner Brust platzierte sich nun einen Funken. Einen Funken des Zorns, der schließlich Feuer fing und heller brannte, je näher er dem Ufer kam.

Er würde die *Minenmutter* und ihren Nachwuchs töten oder bei dem Versuch umkommen!

32

Sam durchbrach die Wasseroberfläche und kam in der großen Grotte wieder zum Vorschein. Er spuckte seinen Atemregler aus und holte tief Luft. Trotz des Tauchanzugs war er durchgefroren und seine Zähne klapperten. Die Lampen, die Jack aufgestellt hatte, kamen ihm auf einmal taghell vor, verglichen mit der absoluten Finsternis der Unterwassertunnel. Er bewältigte die letzten Schwimmzüge zum Ufer und stolperte mit tauben Füßen den kiesbedeckten Strand hinauf, etwas wackelig auf den Beinen nach so langer Zeit im Wasser.

Sam streifte seine Weste mit der Flasche ab und ließ seine Flossen am Ufer liegen. Die Hand gegen die blendenden Lampen erhoben, lief er zum hinteren Teil der Höhle.

»Jack? Mia?«

Stille.

Sein Herz schlug automatisch schneller, als er niemanden entdeckte, und er befürchtete sofort das Schlimmste. Aber zuallererst musste er sich aufwärmen. Seine Finger wollten ihm einfach nicht gehorchen, doch irgendwann schaffte er es, den kaputten Tauchanzug abzustreifen und die Klickverschlüsse seines Rucksacks zu öffnen, um trockene Kleidung herauszuholen. Er trocknete sich eilig mit einem T-Shirt ab und zog dann die Thermowäsche und einen Overall an und zuletzt seine Stiefel. Er stampfte mit den Füßen auf und blies auf seine Hände, um die Blutzirkulation wieder in Gang zu setzen. Nach ein paar Minuten spürte er das süße, unangenehme Prickeln in seinen Fingern und Zehen, als die Empfindung wieder einsetzte.

Ein frustrierter Aufschrei hallte auf einmal tief aus der Höhle und ließ sein Herz sofort wieder schneller schlagen. *Bitte lass sie noch am Leben sein!* Er bückte sich nach einer von Jacks Glocks, die der Barkeeper auf einer Plane ausgebreitet hatte, prüfte, ob das Magazin vollgeladen war, und lud eine Patrone in die Kammer. Dann machte er ein paar Schritte außerhalb des Rings aus Laternen und hielt inne.

»Mia? Jack? Seid ihr das?«, rief er und schreckte wegen der Lautstärke seiner Stimme, die von den Felswänden abprallte, zurück.

»Sam? Schnell, ich brauche deine Hilfe.«

Seine Füße setzten sich in Bewegung, bevor er auch nur darüber nachdachte, und trugen ihn in die Richtung, in der er Mia vermutete. Er rannte an der hinteren Wand entlang nach links, kam um eine Kurve und fand dort Mia vor, die über dem alten Mann kniete. Jack lag flach auf dem Rücken, die Arme seitlich ausgestreckt, während die junge Rettungsassistentin eine Herzdruckmassage durchführte. Mit beiden Händen auf seinem Brustbein und dem Gewicht ihres Oberkörpers drückte sie rhythmisch seinen Brustkorb herunter.

Mias Kopf war dunkelrot und sie schwitzte stark. »Ich brauche meine Einsatztasche«, japste sie, ohne auf eine Reaktion von ihm zu warten. »Sie ist beim Rest der Ausrüstung.«

Sam sah den Kadaver einer erwachsenen *Minenmutter* ein paar Schritte entfernt liegen, übersät mit Stichwunden. »Mein Gott, hat einer von euch …«

»Ich brauche den Defibrillator und das Adrenalin aus der Tasche«, brachte sie zwischen zusammengepressten Zähnen hervor. »Ohne diese Dinge wird er in den nächsten paar Minuten *abkratzen!*«

Sam wandte seinen Blick ab und lief los, um die Tasche zu holen. Mias Ausrüstung hob sich zum Glück deutlich von den anderen Gepäckstücken ab. Sie hatte einige Sachen aus dem Krankenwagen mitgebracht, unter anderem einen automatischen externen Defibrillator, kurz AED genannt. Der Rettungsdienst benutzte normalerweise die manuelle Version, aber seit sie alleingelassen worden war, hatte sie sich den AED aus dem Sportverein ausgeliehen, um es sich leichter zu machen, wenn sie allein im Einsatz war.

Er riss die Tasche auf und wühlte zwischen den Verbandspäckchen herum, bis er das Kästchen fand. Er raffte außerdem eine Handvoll gebrauchsfertiger

Adrenalin-Injektoren und ein Erste-Hilfe-Kit zusammen und rannte zurück. Als der Strahl seiner Lampe bei jedem Schritt durch die Dunkelheit hüpfte, kam er sich vor wie ein Kind in der Geisterbahn, das unwillkürlich auf den nächsten Schreckensmoment wartet. Mia und Jack waren offensichtlich angegriffen worden, aber er hatte keine Ahnung, was vielleicht noch in der Dunkelheit lauerte.

Sam rutschte neben Mia zu Boden und ließ seine Beute fallen. Aus dem Erste-Hilfe-Kit entnahm er eine Beatmungshilfe, kniete sich neben Jacks Kopf und zwang sich in die Rolle des Rettungsassistenten. Dass er gerade tief unter der Erde von einer sadistischen Monsterfamilie gejagt wurde, musste er vorläufig ignorieren. Während Mia die Herzdruckmassage fortsetzte, überstreckte er den Kopf des Barkeepers und prüfte mit einem Finger, ob die Atemwege frei waren, dann führte er einen Guedel-Tubus ein; ein gebogenes Plastikrohr, das verhinderte, dass die Zunge zurückfiel und die Atmung behinderte. Als Mia für einen Moment die Kompressionen aussetzte, beugte Sam sich hinunter und gab zwei Atemstöße. Der darauffolgende Pulscheck ergab jedoch nichts, nicht einmal ein Flimmern.

Scheiße.

Mia begann erneut mit der Massage und er riss Jacks Hemd auf, brachte die Klebeelektroden des AEDs an und schaltete das Gerät ein. Als Nächstes injizierte er eine Dosis Adrenalin in Jacks Armvene.

Mias Kompressionen ließen langsam nach, als ihr die Kraft ausging und Sam löste sie ab, wobei er die Brust eine Handbreit niederdrückte, hundertmal pro Minute.

»Was ist passiert?«, fragte Sam. »Wie lange befindet er sich schon in diesem Zustand?«

Mia gab ihm eine kurze Zusammenfassung ihrer Begegnung, wobei ihr Blick hin und wieder zu dem dunklen Spalt über dem Felsrutsch fiel. »Das Ding, das Frida imitiert hat, ist immer noch am Leben. Ich hab leider danebengeschossen.« Sie zeigte mit dem Finger auf ihren Hinterkopf, wo sich ein dunkler Fleck aus geronnenem Blut abzeichnete. »Ich hatte mir den Kopf angeschlagen und war ziemlich benommen. Ich hab an Jack keine offenen Wunden finden können, ich tippe also auf einen Herzinfarkt.«

Sam spürte eine Rippe unter seinen Händen knacken und verzog das Gesicht, als bei der nächsten Kompression ein Blutnebel aus dem Mund des alten Mannes kam. Falls der arme Kerl das hier durchstand, würde er sich fühlen wie vom Esel getreten.

»Das Adrenalin hat jetzt lange genug Zeit gehabt zu wirken, checken wir seinen Rhythmus.« Er unterbrach die Massage, während Mia den Knopf für die Rhythmusanalyse drückte. Anders als im Fernsehen gab es nur wenige Fälle, in denen tatsächlich ein Defibrillator eingesetzt wurde, und bei einem Herzstillstand war das nicht der Fall.

Der AED sprach mit einer angenehmen Frauenstimme. »*Herzrhythmus wird ausgewertet … Schock wird vorbereitet.*«

Sam erlaubte sich ein kleines Lächeln. Denn das bedeutete, dass entweder ein Kammerflimmern oder eine ventrikuläre Tachykardie vorlag, und Jacks Überlebenschancen somit gerade gestiegen waren.

»*Achtung. Patienten nicht berühren. Achtung. Schock wird automatisch abgegeben.*« Ein lautes Piepsen signalisierte die Auslösung der Stromladung und Jacks Körper zuckte deutlich zusammen. Sam setzte die Herzmassage sofort fort. Es lohnte sich nicht, sofort nach einem Puls zu suchen, selbst wenn wieder ein normaler Herzrhythmus hergestellt worden war. Weitere zwei Minuten Kompression würde außerdem die Sauerstoffzufuhr zu seinen Herzmuskeln verbessern und damit die Wahrscheinlichkeit eines weiteren Herzstillstandes verringern.

»Ich glaube, das reicht, Sam.«

Als er sich zurück auf seine Fersen setzte, fühlte Mia nach einem Puls an Jacks Hals. Mit einem triumphalen Gesichtsausdruck strahlte sie ihn an. »Er ist wieder da!«

Sam stand auf. »Okay, bringen wir ihn rüber, solange wir noch die Gelegenheit dazu haben.« Er packte Jack unter die Achseln, hob ihn hoch, bis nur noch dessen Fersen den Boden berührten, und begann zu ziehen.

Mia sammelte derweil den AED und die Pistolen ein, als ihr plötzlich etwas bewusst wurde. Mit besorgtem Gesichtsausdruck fragte sie: »Wo sind Ellie und Max?«

Sam schluckte, ein riesiger Kloß bildete sich in seinem Hals. Er öffnete den Mund, aber nichts kam heraus.

»Sie haben es nicht geschafft?«

Sam schüttelte den Kopf. »Wenn wir nur auf Jack gehört hätten … dann wäre nichts davon geschehen«, murmelte er.

»Jetzt ist nicht die Zeit für Selbstmitleid«, krächzte eine alte Stimme. Sam starrte hinunter auf die leicht geöffneten Augen des alten Soldaten. »Wir müssen die Karten spielen, die wir bekommen haben.«

Sam nickte, der Barkeeper hatte recht. Spekulationen und Wünsche halfen ihnen jetzt auch nicht weiter. Erst einmal mussten sie sich einen Funken Hoffnung erkämpfen. Er presste die Zähne zusammen und zog den Barkeeper zurück zum Lager.

33

Sam reichte Jack eine Wasserflasche. Der alte Mann saß an Ellies Rucksack angelehnt auf dem Boden. Er nahm einen Schluck und hustete, während ein Ausdruck von Schmerz über sein Gesicht huschte. Jack war blass, sein Gesicht gräulich und er sah insgesamt ziemlich mitgenommen aus. Er presste eine Hand gegen sein Brustbein und zuckte gequält zusammen.

»Fühlt sich an, als hättest du ein paar Rippen erwischt«, murrte er.

»Ja, ich hab's knacken hören.« Sam zuckte mit den Schultern und widmete seine Aufmerksamkeit dann wieder ihrer Umgebung. »Das kann leider schon mal vorkommen. Das zeigt immerhin, dass wir's richtig gemacht haben. Wenn man die Brust nämlich nicht tief genug drückt, bekommt das Gehirn nicht genug Sauerstoff. Ist nicht Sinn der Sache, dass der Patient anschließend mit 'nem hypoxischen Hirnschaden aufwacht, finde ich.«

Jack knurrte missbilligend, diskutierte aber nicht weiter mit ihm, sondern nahm ein paar Schmerztabletten von Mia entgegen. »Irgendwas gesehen da draußen?«

Sam kniete hinter einer der nach außen gerichteten Lampen und suchte den beleuchteten Bereich der Höhle ab. An den äußeren Rändern, wo das Licht schwächer wurde und aus grauschwarz wurde, schienen die Schatten sich zu wandeln und ihn förmlich zu verhöhnen, seiner Fantasie Streiche zu spielen und seine Ängste anzufachen. »Ich glaube nicht. Zumindest nichts, was die Munition wert wäre.«

»Es tut mir wirklich leid um Ellie und Max«, sagte Jack jetzt.

Sam blickte ihn an, er bemerkte die Aufrichtigkeit in seiner Stimme.

»Ihr habt Max aber gefunden, oder?«

Sam nickte. »Ja, und du hattest recht. Die *Minenmutter* hatte sich fortgepflanzt. Max lag in so 'ner Art Nest als Mahlzeit für ihre Jungen. Da waren drei riesige Eihüllen um ihn herum. Zwei waren leider bereits geschlüpft und hatten schon angefangen ihn zu fressen, als wir ankamen.«

Jack verzog das Gesicht. »Das arme Schwein.«

»Wie groß waren sie?«, fragte Mia beklommen.

»Ungefähr so groß wie ein Pitbull und ziemlich stark. Wir haben zwei davon erlegt, aber das Dritte ist leider entkommen und hat uns auf dem Rückweg angegriffen. Ich bin vorausgeschwommen, aber es ist an mir vorbeigerauscht und hat Ellie attackiert.« Sein Blick richtete sich nun zu Boden. »Es hat ihr die Kehle aufgeschlitzt, sie hatte keine Chance zu überleben.«

»Es ging wenigstens schnell. Besser als das, was ihr Bruder durchgemacht hat«, wandte Jack ein. »Das Mädchen war eine Kämpferin. Sie hat bereitwillig ihr Leben aufs Spiel gesetzt, um ihren Bruder zu retten, genau wie du. Du kannst um sie trauern, aber gib dir nicht die Schuld für ihren Tod, denn das hätte sie nicht gewollt.«

»Die Dinger, mit denen wir's zu tun hatten, waren größer, mindestens so groß wie wir. Das müssten dann die Eltern sein, oder?«, sagte Mia.

»Ja, ich glaube, die Stammmutter hat überlebt. Das Vieh, das ich erlegt habe, schien ihr unterwürfig zu sein. Es hat auf ihre Anweisung gewartet, anstatt mich zu töten«, sagte Jack.

»Vielleicht hat sie dem Rudelführer den Vorrang gelassen?«, meinte Mia. »Sie scheint Schusswaffen nicht sonderlich zu mögen. Das könnte uns entgegenkommen.«

Kriegerstolz blühte in Jacks Gesicht auf. »Sie hat in den Siebzigern eine harte Lektion lernen müssen und vorhin einen Auffrischungskurs bekommen.«

Mia schüttelte den Kopf. »Nein, ich meine damit, dass wir ihre Scheu ausnutzen und so schnell wie möglich von hier abhauen sollten.«

Sam war damit nicht einverstanden. »Ich gehe nirgendwohin, solange ich Ellies und Max Tod nicht gerächt habe.«

»Und Fridas«, fügte Jack hinzu. »Wenn sie diese imitieren konnte, dann heißt das ...«

»… dass sie ebenfalls gefressen wurde. Danke für die Klarstellung«, murmelte Mia. »Ein Grund mehr, die Beine in die Hand zu nehmen, bevor wir auch noch auf ihrer Speisekarte landen.«

»Ich habe sie schon einmal davonkommen lassen«, sagte Jack. »Sieh dir an, was passiert ist. Nicht nur, dass mein Freund und sein Sohn gestorben sind, inzwischen zahlt eine ganz neue Generation den Preis für meine damalige Unentschlossenheit. Ich verlasse diese Tunnel nicht eher, bis wir das Miststück kaltgemacht haben.«

»Das kann doch nicht euer Ernst sein. Ich bin hier runtergekommen, um bei der Rettung von Menschen zu helfen – Menschen, von denen wir wissen, dass sie mittlerweile tot sind«, entgegnete Mia. »Sam, wir sind Rettungsassistenten, keine Großwildjäger. So etwas sollte man der Armee überlassen, Leuten, die für so einen Scheiß trainiert haben.«

»Was ist, wenn uns niemand glaubt?«

Mia stand auf und machte einen Schritt außerhalb des Lampenrings. Während Sam Jack zurück zu ihrem kleinen Lager getragen hatte, war Mia vorausschauend genug gewesen, den Kadaver der kleineren *Minenmutter* mitzuzerren. »Mit einer dieser Kreaturen als Beweis? Wie könnte da noch jemand an unserer Geschichte zweifeln?« Sie warf die Decke zurück, die über dem Wesen lag. »Was zum …?«

Sam ging zu ihr und richtete seine Taschenlampe auf die Leiche. Sie sah überhaupt nicht mehr so aus wie vorhin. Als wäre die Luft herausgelassen worden, lag sie da, formlos und flach. Sam stupste sie vorsichtig mit seinem Stiefel an, die Haut platzte auf und eine grüne Masse quoll hervor.

»Scheiße, sieht so aus, als verwesten sie schneller als wir. Bei der Geschwindigkeit haben wir am Ende nichts weiter vorzuzeigen als einen Eimer Schleim.«

Mia trat vor Frustration in den Staub unter ihren Füßen. »Das ist doch scheiße!«

»Seh' ich auch so«, meinte Sam. »Aber denk doch mal logisch. Wenn wir nichts vorzuweisen haben, was unsere Geschichte bestätigt, glaubt uns doch keiner, dass wir von mehreren gestaltwandelnden Monstern gejagt wurden. Betrachte das doch mal von der anderen Seite, würdest du so eine Story vielleicht glauben?«

Mia seufzte. »Nein. Ich würde sagen, da hat jemand einen Nervenzusammenbruch – und das wäre noch nett ausgedrückt.«

»Also bleibt es letzten Endes doch an uns hängen. Ich will auf keinen Fall, dass das Vieh später noch andere Kinder frisst. Ich meine, was ist, wenn es irgendwie an die Oberfläche kommt oder in die Kanalisation einer Stadt umsiedelt? Mit diesen Tarnfähigkeiten wäre es unmöglich, es einzufangen.«

Mia gingen langsam die Argumente aus. Sie setzte sich neben Jack auf den Boden, die Resignation deutlich ins Gesicht geschrieben. »Ich kann nur hoffen, dass ihr Jungs einen Plan habt, wir haben nämlich nicht mehr viel Zeit. Sobald die Batterien der Lampen leer sind, sind wir so gut wie tot.«

Sam rieb sich das Kinn und überlegte. »Wenn die Ältere waffenscheu ist, könnten wir sie vielleicht mithilfe des Jungtiers rauslocken. Das hat schließlich noch keine Feuerwaffen gesehen, nur das Harpunengewehr. Falls wir es fangen könnten, wäre das doch ein guter Köder. Sie will bestimmt sichergehen, dass wenigstens einer ihrer Jungen überlebt.«

»Von mir aus«, meinte Mia. »Aber an was für eine Falle hast du gedacht?«

Jack gab ein leises Stöhnen von sich, als er sich hinsetzte. »Der Vietcong hat gern Fallgruben benutzt. Brutal, aber äußerst effektiv. Ich hab aus denen genug Kameraden rausgezogen, um zu wissen, wie sie funktionieren. Wir brauchen dafür nicht viel, nur ein paar spitze Stöcke.«

Sam runzelte die Stirn. »Das wäre einfach, wenn wir an der Erdoberfläche wären, doch hier haben wir nur das zur Verfügung, was wir runtergeschleppt haben.«

»Das stimmt, aber wir haben zumindest das wichtigste Element einer jeden Falle. Wir haben einen Köder.«

34

Mia wurde blass und ihr Gesichtsausdruck brachte den alten Barkeeper unweigerlich zum Lachen, bis seine schmerzenden Rippen ihn ermahnten damit aufzuhören. »Meine Pumpe macht eh nicht mehr lange mit. Ihr könnt mich also gern als Köder verwenden, um das Jungtier anzulocken.«

»Mach dich nicht lächerlich. Ich dachte eher an eine Art von Schlinge, nicht an ein Menschenbuffet«, sagte Sam.

»Mia hat mit einer Sache recht«, erwiderte Jack. »Wir haben nicht mehr viel Zeit. Ich hab schon mal hier unten festgesteckt, als das Licht ausging. Das ist echt kein Spaß, das sag' ich dir. Solange dir nichts Besseres einfällt, würde ich sagen, wir legen schleunigst mit meinem Plan los.«

Sam knirschte mit seinen Zähnen und zermarterte sich das Hirn auf der Suche nach einer anderen Lösung, doch ohne Erfolg.

»Die Entscheidung ist getroffen.« Jack hievte sich behutsam auf die Beine und ging in Richtung Wasser.

»Und du bist dir immer noch sicher?«, fragte Sam, als er das Seil, das um die Hüfte des alten Mannes geknotet war, zum dritten Mal in ebenso vielen Minuten überprüfte.

»Ja, erledigt ihr euren Teil und alles wird gut.« Jack wollte nicht mehr länger darüber reden. Nach außen hin wirkte er vielleicht gleichmütig, aber knapp unter der Fassade strömte von Angst erzeugtes Adrenalin durch seine Adern. Ein dumpfer Schmerz lungerte erneut in seiner linken Brusthälfte und der Schweiß auf seiner Stirn hatte nichts mit der Umgebungstemperatur zu tun.

Er lauschte Sams leisen Schritten, bis dieser das hintere Ende der Höhle erreicht hatte, und schlitzte dann mit seinem Messer die Haut an seinem verletzten Handgelenk auf. Er streckte seinen Arm über dem See aus und sah zu, wie das dunkle Blut ins Wasser tropfte. Er wusste, dass die *Minenmutter* teilweise im Wasser lebte, und hoffte, dass sie in der Lage war, das Blut im Wasser zu wittern wie ein Hai. Er saß am Ufer, die Beine im Wasser, dem Eingang zur Unterwasserpassage so nah wie möglich. Jack strampelte mit seinen Füßen und tat sein Bestes, ein verwundetes Tier zu imitieren, um den Jagdinstinkt des Jungtiers zu wecken.

Mia hatte aus den Aluminiumstreifen eines Rucksackgestells eine Schiene für sein gebrochenes Handgelenk improvisiert und den groben Stoff eines überschüssigen Overalls zum Schutz gegen die Zähne des Biests um seine Arme und Beine gebunden. Bei dem Gedanken daran kam Magensäure in ihm hoch und er lenkte sich ab, indem er das Seil um seine Hüfte erneut inspizierte und die Knoten begutachtete. Sam hatte dafür gesorgt, dass er nicht ins Wasser gezogen werden konnte, indem er das andere Ende des Seils an einem großen Stalagmiten verankert hatte.

Jack umklammerte sein Kampfmesser jetzt mit der linken Hand, die Knöchel weiß vor Anstrengung. Er hätte eine Pistole bevorzugt, aber sie durften nicht riskieren, das Junge zu töten, bevor die Mutter sich veranlasst fühlte, einzuschreiten. Seine alte Dienstwaffe ruhte deshalb im Holster an seiner Seite, für den Fall, dass etwas schiefging. Er holte tief Luft und atmete langsam ein und aus, während er bis zehn zählte.

Nicht nachdenken, einfach machen. »Okay, Licht aus!«

Erst erlosch eine, dann zwei und schließlich die dritte und letzte Lampe im hinteren Höhlenteil und tauchte die Grotte in absolute Dunkelheit. Jack wedelte mit einer Hand vor seinen Augen herum und sah gar nichts mehr. Die Finsternis war nahezu greifbar.

»Na komm schon, du kleiner Scheißer«, murmelte er vor sich hin. »Zeit für einen kleinen Snack.«

Eine leise Bewegung im Wasser war nun zu hören, wie ein Fisch, der sich ein Insekt schnappte.

Jacks Herz hämmerte und der Schmerz in seiner Brust verdoppelte sich. *Himmel, das ging aber schnell.* Jack lauschte angestrengt nach weiteren Geräuschen und rückte unbewusst einen Meter zurück, bevor es ihm auffiel.

Da war es wieder! Ein sanftes Schwappen und ein leises Plätschern. Irgendwo da draußen bewegte sich etwas. Mit seiner kaputten Hand und zusammengebissenen Zähnen fischte er eine Stifttaschenlampe aus seiner Tasche. Er würde nicht wegrennen, aber er wollte das Ding wenigstens sehen können, wenn es sich zu einem Angriff entschloss.

Einen Herzschlag später wurde aus dem sanften Plätschern ein wildes Geplansche. Jack schaltete die Lampe an und ein mickriger Lichtstrahl schoss über das Wasser. Etwa acht Meter vom Ufer entfernt stürzte jetzt eine schwarze, gekrümmte Masse im Wasser auf ihn zu, angeschoben von einem muskulösen Schwanz. Jack stockte der Atem und er machte sich fast in die Hose.

Nur noch fünf Meter. Er richtete die Messerspitze nach vorn.

Zwei Meter.

Scheiße. Oh Scheiße!

Auf allen vieren preschte das Wesen aus dem Wasser wie ein Salzwasserkrokodil. Das Maul weit aufgerissen, die Lippen über die nadelspitzen Zähne gefletscht. Anstatt sich in seinen Beinen zu verbeißen, hatte das Biest es offenbar direkt auf sein Gesicht abgesehen. Jack stach blind zu, jeglicher Gedanke an die Gefangennahme des Monsters ersetzt durch den Überlebensinstinkt. Die Messerspitze verfehlte den Kopf des Biests nur knapp und traf stattdessen in die Schulter, als es auf ihm landete und ihn vollständig zu Boden warf. Es kreischte schrill vor Schmerz und drehte sich weg, bis Jack der Messergriff entglitt.

Keuchend rollte er sich zur Seite und auf die Knie. Er hatte die Taschenlampe verloren und konnte nun überhaupt nichts mehr sehen. Ein tiefes Grollen erklang direkt neben seinem Ohr. Sie brauchten sich keine Sorgen zu machen, die Kreatur aus den Augen zu verlieren, sie würde den Kampf nicht so schnell aufgeben.

»Licht! Macht das verdammte Licht an!«, brüllte er.

35

Sam rannte zurück hinter den Ring aus Lampen und nahm seine Position neben Mia ein. Sie blickte ihn kurz an und ging dann wieder dazu über, die Schatten abzusuchen; ihr rechtes Augenlid zuckte vor Nervosität.

»Ich kann nicht glauben, dass der alte Kerl das wirklich durchzieht. Ich würde lieber mit einem Hai schwimmen gehen, als dieses Wasser noch mal zu betreten.«

»Er hat Mumm, das muss man ihm lassen«, gab Mia zu.

»Ich hab nur Zweifel, dass er fit genug ist, es mit einer dieser Kreaturen aufzunehmen, ob ausgewachsen oder nicht.«

»Hat wohl seinen Grund gehabt, sich als Köder zu bezeichnen. Ihm ist es offenbar wichtiger, die *Minenmutter* zu töten als selbst zu überleben.«

»Das sehe ich anders«, murrte Sam, als er eine Kugel in die Kammer seiner Pistole lud. »Die haben schon mehr als genug meiner Freunde gefressen, so leicht gebe ich nicht auf.«

Jacks kratzige Stimme ertönte nun vom See her und wies sie an, das Licht auszuschalten.

Sams Hand zitterte leicht, als er nach der Lampe, die ihm am nächsten war, griff. »Dann geht's jetzt wohl los.« Er legte den Schalter um, während Mia sich um die beiden anderen Lampen kümmerte. Kurz darauf herrschte vollkommene Finsternis.

»Die Dunkelheit macht mich langsam richtig fertig«, sagte Mia leise. »Kommt mir vor, wie lebendig begraben zu sein.«

Sam lauschte angestrengt nach Geräuschen aus dem Wasser. Einen Moment später wurde seine Geduld belohnt und er sah, wie Jack eine kleine Taschenlampe einschaltete. Er umklammerte seine Glock fester und hielt sich bereit. »Wenn er Bescheid gibt, schaltest du die Lampen wieder an und ich gehe ihm helfen, okay?«

Eine Reihe von Klickgeräuschen erklang nun und dieses Mal konnte er es beinahe in seiner Brust spüren. Sam erstarrte. Der Ruf der *Minenmutter* kam ganz aus der Nähe, fast so, als käme er … von oben? Etwas Feuchtes, das nach ranzigem Fleisch stank, tropfte auf seine Stirn.

Langsam richtete er seinen Blick hinauf und fluchte innerlich. Das war nicht Teil des Plans gewesen.

Plötzlich brach Lärm am Ufer aus. Ein Planschen … ein Fauchen … Jacks Schmerzensschrei. Sam ignorierte all das, berührte mit der Hand die Lampe an seiner Stirn, schaltete sie mit einer kurzen Drehung ein und erhellte auf diese Weise die Decke über ihm.

Die *Minenmutter* war weniger als eine Armlänge von ihm entfernt, kopfüber und mit gefletschten Zähnen kroch sie das Gewölbe herab wie eine dämonische Spinne. Knochige Zehen und Finger hielten sie in winzigen Felsvertiefungen verankert. Mia stieß unwillkürlich einen Schrei aus. Sam riss die Waffe hoch, aber die Bewegung kam ihm auf surreale Weise unfassbar träge vor.

Sie ließ sich fallen, wobei ihre Muskeln der Schwerkraft zuhilfe kamen. Sie schlug Sam die Glock aus der Hand und drückte ihn zu Boden. Sein Kopf prallte gegen den harten Fels und ließ Schneeflocken hinter seinen Augenlidern rieseln.

Licht durchflutete die Höhle, als Mia eine der Lampen einschaltete und damit das Monster vor ihr beleuchtete. Es kauerte auf Sams Brust und Beinen, die elliptischen Pupillen zu Schlitzen verengt, als es in sein Gesicht brüllte. Sam bäumte sich mit aller Kraft auf, aber das Biest hielt ihn fest umklammert. Es packte noch fester zu und punktierte seine Schultern mit ihren Daumenkrallen, was seiner Kehle einen Schrei entrang. Das Wesen war gerade im Begriff, sich über seinen Hals herzumachen, als ein Schuss ertönte.

Sams Trommelfell klingelte, geplagt von dem Geräusch der Waffe. Mia kniete weniger als zwei Meter entfernt von ihm, die Glock mit beiden Händen erhoben.

Grünes Blut sickerte aus dem Kratzer, den der Streifschuss am Hals der Kreatur hinterlassen hatte. Die *Minenmutter* kreischte schrill, warf ihren Kopf herum und stieß sich von Sams Körper ab, um sich auf die neueste Bedrohung stürzen.

Mia feuerte erneut, traf das Biest an der Schulter, lag aber im nächsten Moment schon auf dem Boden. Der schlangenartige Schwanz wickelte sich um ihre Beine, während das Biest ihre Arme zu Boden drückte. Mia schrie, als das Wesen ihr Haar packte und ihren Kopf gegen den Fels schlug. Einmal … zweimal. Ihr Körper erschlaffte und die Pistole fiel ihr aus der Hand. Die *Minenmutter* ergriff die Waffe und schleuderte sie in Richtung des Sees, weit außerhalb ihrer Reichweite.

Sam wälzte sich auf die Seite und rappelte sich hoch. Sein Kopf fühlte sich an, als würde ein glühend heißer Schürhaken durch sein Gehirn gerammt. Die Bewegungen riefen schlagartig Übelkeit in ihm hervor und mit einem Mal musste er sich unkontrolliert übergeben.

Das Biest wandte sich daraufhin wieder Sam zu. Es ließ sich auf alle viere fallen und blähte die Nüstern. Ein Fauchen drang tief aus der Kehle, als sich ihre Blicke trafen, und plötzlich stellten sich die Hautlappen an der Seite des Halses auf wie bei einer Kobra. Sams Gehirn fühlte sich an wie in Watte gepackt. Er konnte nicht mehr klar sehen. Drei Bilder schwammen vor seinen Augen, wo eigentlich nur eines sein sollte. Aber er konnte jetzt nicht einfach aufgeben, er musste sich irgendwie zur Wehr setzen. Sam tastete seinen Gürtel ab, zog sein Tauchmesser hervor und hielt die Klinge mit der Spitze voran vor seinen Körper.

Der metallische Schmerzensschrei des Jungtieres hallte durch die Grotte. Die Mutter schaute kurz zu Sam hinüber, fauchte ein Versprechen, zurückzukehren, und verschwand, um sich am Kampf gegen den alten Soldaten zu beteiligen.

36

Jack stand auf und sah sich mit großen Augen in der Dunkelheit um. Er konnte hören, dass Sam und Mia gerade ihre eigenen Probleme hatten, weil sich die Mutter auch ins Getümmel gestürzt hatte. Jack betete, dass sie das Wesen lange genug aufhalten konnten, damit er das Jungtier ausschalten konnte. Falls er es überhaupt schaffte.

Ein Fauchen erklang von hinten. Jack drehte sich zu dem Geräusch um, aber es war bereits zu spät, als er sah, dass klauenbewehrte Beine an ihm vorbeihuschten. Das Wesen versuchte, ihn von hinten zu überwältigen. Er drehte sich weiter, jede Bewegung wie ein Messer zwischen seinen gebrochenen Rippen. Er stolperte über einen Stein, streckte instinktiv seine Arme aus und landete mit vollem Gewicht auf seinem verletzten Handgelenk. Die spitzen Enden seine Knochen durchstachen jetzt die Haut und ragten wie eine blutbeschmierte Gabel heraus. Dieses Mal konnte er einen Schrei nicht unterdrücken.

Licht flackerte im Hintergrund auf und eine der Laternen beleuchtete die Stelle zwischen dem See und der hinteren Höhlenwand. Direkt vor ihm lauerte das Jungtier, dessen Schwanz aufgeregt hin- und herwiegte. Das Messer, das noch immer in seiner Schulter steckte, reflektierte einen Lichtschimmer, schien das Monster aber offenbar nicht weiter zu behindern.

Blut spritzte aus seinem entstellten Handgelenk, wo seine Hand schlaff herunterbaumelte. Vom Blut angelockt preschte die Kreatur vorwärts, biss in seine Hand und warf den Kopf zurück. Begleitet von einem widerlichen Geräusch riss sie die Hand schließlich ab. Jack stockte der Atem, als ihn der heiß glühende Schmerz in seinem Arm übermannte, und er hörte, wie die Zähne des Monsters seine Finger zermalmten und sie hinunterschlang.

Eine lange, pinkfarbene Zunge leckte das Blut von den Lippen und dann umkreiste ihn das Biest auf der Suche nach einem neuen Angriffspunkt. Jack versuchte an seine Waffe zu gelangen und verfluchte sich dafür, das Holster auf der rechten Seite gelassen zu haben. Er fühlte sich unglaublich schwach und der Blutverlust machte ihm immer mehr zu schaffen.

Er hatte nicht mehr lange, das wusste er.

Die Kreatur kam nun wieder angerannt und stieß ihn zu Boden. Jack schaffte es gerade noch, seinen linken Arm zwischen sich und seinen Angreifer zu stemmen und grub seine Finger in eine Hautfalte am Hals des Biests. Es begann daraufhin zu strampeln und mit seinen Hinterläufen seinen Bauch und Oberschenkel zu zerkratzen. Jack konnte nicht mehr länger durchhalten, sein Sichtfeld verengte sich bereits. Mit allerletzter Kraft setzte er seine einzige verbliebene Waffe ein. Er rammte die herausragenden Knochensplitter seines Unterarms in den Bauch des Biests. Die scharfen Spitzen drangen tief hinein, bis Jack bis zum Ellbogen in dessen Innerem steckte. Es wand und krümmte sich und doch schaffte Jack es, das Wesen am Hals festzuhalten, seinen Arm anzuwinkeln und ihn nach oben zu drücken, dort, wo das Herz des Monsters saß. Es stieß einen letzten Todesschrei aus und brach dann über ihm zusammen.

Jack lag jetzt unter dem Biest begraben da, kaum fähig, Luft zu holen, geschweige denn, sich davon zu befreien. Grünes Blut und Magensäure troffen aus dem Maul auf Jacks Gesicht, während sein Arm noch immer in dem Monster steckte. Doch plötzlich wurde die Leiche von ihm heruntergezerrt und sein Arm verließ den Bauchraum mit einem schmatzenden Geräusch.

Es war die *Mutter!*

Sie rüttelte ihren Nachwuchs, um ihn aufzuwecken, berührte die klaffende Wunde an dessen Magen mit einer Klaue und brüllte dann vor Wut. Jack rutschte das Herz in die Hose. Solch unerbittlichen Hass und Trauer hatte er noch nie zuvor erlebt. Die *Minenmutter* stand jetzt über ihm, der Kadaver ihres Sprösslings in einer Pranke. Mit der anderen zeigte sie auf dessen Bauchwunde, kniete sich kurz darauf neben Jack nieder und riss sein Hemd auf. Sie streckte einen Finger aus und berührte seine Haut mit einer ihrer rasiermesserscharfen Krallen, an der Stelle, die sie ihm zuvor gezeigt hatte.

Auge um Auge.

Das Ganze war kaum misszuverstehen und es gab keine Chance, seinem Schicksal zu entgehen … nicht in seinem Zustand. Jack kniff die Augen zusammen und wartete.

37

Sam eilte dem Biest hinterher, als sich der Raum plötzlich zu drehen begann und er beinahe wieder zu Boden fiel. Er konnte sehen, wie die *Minenmutter* sich über Jack beugte. Sein Messer war auf diese Entfernung nutzlos. Er kniete sich vor die Reste des kleinen Arsenals, das sie mitgebracht hatten.

Die Pistolen waren weg. Jacks Selbstladegewehr war zwar geladen und einsatzbereit, aber er hatte es noch nie abgefeuert und der alte Soldat war nicht mehr dazu gekommen, es ihnen beizubringen. Also schnappte sich Sam die einzige Waffe, mit der er Erfahrung hatte. Das Harpunengewehr.

Er durchtrennte die Schnur am Ende des Speers mit seinem Messer, um die Reichweite zu erhöhen, legte die Waffe an und versuchte zu zielen. Das Bild von Jack und der *Mutter* schwamm vor seinen Augen hin und her. Er blinzelte einige Male, hielt die Luft an und drückte ab. Das Stahlprojektil sauste durch die Luft und glänzte silbern im Schein der Lampe.

38

Ein dumpfes Geräusch erklang nun von oben. Jack öffnete seine Augen und sah, dass die *Mutter* ihre Klauen nicht mehr länger an seinem Bauch hatte, sondern etwas Funkelndes in ihrer Brust betastete. Eine grün beschmierte Stahlspitze mit Widerhaken ragte aus ihr heraus. Das Biest wankte und brach zusammen. Muskeln zuckten, ein letzter Atemzug, dann nichts mehr.

Jack lag nur da und starrte mit glasigen Augen an die Höhlendecke. Seine Brust schmerzte und obwohl der Kadaver nicht mehr auf ihm lag, fühlte er sich, als säße ein Elefant an dessen Stelle.

Sams Kopf ragte plötzlich in sein Blickfeld. Blut sickerte von einer Stelle an seinem Haaransatz und floss an seinem Gesicht herab.

Der Rettungsassistent ließ sich schwerfällig neben ihm nieder und nahm seine Hand. Jack brauchte einen Moment, um eine Frage über seine trockenen, tauben Lippen zu bringen.

»Sind alle tot?« Die Worte waren nicht lauter als raschelndes Gras.

Sam antwortete nicht gleich, sondern richtete seinen Blick in den hinteren Teil der Höhle, wo Mia lag. Als er sich umdrehte, wirkten seine Augen müde und traurig.

»Ich glaube schon.«

»Gut.«

Jack schloss seine Augen in dem Wissen, dass er sich seine Ruhe endlich verdient hatte.

—

Sam hielt die Hand des Veteranen und schaute dabei zu, wie seine Atmung langsamer wurde und schließlich ganz ausblieb. Der Tod entspannte seine Gesichtszüge, die nun keine Anzeichen von Schmerz mehr trugen. Sam beugte sich über ihn und schloss sanft dessen Augenlider, bevor er ächzend aufstand.

Sein gesamter Kopf schmerzte, als klemmte er in einem Schraubstock, der mit jedem Herzschlag enger wurde. Die Wunden an seinen Beinen und Schultern bluteten vor sich hin und obwohl sie weh taten, glaubte er nicht, dass er bleibende Schäden davon tragen würde. Sam nahm Jacks Pistole und das Holster und befestigte es an seinem eigenen Gürtel, eine Sicherheitsmaßnahme für seine Reise zur Erdoberfläche.

Als er losging, um nach Mia zu sehen, befürchtete er insgeheim das Schlimmste.

Er erinnerte sich an den Klang von Knochen auf Stein, als die Kreatur ihren Schädel auf den Boden gerammt hatte. Doch als er sich neben sie kniete, machte sie einen röchelnden Atemzug und in Sam keimte Hoffnung auf.

»Mia, hey, mach' die Augen auf.«

Sam rüttelte an ihrer Schulter und als keine Reaktion kam, kniff er ihr in den Trapezmuskel zwischen Hals und Schulter. Der Schmerzreiz reichte aus, um sie wach zu machen. Nach einer Weile öffnete sie ihre Augen und fokussierte sie auf Sam.

»Oh, mein Kopf. Sam, was ist passiert?«

Dass sie seinen Namen noch wusste, war ein gutes Zeichen.

»Wir sind noch in der Höhle. Wir sind jetzt sicher, aber wir müssen los, solange die Lampen noch funktionieren. Kannst du laufen?«

Mia nickte kaum merklich. Sie rollte sich auf die Seite, schob sich auf die Knie, und ein verbissener Ausdruck trat in ihr Gesicht, bis sie schließlich auf zwei wackligen Beinen stand. »Lass uns schleunigst von hier verschwinden.«

Sam hob eine Lampe auf und mit Mias Arm über seine Schulter geschlungen begannen sie ihren Aufstieg zurück zur Erdoberfläche.

EPILOG

Captain Starling musste dagegen ankämpfen, um nicht instinktiv vor dem Wesen zurückzuweichen, und seine Nackenhaare stellten sich auf. Stattdessen zwang er sich, sich noch näher zu dem klaren Acrylbehälter zu beugen. Der Chamäleon-Wurm war unnatürlich, eine Anomalie oder schlimmer noch, unserer Welt vollkommen fremd. In den drei Tagen, seit es in dem Höhlensystem gefangen worden war, war es auf die Größe seiner Faust angewachsen und war mittlerweile in der Lage, die Gestalt der Mäuse, die es bekam, anzunehmen.

Er erhob sich und drückte mit der Handfläche gegen einen schmerzenden Muskel in seinem Rücken, als er plötzlich die Wissenschaftlerin erspähte, den er gesucht hatte. Der Captain stand inmitten eines mobilen Labors außerhalb von Pintalba, das in rasender Geschwindigkeit und ohne Rücksicht auf Kosten errichtet worden war. Er schlängelte sich zwischen Metalltischen vollgestellt mit teuren Geräten, Reagenzgläsern und anderen für ihn unverständlichen Dingen hindurch, bis er Dr. Nichols erreichte.

»Möchten Sie eine Frage stellen oder lieber den ganzen Tag über meine Schulter starren?«

Starling bemühte sich, sich seine Verärgerung über ihren Tonfall nicht anmerken zu lassen, als die Frau von ihrem Mikroskop aufsah. Sie mochte vielleicht eine Top-Spezialistin auf ihrem Gebiet sein, aber das entschuldigte nicht ihren Mangel an Manieren.

»Der Boss schickt mich. Er möchte wissen, wann die Zivilisten freigegeben werden können. Ihre sichtbaren Verletzungen sind inzwischen alle verheilt.«

»Welche Zivilisten?«

Captain Starling presste die Lippen aufeinander. »Die Rettungsassistenten, Sam und Mia, die Einzigen, die noch in Quarantäne sind. Wen sollte ich sonst meinen?«

Ein leichtes Schmunzeln zeichnete sich auf ihrem Gesicht ab, sie fand es offenbar amüsant, ihn aufzuziehen. »Wenn ihre Proben auch diese Woche negativ ausfallen, werde ich sie freigeben. Sie verstehen doch sicher, dass wir äußerst vorsichtig vorgehen mussten, Captain. Die zwei sind immerhin die Einzigen, die den physischen Kontakt mit der außerird…«

»Bitte nicht aussprechen, um Himmels willen«, unterbrach er sie. »Nicht einmal hier. Wenn rauskommt, was hier gefunden wurde, führt das nur zu einer Panik. Das kann sich die Regierung in einem Wahljahr auf keinen Fall leisten.«

»Wen schert denn die blöde Wahl? Wenn der Premierminister mal fünf Minuten lang seinen Kopf aus seinem

Arsch ziehen würde, würde er sich mehr um die biologische Bedrohung sorgen, die diese Entdeckung darstellt, als um so etwas Belangloses wie die nächste Wahl.«

»Das bringt mich zu meiner nächsten Frage: Wie hoch ist die Wahrscheinlichkeit, dass wir diese Spezies auf diese Gegend eindämmen können?«, wollte Starling von ihr wissen.

Dr. Nichols seufzte und kratzte sich an ihrer ergrauten Schläfe. »Ganz ehrlich? Ich weiß es nicht. Die Exemplare haben den Kontakt mit multiplen Giftstoffen überstanden, was die Begasung des Höhlensystems praktisch wirkungslos macht, und wenn wir das Wasser vergiften, ist jeder Farmer mit einem Brunnen gefährdet. Ausbrennen wäre eine Möglichkeit …«

»Aber?«

»Sie sind semiaquatisch und Feuer würde sie nur dann töten, wenn sie nicht gerade im Wasser sind. Die Chancen stehen also gegen uns. Wir wissen nicht, ob die Höhle noch mit anderen Systemen verbunden ist. Es braucht nur eine Handvoll dieser Kreaturen zu überleben und wir müssen wieder ganz von vorn anfangen.«

Captain Starling war über Nichols Ansichten nicht überrascht. Er hatte selbst schon ähnliche Gedanken gehabt. »Ich habe bereits eine geologische Untersuchung mit Bodenradar angefordert, um alle existierenden Minenstollen und Höhlengänge zu verzeichnen. Ein Team steht bereit, um hinunterzusteigen, sobald die Ergebnisse vorliegen. Fällt Ihnen noch etwas ein, um unsere Chancen auf die totale Ausrottung zu erhöhen?«

Sie nahm ihre Brille ab und dachte kurz nach. »Jeder Zentimeter dieser Tunnel, unter und über Wasser muss sorgfältig abgesucht werden. Wir wissen, dass die *Mutter* Junge hatte. Der Rettungsassistent hat ein Gelege gefunden, aber was ist, wenn es noch mehrere davon gibt? Dann wäre da außerdem noch die Tatsache, dass wir den Kadaver der Mutter nicht finden konnten. Falls sie irgendwie überlebt hat, dann …«

Unbewusst wanderte die Hand des Captains zu seiner Waffe. »Dann werde ich dieses Mal auf Nummer sichergehen.« Bei dem Gedanken daran breitete sich ein vertrautes, berauschendes Gefühl in Starlings Brust aus. Eine Mischung aus Aufregung, Furcht und der erhöhten Sinneswahrnehmung, die sich immer vor einem Kampf einstellte, wenn der Adrenalinschub kam. In solchen Momenten fühlte er sich wahrhaftig lebendig und der Krieger in ihm begrüßte dieses Gefühl.

Er drehte sich ohne ein weiteres Wort auf der Ferse um und lief aus dem klimatisierten Labor hinaus in die sengende Hitze. Roter Staub wirbelte um seine Füße herum, als er seinen Land Rover ansteuerte. Am kommenden Morgen würde er seine Männer auf eine Vernichtungsmission führen, wie sie noch kein anderer der australischen Streitkräfte gesehen hatte. Mann gegen Alien in einem Kampf auf Leben und Tod.

– E N D E –

DANKSAGUNGEN

Zuallererst ein Dank an Severed Press für die Herausgabe eines ausgefeilten und toll aussehenden Buches. Danke an Alan Baxter, ich weiß deine Ansichten und Lehren sehr zu schätzen. Danke auch an meine Probeleser, vor allem an Sue Jackson für ihre Zeit und Vorschläge. Mein Dank gilt den Caving-Experten Jill Kinna, Al Warild und Tina Willmore für ihre Zeit und ihr Wissen. Sämtliche Fehler bezüglich Höhlenkletterei und Tauchprozeduren sind meine eigenen. An meine Frau Lee und unsere tollen Töchter Emily und Audrey: Danke für eure unaufhörliche Unterstützung, Geduld und euren Glauben.

LUZIFER
VERLAG

Printed in Poland
by Amazon Fulfillment
Poland Sp. z o.o., Wrocław

56159264R00196